U0458278

汪曾祺
自编文集

梁由之 主编

晚饭花集

汪曾祺 著

上海三联书店

新版前言

梁由之

一

据汪曾祺先生的子女汪朗、汪明、汪朝统计，老头儿一辈子，自行编定或经他认可由别人编选的集子，拢共出了二十七种。严格一点，不妨将前者称为"汪曾祺自编文集"。

自编文集，文体比较单纯：基本都是短篇小说、散文和随笔，偶有一点新、旧体诗，还有一本文论集，一本人物小传。时间跨度，却大得出奇：第一本跟第二本，隔了十余年；第二本跟第三本，又隔了差不多二十年；第一本小说集《邂逅集》跟第一本散文集《蒲桥集》，更是隔了整整四十年。……谁实为之，孰令致之？说来话长，不说也罢。汪先生享年七十七岁，1987年之前的六十六年，他仅出了四本书。汪氏曾自我检讨说："我写得太少了！"

1987年始，汪老进入生命的最后十年。这十年，就数量而论，是他创作的高峰期，占平生作品泰半。同时，也是出书的高峰期。除 1990 年、1991 年两年是空白外，每年都有新书面世。1993 年、1995 年，更是臻于顶峰，合计接近两位数。这固然反映了汪先生的作品受到各方热烈欢迎乃至追捧，但也不可避免地导致若干集子重复的篇什较多——这似乎是一个悖论，并非个别现象。

我曾写道：

> 无缘亲炙汪曾祺先生，梁某引为毕生憾事。他的作品，是我的至爱。读汪三十余年，兀自兴味盎然，爱不释手。深感欣慰的是，吾道不孤，在文学市场急剧萎缩的时代大背景下，汪老的作品却是个难得的异数，各种新旧选本层出不穷，汪粉越来越多。在平淡浮躁的日常生活中，沾溉一点真诚朴素的优雅、诗意和美感，大约是心灵的内在需求罢。

那么，有无必要与可能，出版一套比较系统、完整、真实的"汪曾祺自编文集"，提供给市场和读者呢？答案是肯定的。

汪老去世已逾二十一年，自编文集旧版市面上早已不见踪影，一书难求。倒也间或出过几种新版，但东零西碎，不成气候。个别相对整齐些的，内容却肆意增删，力度颇大，抽换少则几篇，多则达到十余篇甚至二十多篇，旧名新书，面目全非，是一种名实不副不伦不类的奇葩版本。我一直认为，既然是作者自编文集，他人就不要、不必且不能擅改。至于集子本身的缺憾，任何版本，皆在所难免，读者各凭所好就好。

本系列新版均据汪老当年亲自编定的版本排印，书名、序跋、篇目、原注，一仍其旧，原汁原味。只对个别明显的舛误予以订正。加印时作者所写的序跋，均作为附录。这套货真价实如假包换的"汪曾祺自编文集"，相信自有其独特的价值和生命力。

二

《晚饭花集》是汪老的第四本书，收入了他 1981 年下半年至 1983 年下半年所写的短篇小说，包括《鸡毛》《徙》《晚饭花》《职业》《八千岁》《故里三陈》《云致秋行状》《星期天》等名作。地域除张家口外，高邮、昆明、上海和北京都有，几乎囊括了他居住过的所有地方。其中，《星期天》是他唯一一篇以上海为背景的小说，风味极其别致，耐人寻味。

我特别偏爱的一个短篇《徙》中，初版所引"县立第五小学"校歌，有几个作者凭记忆误植的字句："巍巍峻峻"当为"巍巍峻宇"，"成调元"当为"尘嚣远"，随后各种版本都更正了。本版径予订正。

想起一件趣事。多年以前，到某地出差，在一家小书店，看到好几本《晚饭花集》，灰尘满面，寂寞地待在一个角落。这书我早就有了，不免在心里埋汰当地人不识货。临走回顾，终于不忍任如此俊物沦落风尘，便扫数买下，分送给几个朋友，皆大欢喜。近年，我主持出版了一些汪老著作，友人提起旧事，感慨系之。

新版据人民文学出版社 1985 年 3 月版印制。

2018 年 7 月 10 日晚，夏历戊戌小暑后三日，记于深圳天海楼。

目　录

自 序

一九八一年下半年至一九八三年下半年所写的短篇小说都在这里了。

集名《晚饭花集》，是因为集中有一组以《晚饭花》为题目的小说。不是因为我对这一组小说特别喜欢，而是觉得其他各篇的题目用作集名都不太合适。我对自己写出的作品都还喜欢，无偏爱。读过我的作品的熟人，有人说他喜欢哪一两篇，不喜欢哪一两篇；另一个人的意见也许正好相反。他们问我自己的看法，我常常是笑而不答。

我对晚饭花这种花并不怎么欣赏。我没有从它身上发现过"香远益清"、"出淤泥而不染"之类的品德，也绝对到不了"不可一日无此君"的地步。这是一种很低贱的花，比牵牛花、凤仙花以及北京人叫作"死不了"的草花还要低贱。凤仙花、"死不了"，间或还有卖的，谁见过花市上卖过晚饭花？这种花公园里不种，画家不画，诗人不题咏。它的缺点一是无姿态，二是叶子太多，铺铺拉拉，重重叠叠，乱乱哄哄的一大堆。颜色又是浓绿的。就算是需要进行光合作用，取得养分，也用不着生出这样多的叶子呀，这真是一种毫无节制的浪费！三是花形还好玩，但也不算美，一个长柄的小喇叭。颜色以深胭脂红的为多，也有白的和黄的。这种花很易串种。黄花、白花的瓣上往往有不规则的红色细条纹。花多，且细碎。这种花用"村"、"俗"来形容，都不为过。最恰当的还是北京人爱用的一个字："怯"。北京人称晚饭花为野茉莉，实在是抬举它了。它跟茉莉可以说毫不相干，也一定不会是属于同一科，枝、叶、花形都不相似。把它和茉莉拉扯在一起，可能是因为它有一点淡淡的清香，——然而也不像茉莉的气味。只有一个"野"字它倒是当之无愧的。它是几乎不用种的，随便丢几粒种子到土里，它就会赫然地长出了一大丛。结了籽，落进土中，第二年就会长出更大的几丛，只要有一点空地，全给你占得满满的，一点也不客气。它不怕旱，不怕涝，不用浇水，不用施肥，不得病，也没见它生过虫。这算是什么花呢？然而不是花又是什么呢？你总不能说它是庄稼，是蔬菜，是药材。虽然吴其濬说它的种子的黑皮里有一囊白粉，可食；叶可为蔬，如马兰头；俚医用其根治吐血，但我没有见到有人吃过，服用过。那就还算它是一种花吧。

我的小说和晚饭花无相似处，但其无足珍贵则同。

我对于晚饭花还有一点好感，是和我的童年的记忆有关系的。我家的荒废的后园的一个旧花台上长着一丛晚饭花。晚饭以后，我常常到废园里捉蜻蜓，一捉能捉几十只。选两只放在帐子里让它吃蚊子（我没见过蜻蜓吃蚊子，但我相信它是吃的），其余的装在一个大鸟笼里，第二天一早又把它们全放了。我在别的花木枝头捉，也在晚饭花上捉。因此我的眼睛里每天都有晚饭花。看到晚饭花，我就觉得一天的酷暑过去了，凉意暗暗地从草丛里生了出来，身上的痱子也不痒了，很舒服；有时也会想到又过了一天，小小年纪，也感到一点惆怅，很淡很淡的惆怅。而且觉得有点寂寞，白菊花茶一样的寂寞。

我的儿子曾问过我："《晚饭花》里的李小龙是你自己吧？"我说："是的。"我就像李小龙一样，喜欢随处流连，东张西望。我所写的人物都像王玉英一样，是我每天要看的一幅画。这些画幅吸引着我，使我对生活产生兴趣，使我的心柔软而充实。而当我所倾心的画中人遭到命运的不公平的拨弄时，我也像李小龙那样觉得很气愤。便是现在，我也还常常为一些与我无关的事而发出带孩子气的气愤。这种倾心和气愤，大概就是我自己称之为抒情现实主义的心理基础。

这一集，从形式上看，如果说有什么特点，是有一些以三个小短篇为一组的小说。数了数，竟有六组。这些小短篇的组合，有的有点外部的或内部的联系。比如《故里三陈》写的三个人都姓陈；《钓人的孩子》所写的都是与钱有关的小故事。有的则没有联系，不能构成"组曲"，如《小说三篇》，其实可以各自成篇。至于为什么总是三篇为一组，也没有什么道理，只是因一篇太单，两篇还不足，三篇才够"一卖"。"事不过三"，三请诸葛亮，三戏白牡丹，都是三。一二三，才够意思。

我写短小说，一是中国本有用极简的笔墨摹写人事的传统，《世说新语》是突出的代表。其后不绝如缕。我爱读宋人的笔记甚于唐人传奇。《梦溪笔谈》《容斋随笔》记人事部分我都很喜欢。归有光的《寒花葬志》、龚定庵的《记王隐君》，我觉得都可当小说看。

第二是我过去就曾经写过一些记人事的短文。当时是当作散文诗来写的。这一集中的有些篇，如《钓人的孩子》《职业》《求雨》，就还有点散文诗的味道。散文诗和小说的分界处只有一道篱笆，并无墙壁（阿左林和废名的某些小说实际上是散文诗）。我一直以为短篇小说应该有一点散文诗的成分。把散文、诗编入小说集，并非自我作古，我看到有些外国作家就这样办过。

第三，这和作者的气质有关。倪云林一辈子只能画平远小景，他不能像范宽一样气势雄豪，也不能像王蒙一样烟云满纸。我也爱看金碧山水和工笔重彩人物，但我画不来。我的调色碟里没有颜色，只是墨，从渴墨焦墨到浅得像清水一样的淡墨。有一次以矮纸尺幅画初春野树，觉得需要一点绿，我就挤了一点菠菜汁在上面。我的小说也像我的画一样，逸笔草草，不求形似。又我的小说往往是应刊物的急索，短稿较易承命。书被催成墨未浓，殊难计其工拙。

这一集里的小说和《汪曾祺短篇小说选》(北京出版社一九八二年出版)，在思想上和方法上有些什么不同？很难说。几年的工夫，很难看出一个作者的作品有多少明显的变化。到了我这样的年龄，很难像青年作家一样会产生飞跃。我不像毕加索那样多变。不过比较而言，也可以说出一些。

从思想情绪上说，前一集更明朗欢快一些。那一集小说明显地受了三中全会的间接影响。三中全会一开，全国人民思想解放，情绪活跃，我的一些作品（如《受戒》《大淖记事》）的调子是很轻快的。现在到了扎扎实实建设社会主义的时候了，现在是为经济的全面起飞做准备的阶段，人们都由欢欣鼓舞转向深思。我也不例外，小说的内容渐趋沉着。如果说前一集的小说较多抒情性，这一集则较多哲理性。我的作品和政治结合得不紧，但我这个人并不脱离政治。我的感怀寄托是和当前社会政治背景息息相关的。必须先论世，然后可以知人。离开了大的政治社会背景来分析作家个人的思想，是说不清楚的。我想，这是唯物主义的方法。当然，说不同，只是相对而言。如果把这一集的小说编入上一集，或把上一集的编入这一集，皆无不可。大体上，这两集都可以说是一个不乏热情，还算善良的中国作家八十年代初期的思想的记录。

在文风上，我是更有意识地写得平淡的。但我不能一味地平淡。一味平淡，就会流于枯瘦。枯瘦是衰老的迹象。我还不太服老。我愿意把平淡和奇崛结合起来。我的语言一般是流畅自然的，但时时会跳出一两个奇句、古句、拗句，甚至有点像是外国作家写出来的带洋味儿的句子。老夫聊发少年狂，诸君其能许我乎？另一点是，我是更有意识地吸收民族传统的，在叙述方法上有时简直有点像旧小说，但是有时忽然来一点现代派的手法，意象、比喻，都是从外国移来的。这一点和前一点其实是一回事。奇，往往就有点洋。但是，我追求的是和谐。我希望融奇崛于平淡，纳外来于传统，能把它们糅在一起。奇和洋为了"醒脾"，但不能瞧着扎眼，"硌生"。

我已经六十三岁，执笔为文，不免有"晚了"之感，但思想好像还灵活，希望能抓紧时间，再写出一点。曾为友人画冬日菊花，题诗一首：

新沏清茶饭后烟，

自搔短发负晴暄。

枝头残菊开还好，

留得秋光过小年。

愿以自勉，且慰我的同代人。

如果继续写下去，应该写出一点更深刻，更有分量的东西。

是为序。

一九八三年九月一日

鸡　毛

西南联大有一个文嫂。

她不是西南联大的人。她不属于教职员工，更不是学生。西南联大的各种名册上都没有"文嫂"这个名字。她只是在西南联大里住着，是一个住在联大里的校外的人。然而她又的的确确是"西南联大"的一个组成部分。她住在西南联大的新校舍。

西南联大有许多部分：新校舍、昆中南院、昆中北院、昆华师范、工学院……其他部分都是借用的原有的房屋，新校舍是新建的，也是联大的主要部分。图书馆、大部分教室、各系的办公室、男生宿舍……都在新校舍。

新校舍在昆明大西门外，原是一片荒地。有很多坟，几户零零落落的人家。坟多无主。有的坟主大概已经绝了后，不难处理。有一个很大的坟头，一直还留着，四面环水，如一小岛，春夏之交，开满了野玫瑰，香气袭人，成了一处风景。其余的，都平了。坟前的墓碑，有的相当高大，都搭在几条水沟上，成了小桥。碑上显考显妣的姓名分明可见，全都平躺着了。每天有许多名师大儒、莘莘学子从上面走过。住户呢，由学校出几个钱，都搬迁了。文嫂也是这里的住户。她不搬。说什么也不搬。她说她在这里住惯了。联大的当局是很讲人道主义的，人家不愿搬，不能逼人家走。可是她这两间破破烂烂的草屋，不当不间地戳在那里，实在也不成个样子。新校舍建筑虽然极其简陋，但是是经过土木工程系的名教授设计过的，房屋安排疏密有致，空间利用十分合理。那怎么办呢？主其事者跟文嫂商量，把她两间草房拆了，另外给她盖一间，质料比她原来的要好一些。她同意了，只要求再给她盖一个鸡窝。那好办。

她这间小屋，土墙草顶，有两个窗户（没有窗扇，只有一个窗洞，有几根直立着的带皮的树棍），一扇板门。紧靠西面围墙，离二十五号宿舍不远。

宿舍旁边住着这样一户人家，学生们倒也没有人觉得奇怪。学生叫她文嫂。她管这些学生叫"先生"。时间长了，也能分得出张先生、李先生、金先生、朱先生……但是，相处这些年了，竟没有一个先生知道文嫂的身世，只知道她是一个寡妇，有一个女儿。人很老实。虽然没有知识，但是洁身自好，不贪小便宜。除非你给她，她从不伸手要东西。学生丢了牙膏肥皂、小东小西，从来不会怀疑是她顺手牵羊拿了去。学生洗了衬衫，晾在外面，被风吹跑了，她必为捡了，等学生回来时交出："金先生，你的衣服。"除了下雨，她一天都是在屋外待着。她的屋门也都是敞开着的。她的所作所为，都在天日之下，人人可以看到。

她靠给学生洗衣服、拆被窝维持生活。每天大盆大盆地洗。她在门前的两棵半大榆树之间拴了两根棕绳，拧成了麻花。洗得的衣服，夹紧在两绳之间。风把这些衣服吹得来回摆动，霍霍作响。大太阳的天气，常常看见她坐在草地上（昆明的草多丰茸齐整而极干净）做被窝，一针一针，专心致意。衣服被窝洗好做得了，为了避免嫌疑，她从不送到学生宿舍里去，只是叫女儿隔着窗户喊："张先生，来取衣服。"——"李先生，取被窝。"

她的女儿能帮上忙了，能到井边去提水，踮着脚往绳子上晾衣服，在床上把衣服抹煞平整了，叠起来。

文嫂养了二十来只鸡（也许她原是靠喂鸡过日子的）。联大到处是青草，草里有昆虫蚱蜢种种活食，这些鸡都长得极肥大，很肯下蛋。隔多半个月，文嫂就挎了半篮鸡蛋，领着女儿，上市去卖。蛋大，也红润好看，卖得很快。回来时，带了盐巴、辣子，有时还用马兰草提着一块够一个猫吃的肉。

每天一早，文嫂打开鸡窝门，这些鸡就急急忙忙，迫不及待地奔出来，散到草丛中去，不停地啄食。有时又抬起头来，把一个小脑袋很有节奏地转来转去，顾盼自若，——鸡转头不是一下子转过来，都是一顿一顿地那么转动。到觉得肚子里那个蛋快要坠下时，就赶紧跑回来，红着脸把一个蛋下在鸡窝里。随即得意非凡地高唱起来："郭格答！郭格答！"文嫂或她的女儿伸手到鸡窝里取出一颗热烘烘的蛋，顺手赏了母鸡一块土坷垃："去去去！先生要用功，莫吵！"这鸡婆子就只好咕咕地叫着，很不平地走到丛草里去了。到了傍晚，文嫂抓了一把碎米，一面撒着，一面"喁喁，喁喁"叫着，这些母鸡就都即即足足地回来了。它们把碎米啄尽，就鱼贯进入鸡窝。进窝时还故意把脑袋低一低，把尾巴向下耷拉一下，以示雍容文雅，很有鸡教。鸡窝门有一道小坎，这些鸡还都一定两脚并齐，站在门坎上，然后向前一跳。这种礼节，其实大可不必。进窝以后，咕咕曩曩一会儿，就寂然了。于是夜色就降临抗战时期最高学府之一，国立西南联合大学的新校舍了。阿门。

文嫂虽然生活在大学的环境里，但是大学是什么，还有什么用，为什么要办它，这些，她可一点都不知道。只知道有许多"先生"，还有许多小姐，或按昆明当时的说法，有很多"摩登"，来来去去；或在一个洋铁皮房顶的屋子（她知道那叫"教室"）里，坐在木椅子上，呆呆地听一个"老倌"讲话。这些"老倌"讲话的神气有点像耶稣堂卖福音书的教士（她见过这种教士）。但是她隐隐约约地知道，先生们将来都是要做大事，赚大钱的。

先生们现在可没有赚大钱，做大事，而且越来越穷，找文嫂洗衣服、做被子的越来越少了。大部分先生非到万不得已，不拆被子。一年也不定拆洗一回，有的先生虽然看起来衣冠齐楚，西服皮鞋，但是皮鞋底下有洞。有一位先生还为此制了一则谜语："天不知地知，你不知我知。"他们的袜子没有后跟，穿的时候就把袜尖往前拽拽，窝在脚心里，这样后跟的破洞就露不出来了。他们的衬衫穿脏了，脱下来换一件。过两天新换的又脏了，看看还是原先脱下的一件干净些，于是又换回来。有时要去参加 Party[1]，没有一件洁白的衬衫，灵机一动：有了！把衬衫反过来穿！打一条领带，把纽扣遮住，这样就看不出反正了。就这样，还很优美地跳着《蓝色的多瑙河》。有一些，就完全不修边幅，衣衫褴褛，囚首垢面，跟一个叫花子差不多。他们的裤子破了，就用一根麻绳把破处系紧。文嫂看到这些先生，常常跟女儿说："可怜！"

来找文嫂洗衣的少了，她还有鸡，而且她的女儿已经大了。

女儿经人介绍，嫁了一个司机。这司机是下江人，除

---

[1] 英文：社交聚会。

了他学着说云南话："为哪样"、"咋个整"，其余的话，她听不懂。但她觉得这女婿人很好。他来看过老丈母，穿了麂皮夹克，大皮鞋，头上抹了发蜡。女儿按月给妈送钱。女婿跑仰光、腊戌，也跑贵州、重庆。每趟回来，还给文嫂带点曲靖韭菜花，贵州盐酸菜，甚至宣威火腿。有一次还带了一盒遵义板桥的化风丹，她不知道这有什么用。他还带来一些奇形怪状的果子。有一种果子，香得她的头都疼。下江人女婿答应养她一辈子。

文嫂胖了。

男生宿舍全都一样，是一个窄长的大屋子，土墼墙，房顶铺着木板，木板都没有刨过，留着锯齿的痕迹，上盖稻草；两面的墙上开着一列像文嫂的窗洞一样的窗洞。每间宿舍里摆着二十张双层木床。这些床很笨重结实，一个大学生可以在上面放放心心地睡四年，一直睡到毕业，无须修理。床本来都是规规矩矩地靠墙排列着的，一边十张。可是这些大学生需要自己的单独的环境，于是把它们重新调动了一下，有的两张床摆成一个曲尺形，有的三张床摆成一个凹字形，就成了一个一个小天地。按规定，每一间住四十人，实际都住不满。有人占了一个铺位，或由别人替他占了一个铺位而根本不来住；也有不是铺主却长期睡在这张铺上的；有根本不是联大学生，却在新校舍住了好几年的。这些曲尺形或凹字形的单元里，大都只有两三个人。个别的，只有一个。一间宿舍住的学生，各系的都有。有一些互相熟悉，白天一同进出，晚上联床夜话；也有些老死不相往来，连贵姓都不打听。二十五号南头一张双层床上住着一个历史系学生，一个中文系学生，一个上铺，一个下铺，两个人合住了一年，彼此连面都没有见过：因为这二位的作息时间完全不同。中文系学生是个夜猫子，每晚在系图书馆夜读，天亮才回来；而历史系学生却是个早起早睡的正常的人。因此，上铺的铺主睡觉时，下铺是空的；下铺在酣睡时，上铺没有人。

联大的人都有点怪。"正常"在联大不是一个褒词。一个人很正常，就会被其余的怪人认为"很怪"。即以二十五号宿舍而论，如果把这些先生的事情写下来，将会是一部很长的小说。如今且说一个人。

此人姓金，名昌焕，是经济系的。他独占北边的一个凹字形的单元。他不欢迎别人来住，别人也不想和他搭伙。他不知从哪里弄来一些木板，把双层床的一边都钉了木板，就成了一间屋中之屋，成了他的一统天下。凹字形的当中，摞着几个装肥皂的木箱——昆明这种木箱很多，到处有得卖，这就是他的书桌。他是相当正常的。一二年级时，按时听讲，从不缺课。联大的学生大都很狂，讥弹时事，品藻人物，语带酸咸，辞锋很锐。金先生全不这样。他不发狂论。事实上他很少跟人说话。其特异处有以下几点：一是他所有的东西都挂着，二是从不买纸，三是每天吃一块肉。他在他的床上拉了几根铁丝，什么都挂在这些铁丝上，领带、袜子、针线包、墨水瓶……他每天就睡在这些叮叮当当的东西的下面。学生离不开纸。怎么穷的学生，也得买一点纸。联大的学生时兴用一种灰绿色布制的夹子，里面夹着一叠白片页纸，用来记笔记，做习题。金先生从不花这个钱。为什么要花钱买呢？纸有的是！联大大门两侧墙上贴了许多壁报，学术演讲的通告，寻找失物、出让衣鞋的启事，形形色色、琳琅满目。这些启事、告白总不是顶天立地满满写着字，总有一些空白的地方。金先生每天晚上就带了一把剪刀，把这些空白的地方剪下来。他还把这些纸片，按大小、纸质、颜色，分门别类，裁剪整齐，留作不同用处。他大概是相当笨的，因此每晚都开夜车。开夜车伤神，需要补一补。他按期买了猪肉，切成大小相等的方块，借了文嫂的鼎罐（他借用了鼎罐，都是洗都不洗就还给人家了），在学校茶水炉上炖熟了，密封在一个有盖的瓷坛里。每夜用完了功，就打开坛盖，用一支一头削尖了的筷子，瞅准了，扎出一块，闭目而食之。然后，躺在叮叮当当的什物之下，酣然睡去。

这样过了三年。到了四年级，他在聚兴诚银行里兼了职，当会计。其时他已经学了簿记、普通会计、成本会计、银行会计、统计……这些学问当一个银行职员，已是足够用的了。至于经济思想史、经济地理……这些空空洞洞的课程，他觉得没有什么用处，只要能混上学分就行，不必苦苦攻读，可以缺课。他上午还在学校听课，下午上班。晚上仍是开夜车，搜罗纸片，吃肉。自从当了会计，他添了两样毛病。一是每天提了一把黑布阳伞进出，无论冬夏，天天如此。二是穿两件衬衫，打两条领带。穿好了衬衫，打好领带；又加一件衬衫，再打一条领带。这是干什么呢？若说是显示他有不止一件衬衫、一条领带吧，里面的衬衫和领带别人又看不见；再说这鼓鼓囊囊的，舒服吗？真是令人百思不得其解。因此，同屋的那位中文系夜游神送给他一个外号，这外号很长："二十年目睹之怪现状"。

金先生很快就要毕业了。毕业以前，他想到要做两件事。一件是加入国民党，这已经着手办了；一件是追求一个女同学，这可难。他在学校里进进出出，一向像马二先生逛西湖：他不看女人，女人也不看他。

谁知天缘凑巧，金昌焕先生竟有了一段风流韵事。一天，他正提着阳伞到聚兴诚去上班，前面走着两个女同学，她们交头接耳地谈着话。一个告诉另一个：这人穿两件衬衫，打两条领带，而且介绍他有一个很长的外号：

"二十年目睹之怪现状"。听话的那个不禁回头看了金昌焕一眼，嫣然一笑。金昌焕误会了：谁知一段姻缘却落在这里。当晚，他给这女同学写了一封情书。开头写道"××女士芳鉴，敬启者……"接着说了很多仰慕的话，最后直截了当地提出："倘蒙慧眼垂青，允订白首之约，不胜荣幸之至。随函附赠金戒指一枚，务祈笑纳为荷。"在"金戒指"三字的旁边还加了一个括弧，括弧里注明："重一钱五"。这封情书把金先生累得够呛，到他套起钢笔，吃下一块肉时，文嫂的鸡都已经即即足足地发出声音了。

这封情书是当面递交的。

这位女同学很对得起金昌焕。她把这封信公布在校长办公室外面的布告栏里，把这枚金戒指也用一枚大头针钉在布告栏的墨绿色的绒布上。于是金昌焕一下子出了大名了。

金昌焕倒不在乎。他当着很多人，把信和戒指都取下来，收回了。

你们爱谈论，谈论去吧！爱当笑话说，说去吧！于金昌焕何有哉！金昌焕已经在重庆找好了事，过两天就要离开西南联大，上任去了。

文嫂丢了三只鸡，一只笋壳鸡，一只黑母鸡，一只芦花鸡。这三只鸡不是一次丢的，而是隔一个多星期丢一只。不知怎么丢的。早上开鸡窝放鸡时还在，晚上回窝时就少了。文嫂到处找，也找不着。她又不能像王婆骂鸡那样坐在门口骂——她知道这种泼辣做法在一个大学里很不合适，只是一个人叨叨："我奶（的）鸡呢？我奶鸡呢？……"

文嫂的女儿回来了。文嫂吓了一跳：女儿戴得一头重孝。她明白出了大事了。她的女婿从重庆回来，车过贵州的十八盘，翻到山沟里了。女婿的同事带了信来。母女俩顾不上抱头痛哭，女儿还得赶紧搭便车到十八盘去收尸。

女儿走了，文嫂失魂落魄，有点傻了。但是她还得活下去，还得过日子，还得吃饭，还得每天把鸡放出去，关鸡窝。还得洗衣服，做被子。有很多先生都毕业了，要离开昆明，临走总得干干净净，来找文嫂洗衣服、拆被子的多了。

这几天文嫂常上先生们的宿舍里去。有的先生要走了，行李收拾好了，总还有一些带不了的破旧衣物，一件鱼网似的毛衣，一个压扁了的脸盆，几只配不成对的皮鞋——那有洞的鞋底至少掌鞋还有用……这些先生就把文嫂叫了来，随她自己去挑拣。挑完了，文嫂必让先生看一看，然后就替他们把曲尺形或凹字形的单元打扫一下。

因为洗衣服、捡破烂，文嫂还能岔乎岔乎，心里不至太乱。不过她明显地瘦了。

金昌焕不声不响地走了。二十五号的朱先生叫文嫂也来看看，这位"怪现状"是不是也留下一些还值得一捡的东西。

什么都没有。金先生把一根布丝都带走了。他的凹形王国里空空如也，只留下一个跟文嫂借用的鼎罐。文嫂毫无所得，然而她也照样替金先生打扫了一下。她的笤帚扫到床下，失声惊叫了起来：床底下有三堆鸡毛，一堆笋壳色的，一堆黑的，一堆芦花的！

文嫂把三堆鸡毛抱出来，一屁股坐在地下，大哭起来。

"啊呀天呐，这是我呐鸡呀！我呐笋壳鸡呀！我呐黑母鸡，我呐芦花鸡呀！……"

"我寡妇失业几十年哪，你咋个要偷我呐鸡呀！……"

"我风里来雨里去呀，我的命多苦，多艰难呀，你咋个要偷我呐鸡呀！……"

"你先生是要做大事，赚大钱的呀，你咋个要偷我呐鸡呀！……"

"我呐女婿死在贵州十八盘，连尸都还没有收呀，你咋个要偷我呐鸡呀！……"

她哭得很伤心，很悲痛。

她好像要把一辈子所受的委屈、不幸、孤单和无告全都哭了出来。

　　这金昌焕真是缺德，偷了文嫂的鸡，还借了文嫂的鼎罐来炖了。至于他怎么偷的鸡，怎样宰了，怎样煺的鸡毛，谁都无从想象。

　　林子大了，什么鸟都有。

　　　　　　　　　　　　　　一九八一年六月六日

晚饭后的故事

京剧导演郭庆春就着一碟猪耳朵喝了二两酒，咬着一条顶花带刺的黄瓜吃了半斤过了凉水的麻酱面，叼着前门烟，捏了一把芭蕉扇，坐在阳台上的竹躺椅上乘凉。他脱了个光脊梁，露出半身白肉。天渐渐黑下来了。楼下的马缨花散发着一阵一阵的清香。衡水老白干的饮后回甘和马缨花的香味，使得郭导演有点醺醺然了……

郭庆春小时候，家里很穷苦。父亲死得早，母亲靠缝穷维持一家三口的生活，——郭庆春还有个弟弟，比他小四岁。每天早上，母亲蒸好一屉窝头，留给他们哥俩，就夹着一个针线笸箩，上市去了。地点没有定准，哪里穿破衣服的人多就奔哪里。但总也不出那几个地方。郭庆春就留在家里看着弟弟。他有时也领着弟弟出去玩，去看过妈给人缝穷。妈靠墙坐在街边的一个马扎子上，在闹市之中，在车尘马足之间，在人们的腿脚之下，挣着他们明天要吃的杂和面儿。穷人家的孩子懂事早。冬天，郭庆春知道妈一定很冷；夏天，妈一定很热，很渴，很困。缝穷的冬天和夏天都特别长。郭庆春的街坊、亲戚都比较贫苦，但是郭庆春从小就知道缝穷的比许多人更卑屈，更低贱。他跟着大人和比他大些的孩子学会了说许多北京的俏皮话、歇后语："武大郎盘杠子，——上下够不着"，"户不拉喂饭，——不正经玩儿"等等，有一句歇后语他绝对不说，小时候不说，长大以后也不说："缝穷的撒尿，——瞅不冷子"。有一回一个大孩子当他面说了一句，他满脸通红，跟他打了一架。那孩子其实是无心说的，他不明白郭庆春为什么生那么大的气。

这个穷苦的出身，日后给他带来了无限的好处。

郭庆春十二三岁就开始出去奔自己的衣食了。

他有个舅舅，是在剧场（那会儿不叫剧场，叫戏园子，或者更古老一些，叫戏馆子）里"写字"的。写字是写剧场门口的海报，和由失业的闲汉扛着走遍九城的海报牌。那会儿已有报纸，剧场都在报上登了广告，可是很多人还是看了海报牌，知道哪家剧场今天演什么戏，才去买票的。舅舅的光景比郭家好些，也好不到哪里去。他时常来瞧瞧他的唯一的妹妹。他提出，庆春长得快齐他的肩膀高了（舅舅是个矮子），能把自己吃的窝头挣出来了。舅舅出面向放印子的借了一笔本钱，趸了一担西瓜。郭庆春在陕西巷口外摆了一个西瓜摊，把瓜切成块，卖西瓜。

他穿了条大裤衩，腰里插着一把芭蕉扇，学着吆唤：

"唉，闹块来！
脆沙瓤喽，
赛冰糖喽，
唉，闹块来！……"

他头一回听见自己吆唤，有一种说不出来的新鲜感。他竟能吆唤得那样像。这不是学着玩，这是真事！他的弟弟坐在小板凳上看哥哥做买卖，也觉得很新鲜。他佩服哥哥。晚上，哥俩收了摊子，飞跑回家，把卖得的钱往妈面前一放：

"妈！钱！我挣的！"

妈这天给他们炒了个麻豆腐吃。

这种新鲜感很快就消失了。西瓜生意并不那样好。尤其是下雨天。他恨下雨。

有一天，倒是大太阳，卖了不少钱。从陕西巷里面开出一辆军用卡车，一下子把他的西瓜摊带翻了，西瓜滚了一地。他顾不上看摔破了、压烂了多少，纵起身来一把抓住卡车挡板后面的铁把手，哭喊着：

"你赔我！你赔我瓜！你赔我！"

卡车不理茬，尽快地往前开。

"你赔我！你赔我瓜！"

他的小弟弟迈着小腿在后面追：

"哥哥！哥哥！"

路旁行人大声喊：

"孩子，你撒手！他们不会赔你的！他们不讲理！孩子，撒手！快撒手！"

卡车飞快地开着，快开到珠市口了。郭庆春的胳膊吃不住劲了。他一松手，面朝下平拍在马路上。缓了半天，才坐起来。脸上、胸脯拉了好些的道道。围了好些人看。弟弟直哭："哥哥！唔，哥哥！"郭庆春拉着弟弟的手往回走，一面回头向卡车开去的方向骂："我操你妈！操你臭大兵的妈！"

在水管龙头上冲了冲，用擦西瓜刀的布擦擦脸，他还得做买卖。——他的滚散了的瓜已经有好心的大爷给他捡回来了。他接着吆唤：

"唉，闹块来！

我操你妈！

闹块来！

我操你臭大兵的妈！

闹块来！"

……

舅舅又来了。舅舅听说外甥摔了的事了。他跟妹妹说："庆春到底还小，在街面上混饭吃，还早了点。我看叫他学戏吧。没准儿将来有个出息。这孩长相不错，有个人缘儿，扮上了，不难看。我听他的吆唤，有点膛音。马连良家原先不也是挺苦的吗？你瞧人家这会儿，净吃蹦虾仁！"

妈知道学戏很苦，有点舍不得。经舅舅再三开导，同意了。舅舅带他到华春社科班报了名，立了"关书"。舅舅是常常写关书的，写完了，念给妹妹听听。郭庆春的妈听到："生死由命，概不负责。若有逃亡，两家寻找。"她听懂了，眼泪直往下掉。她说："孩子，你要肚里长牙，千万可不能半途而废！我就指着你了。你还有个弟弟！"郭庆春点头，说："妈，您放心！"

学戏比卖西瓜有意思！

耗顶，撕腿。耗顶得耗一炷香，大汗珠子叭叭地往下滴，滴得地下湿了一片。撕腿，单这个"撕"字就叫人肝颤。把腿愣给撕开，撕得能伸到常人达不到的角度。学生疼得直掉眼泪，抄功的董老师还是使劲地把孩子们的两只小腿往两边掰，毫不怜惜，一面嘴里说："若要人前显贵，必得人后受罪，小子，忍着点！"

接着，开小翻、开虎跳、前扑、蹿毛、倒插虎、乌龙搅柱、拧旋子、练云里翻……

这比卖西瓜有意思。

吃的是棒子面窝头、"三合油"，——韭菜花、青椒糊、酱油，倒在一个木桶里，拿开水一沏，这就是菜。学生们都吃得很香。郭庆春在出科以后多少年，在大城市的大旅馆里，甚至在国外，还会有时忽然想起三合油的香味，非常想喝一碗。大白菜下来的时候，就顿顿都是大白菜。有的时候，师父——班主忽然高了兴，在他的生日，或是买了几件得意的古董玉器，就吩咐厨子："给他们炒蛋炒饭！"蛋炒饭油汪汪的，装在一个大缸里，管饱！撑得这些孩子一个一个挺腰凸肚。

师父是个喜怒无常的人。高了兴，给蛋炒饭吃，稍不高兴，就"打通堂"。全科学生，每人十板子，平均对待，无一幸免。这板子平常就供在祖师爷龛子的旁边，谁也不许碰，神圣得很。到要用的时候，"请"下来。掌刑的，就是抄功的董老师。他打学生很有功夫，节奏分明，不紧不慢，轻重如一，不偏不向。师父说一声"搬板凳！"董老师在鼻孔里塞两撮鼻烟，抹了个蝴蝶，用一块大手绢把右手腕子缠住（防止闪了腕子），学生就很自觉地从大到小挨着个儿撩起衣服，趴到板凳上，老老实实，规规矩矩，挨那份内应得的重重的十下。

"打通堂"的原因很多。几个馋嘴师哥把师父买回来放在冰箱里准备第二天吃的熏鸡偷出来分吃了；一个调皮捣蛋的学生在董老师的鼻烟壶里倒进了胡椒面了；一个小学生在台上尿了裤子了……都可以连累大家挨一顿打。

"打通堂"给同科的师兄师弟留下极其甘美的回忆。他们日后聚在一起，常常谈起某一次"打通堂"的经过，彼此互相补充，谈得津津有味。"打通堂"使他们的同学意识变得非常深刻，非常坚实。这对于维系他们的感情，作用比一册印刷精美的同学录要大得多。

一同喝三合油，一同挨"打通堂"，还一同生虱子，一同长疥，三四年很快过去了。孩子们都学会了几出戏，能应堂会，能上戏园子演出了。郭庆春学的是武生，能唱《哪吒闹海》《蜈蚣岭》《恶虎村》……（后来他当了教师，给学生开蒙，也是这几出）。因为他是个小白胖子（吃那种伙食也能长胖，真也是奇迹），长得挺好玩，在节日应景戏《天河配》里又总扮一个洗澡的小仙女，因此到他已经四十几岁，有儿有女的时候，旧日的同学还动不动以此事来取笑："你得了吧！到天河里洗你的澡去吧！"

他们每天排着队上剧场。都穿的长衫、棉袍，冬天戴着小帽头，夏天露着刮得发青的光脑袋。从科班到剧场，要经过一个胡同。胡同里有一家卖炒疙瘩的，掌柜的是个跟郭庆春的妈差不多岁数的大娘，姓许。许大娘特别喜欢孩子，——男孩子。科班的孩子经过胡同时，她总站在门口一个一个地看他们。孩子们也知道许大娘喜欢他们，一个一个嘴很甜，走过跟前，都叫她：

"大娘！"

"哎！"

"大娘！"

"哎！"

许大娘知道科班里吃得很苦，就常常抓机会拉一两个孩子上她铺子里吃一盘炒疙瘩。轮流请。华春社的学生几乎全吃过她的炒疙瘩。以后他们只要吃炒疙瘩，就会想起许大娘。吃的次数最多的是郭庆春。科班学生排队从许大娘铺子门前走过，大娘常常扬声叫庆春："庆春哪，你放假回家的时候，到大娘这儿弯一下。"——"哎。"

许大娘有个女儿，叫招弟，比郭庆春小两岁。她很爱和庆春一块儿玩。许大娘家后面有一个很小的院子，院里有一棵马缨花，两盆茉莉，还有几盆草花。郭庆春吃完了炒疙瘩（许大娘在疙瘩里放了好些牛肉，加了半勺油），他们就在小院里玩。郭庆春陪她玩女孩子玩的抓子儿，跳房子；招弟也陪庆春玩男孩子玩的弹球。谁输了，就让赢家弹一下脑锛儿，或是拧一下耳朵，刮一下鼻子，或是亲一下。庆春赢了，招弟歪着脑袋等他来亲。庆春只是尖着嘴，在她脸上碰一下。

"亲都不会！饶你一下，重来！"

郭庆春看见招弟耳垂后面有一颗红痣（他头二年就看到了），就在那个地方使劲地亲了一下。招弟咯咯地笑个不停：

"痒痒！"

从此每次庆春赢了，就亲那儿。招弟也愿意让他亲这儿。每次都咯咯地笑，都说"痒痒"。

有一次许大娘看见郭庆春亲招弟，说："哪有这样玩的！"许大娘心里一沉：孩子们自己不知道，他们一天一天大了哇！

渐渐的，他们也知道自己大了，就不再这么玩了。招弟爱瞧戏。她家离戏园子近，跟戏园子的人都很熟，她可以随时钻进去看一会儿。她看郭庆春的《恶虎村》，也看别人的戏，尤其爱看旦角戏。看得多了，她自己也能唱两段。郭庆春会拉一点胡琴。后两年吃完了炒疙瘩，就是庆春拉胡琴，招弟唱"苏三离了洪洞县"、"儿的父去投军无音信"……招弟嗓子很好。郭庆春松了琴弦，合上弓，常说："你该唱戏去的，耽误了，可惜！"

人大了，懂事了。他们有时眼对眼看着，看半天，不说话。马缨花一阵一阵地散发着清香。

许大娘也有了点心事。她很喜欢庆春。她也知道，如果由她做主把招弟许给庆春，招弟是愿意的。可是，庆春日后能成气候么？唱戏这玩意儿，唱红了，荣华富贵；

唱不红，流落街头。等二年再说吧！

残酷的现实把许大娘的这点淡淡的梦砸得粉碎：庆春在快毕业的那年倒了仓，倒得很苦，——一字不出！"子弟无音客无本"，郭庆春见过多少师哥，在科班里是好角儿，一旦倒了仓，倒不过来，拉洋车，卖落花生，卖大碗茶。他惊恐万状，一身一身地出汗。他天不亮就到窑台喊嗓子，他听见自己那一点点病猫一样的嘶哑的声音，心都凉了。夜里做梦，念了一整出《连环套》，"愚下保镖，路过马兰关口……"脆亮响堂，高兴得从床上跳起来。一醒来，仍然是一字不出。祖师爷把他的饭碗收去了，他该怎么办呢？许大娘也知道庆春倒仓没倒过来。招弟也知道了。她们也反反复复想了许多。

郭庆春只有两条路可走：当底包龙套，或是改行。

郭庆春坐科学戏是在敌伪时期，到他该出科时已经是抗战胜利，国民党中央军来了。"想中央，盼中央，中央来了更遭殃"。物价飞涨，剧场不上座。很多人连赶两包（在两处剧场赶两个角色），也奔不出一天的嚼裹儿。有人唱了一天戏，开的份儿只够买两个茄子，一家几口，就只好吃这两个熬茄子。满街都是伤兵，开口就是"老子抗战八年！"动不动就举起双拐打人。没开戏，他们就坐满了戏园子。没法子，就只好唱一出极其寡淡无味的戏，把他们唱走。有一出戏，叫《老道游山》，就一个角色——

老道，拿着云帚，游山。游到哪里，"真好景致也"，唱一段，接着再游。没有别的人物，也没有一点故事情节，要唱多长唱多长。这出戏本来是评剧唱，后来京剧也唱。唱得这些兵大爷不耐烦了："他妈的，这叫什么戏！"一哄而去。等他们走了，再开正戏。

很多戏曲演员都改了行了。郭庆春的前几科的师哥，有的到保定、石家庄贩鸡蛋，有的在北海管租船，有的卖了焖盐，——盐炒焖了，北京还有极少数人家用它来刷牙，可是这能卖几个钱？……

有嗓子的都没了辙了，何况他这没嗓子的。他在科班虽然不是数一数二的好角儿，可是是能唱一出的。当底包龙套，他不甘心！再说，当底包龙套也吃不饱呀！郭庆春把心一横：干脆，改行！

春秋两季，拉菜车，从广渠门外拉到城里。夏天，卖西瓜。冬天，卖柿子。一车青菜，两千多斤。头几回拉，累得他要吐血。咬咬牙，也就挺过来了。卖西瓜，是他的老行当。西瓜摊还是摆在陕西巷口外。因为嗓子没音，他很少吆唤。但是人大了，有了经验，隔皮知瓤，挑来的瓜个个熟。西瓜片切得很薄，显得块儿大。木板上铺了蓝布，淋了水，显着这些瓜鲜亮水灵，嗖嗖地往外冒着凉气。卖柿子没有三天的"力笨"，人家咋卖咱咋卖。找个背风的旮旯儿，把柿子挨个儿排在地上，就着路灯的光，照得柿子一个一个黄澄澄的，饱满鼓立，精神好看，谁看了都想到围着火炉嚼着带着冰碴的凉柿子的那股舒服劲儿。卖柿子的怕回暖，尤其怕刮风。一刮风，冻柿子就流了汤了。风再把尘土涂在柿子皮上，又脏又黑，满完！因此，郭庆春就盼着一冬天都是那么干冷干冷的。

卖力气，做小买卖，不丢人！街坊邻居不笑话他。他的还在唱戏和已经改了行的师兄弟有时路过，还停下来跟他聊一会儿。有的师哥劝他别把功撂下，早上起来也到陶然亭喊两嗓子。说是有人倒仓好几年，后来又缓过来的。没准儿，有哪一天，还能归到梨园行来。郭庆春听了师哥的话，间长不短的，耗耗腿，拉拉山膀，无非是解闷而已。

郭庆春没有再去看许大娘。他拉菜车、卖西瓜、卖柿子，不怕碰见别的熟人，可就怕碰见许大娘母女。听说，许大娘搬了家了，搬到哪里，他也没打听。北京城那样大，人一分开，就像树上落下两片叶子，风一吹，各自西东了。

北京城并不大。

一天晚上，干冷干冷的。郭庆春穿了件小棉袄，蹲在墙旯旮。地面上的冷气从裆下一直透进他的后脊梁。一辆三轮车蹬了过来，车上坐了一个女的。

"三轮，停停。"

女的揭开盖在腿上的毛毯，下了车。

"这柿子不错，给我包四个。"

她扔下一条手绢，郭庆春挑了四个大的，包上了。他抬起头来，把手绢往上递：是许招弟！穿了一件长毛绒大衣。

许招弟一看，是郭庆春。

"你……这样了！"

郭庆春把脑袋低了下去。

许招弟把柿子钱丢在地下，坐上车，走了。

转过年来，夏天，郭庆春在陕西巷口卖西瓜，正吆唤着（他嗓子有了一点音了），巷里走出一个人来：

"卖西瓜的，递两个瓜来。——要好的。"

"没错！"

郭庆春挑了两个大黑皮瓜，对旁边的纸烟阁子的掌柜说："劳您驾，给照看一下瓜摊。"——"你走吧。"郭庆春跟着要瓜的那人走，到了一家，这家正办喜事。堂屋正面挂着大红双喜幔帐，屋里屋外一股炮仗硝烟气味。两边摆着两桌酒。已经行过礼，客人入席了。郭庆春一看，新娘子是许招弟！她烫了发，抹了胭脂口红，耳朵下垂着水钻坠子。郭庆春把两个瓜放在旁边的小方桌上，拔腿就跑。听到后面有人喊：

"卖西瓜的，给你瓜钱！"

这是一个张恨水式的故事，一点小市民的悲欢离合。这样的故事在北京城每天都有。

北京解放了。

解放，使许多人的生活发生了急转直下的变化。许多故事产生了一个原来意想不到的结尾。

郭庆春万万没有想到，他会和一个老干部，一个科长结了婚，并且在结婚以后变成现在的郭导演。

北京解放以后，物价稳定，没有伤兵，剧场上座很好。很多改了行的演员又纷纷搭班唱戏了。他到他曾经唱过多次戏的剧场去听过几次蹭戏，紧锣密鼓，使他兴奋激动，筋肉伸张。随着锣经，他直替台上的同行使劲。

一个外地剧团到北京来约人。那个贩卖鸡蛋的师哥来找郭庆春：

"庆春，他们来找了我。我想去。我提了你。北京的戏不好唱。咱先到外地转转。你的功底我知道，这些年没有全撂下，稍稍练练，能捡回来。听你吆唤，嗓子出来了。咱们一块儿去吧。学了那些年，能就扔下吗？就你那几出戏，管保能震他们一下子。"

郭庆春沉吟了一会儿，说："去！"

到了那儿，安顿下了，剧团团长领他们几个新从北京约来的演员去见见当地文化局的领导。戏改科的杨科长接见了他们。杨科长很忙，一会儿接电话，一会儿在秘书送来的文簿上签字，显得很果断，很有气魄。杨科长勉励了他们几句，说他们是剧团的"新血液"，希望他们发挥自己的专长，为人民服务。郭庆春连连称是。他对杨科长油然产生一种敬重之情。一个女的，能当科长，了不起！他觉得杨科长的举止动作，言谈话语，都像一个男人，不像是个女的。

重返舞台，心情紧张。一生成败，在此一举。三天"打炮"，提心吊胆。没有想到，一"炮"而红。他第一次听到台下的掌声，好像在做梦。第三天《恶虎村》，出来就有碰头好。以后"四记头"亮相，都有掌声。他扮相好，身上规矩，在台上很有人缘。他也的确是"卯上"了。经过了生活上的一番波折，他这才真正懂得在进科班时他妈跟他说的话："要肚里长牙"。他在台上从不偷工惜力，他深深知道把戏唱砸了，出溜下来，会有什么后果。他的戏码逐渐往后挪，从开场头一二出挪到中间，又挪到了倒数第二。他很知足了，这就到了头。在科班时他就知道自己唱不了大轴，不是那材料。一个人能吃几碗干饭，自己清楚，别人也清楚。

杨科长常去看京剧团的戏。一半由于职务，一半出于爱好。他万万没有想到，她后来竟成了他的爱人。

郭庆春在阳台上忽然一个人失声笑了出来。他的女儿在屋里问："爸爸，你笑什么？"

他笑他们那个讲习会。市里举办了第一届全市旧艺人讲习会。局长是主任，杨科长是副主任。讲《新民主主义论》、社会发展史、政治经济学。小组讨论，真是笑话百出。杨科长一次在讲课时说："列宁说过……"一个拉胡琴的老艺人问："列宁是唱什么的？"——"列宁不是唱戏的。"——"哦，不是唱戏的，那咱们不知道。"又有一次，杨科长鼓励大家要有主人翁思想，这位老艺人没有听明白前言后语，站起来说："咱们是从旧社会来的，什么坏思想都有，就这主人翁思想，咱没有！"原来他以为主人翁思想就是想当班主的思想。

讲习会要发展一批党员。郭庆春被列为培养对象。杨科长时常找他个别谈话。鼓励他建立革命人生观，提高阶级觉悟，提高政治水平，要在政治上有表现，会上积极发言。郭庆春很认真也很诚恳地照办了。他大小会都发言。讲的最多的是新旧社会对比。他有切身感受，无须准备，讲得很真实，很生动。同行的艺人多有类似经历，容易产生共鸣。讲的人、听的人个个热泪盈眶，效果很好。讲习班结业时，讨论发展党员名单，他因为出身好，政治表现突出，很顺利地通过了。他的入党介绍人是杨科长和局长。

第一批发展的党员，回到剧团，全都成了剧团的骨干。郭庆春被提升为副团长、艺委会主任。

因为时常要到局里请示汇报工作，他和杨科长接触的机会就更多了。熟了，就不那么拘谨了，有时也说点笑话，聊点闲天。局里很多人叫杨科长叫杨大姐或大姐，郭庆春也随着叫。虽然叫大姐，他还是觉得大姐很有男子气。

没想到，大姐提出要跟他结婚。他目瞪口呆，结结巴巴，不知说什么好。他觉得和一个领导结婚，简直有点乱伦的味道，他想也没有想过。天地良心，他在大姐面前从来没有起过邪念。他当然同意。

杨科长的老战友们听说她结了婚，很诧异。听说是和一个京剧演员结婚，尤其诧异。她们想：她这是图什么呢？她喜欢他什么？

虽然结了婚，他们的关系还是上下级。不论是在工作上，在家里，她是领导，他是被领导。他习惯于"服从命令听指挥"，觉得这样很舒服，很幸福。

杨科长是个目光远大的人，她得给庆春（和她自己）安排一个远景规划的蓝图。庆春目前一切都很顺利，但要看到下一步。唱武生的，能在台上蹦跶多少年呢？照戏班里的说法，要找一个"落劲"。中央戏剧学院举办导演训练班，学员由各省推荐。市里分到一个名额，杨科长提出给郭庆春，科里、局里都同意。郭庆春在导演训练班学了两年，听过苏联专家的课，比较系统地知道斯坦尼斯拉夫斯基体系。毕业之后，回到剧团，大家自然刮目相看。这个剧团原来没有导演，要排新戏，排《三打祝家庄》《红娘子》，不是向外地剧团学，"刻模子"，就是请话剧团的导演来排。郭庆春学成归来，就成了专职导演。剧团里的人，有人希望他露两手，有人等着看他的笑话。接连排了两个戏，他全"拿"下来了。他并没有用一些斯坦尼的术语去唬人，他知道那样会招人反感。他用一些戏曲演员所熟悉，所能接受的行话临场指挥。比如，他不说"交流"，却说"过电"，——"你们俩得过电哪！"他不说什么"情绪的记忆"这样很玄妙的词儿，他只说是"神气"。"你要长神气。——长一点，再长一点！"他用的舞台调度也无非还是斜胡同、蛇蜕皮……但是变了一下，就使得演员既"过得去"、"走得上来"，又觉得新鲜。郭导演的威信建立起来了。从此，他不上舞台了。有时，有演员病了，他上去顶一角，人们就要竖大拇指："瞧人家郭导演，不拿导演架子！好样儿的！"

不但在本剧团，外剧团也常请他。京剧、评剧、梆子，他全导过。一通百通，应付裕如。他导的戏，已经不止一出拍成了戏曲艺术片。郭庆春三个字印在影片的片头，街头的广告上。

他不会再卖西瓜，卖柿子了。

他曾经两次参加戏剧代表团出国，到过东欧、苏联，到过朝鲜。他听了曾经出过国的师哥的建议，带了一包五香粉，一盒固体酱油，于是什么高加索烤羊肉、带血的煎牛排，他都能对付。他很想带一罐臭豆腐，经同行团员的劝阻，才没有带。量服装的时候，问他大衣要什么料子，他毫不迟疑地说："长毛绒！"服装厂的同志说在外国，男人没有穿长毛绒的，这才改为海军呢。

他在国外照了好多照片，黑白的，还有彩色的。他的爱人一张一张地贴在仿古缎面的相册上。这些照片上的郭庆春全都是器宇轩昂，很像个大导演。

由于爱人的活动（通过各种"老战友"的关系），他已经调到北京的剧团来了。他的母亲还健在。他的弟弟由于他的资助，上了学，现在在一家工厂当出纳。他有了一个女儿。已经上小学了。他有一套三居室的单元。他在剧团里自然也有气儿不顺的时候，为一个戏置景置装的费用，演员的"人位"，和领导争得面红耳赤，摔门，拍桌子；偶尔有很"葛"的演员调皮捣蛋"吊腰子"，当面顶撞，出言不逊，气得他要休克，但是这样的时候不多，一年也只是七八次。总的说来，一切都很顺利。他对自己的生活很满意。因为满意，就没有理由不发胖，于是就发胖了。

他的感情是平稳的、柔软的、滑润的，像一块奶油（从国外回来，他养成爱吃奶油的习惯）。

今天遇见了一件事，使他的情绪有一点小小的波动。

剧团招收学员，他是主考。排练厅里摆了一张乒乓案子，几把椅子。他坐在正中的一把上。像当初他进科班时被教师考察一样，一个一个考察着来应试的男孩子、女孩子。看看他们的相貌，体格，叫他们唱两句，拉一个山膀，踢踢腿，——来应试的孩子多半在家里请人教过，都能唱几句，走几个"身上"。然后在名单上用铅笔做一些记号。来应试的女孩子里有一个叫于小玲。这孩子一走出来，郭庆春就一愣，这孩子长得太像一个人了。他有点走神。于小玲的唱（她唱的是"苏三离了洪洞县"），所走的"身子"，他都没有认真地听、看，名单上于小玲的名字底下，什么记号也没有做。

学员都考完了，于小玲往外走。郭庆春叫住她：

"于小玲。"

于小玲站住：

"您叫我？"

"……你妈姓什么？"

"姓许。"

没错，是许招弟的女儿。

"你爸爸……对，姓于。他还好吗？"

"我爸死了，有五年了。"

"你妈挺好？"

"还可以。"

"……她还是那样吗？"

"您认得我妈？"

"认得。"

"我妈就在外面。妈——！"

于小玲走出排练厅，郭庆春也跟着走出来。

迎面走过来许招弟。

许招弟还那样，只是憔悴瘦削，显老了。

"妈，这是郭导演。"

许招弟看着郭庆春，很客气地称呼一声：

"郭导演！"

郭庆春不知怎么称呼她好，也不能像小时候一样叫她招弟，只好含含糊糊地应了一声，问道：

"您倒好？"

"还凑合。"

"多年不见了。"

"有年头了。——这孩子，您多关照。"

"她不错。条件挺好。"

"回见啦。"

"回见！"

许招弟领着女儿转身走了。郭庆春看见她耳垂后面那颗红痣，有些怅惘。

以上，是京剧导演郭庆春在晚饭之后，微醺之中，闻着一阵一阵的马缨花的香味时所想的一些事。想的时候自然是飘飘忽忽，断断续续的。如果用意识流方法照实地记录下来，将会很长。为省篇幅，只能挑挑拣拣，加以剪裁，简单地勾出一个轮廓。

郭导演想：……一个人走过的路真是很难预料。如果不是解放了，他会是什么样子呢？也许还是卖西瓜、卖柿子、拉菜车？……如果他出科时不倒仓，又会是什么样子呢？也许他就唱红了，也许就会和许招弟结了婚。那么于小玲就会是他的女儿，她会不姓于，而姓郭？……

他正在这样漫无边际地想下去，他的女儿在屋里娇声喊道：

"爸，你进来，我要你！"

正好夹在手里的大前门已经吸完，烟头烧痛了他的手指，他把烟头往楼下的马缨花树帽上一扔，进屋去了。

第二天，郭导演上午导了一场戏，中午，几个小青年拉他去挑西瓜。

"郭导演，给我们挑一个瓜。"

"去一边去！当导演的还管挑西瓜呀！"

但还是被他们连推带拽地去了。他站在一堆西瓜前面巡视一下，挑了一个，用右手大拇指按在瓜皮上，用力往前一蹭，放在耳朵边听一听，轻轻拍一下：

"就这个！保证脆沙瓤。生了，娄了，我给钱！"

他抄起案子上的西瓜刀，一刀切过去，只听见咯喳一声，瓜裂开了：薄皮、红瓤、黑籽。

卖瓜的惊奇地问：

"您卖过瓜？"

"我卖瓜的那阵，还没有你哪！哈哈哈哈……"

他大笑着走回剧团。谁也不知道他的笑声里包含了多少东西。

过了几天，招考学员发了榜，于小玲考取了。人们都说，是郭导演给她使了劲。

故里杂记

李　三

　　李三是地保，又是更夫。他住在土地祠。土地祠每坊都有一个。"坊"后来改称为保了。只有死了人，和尚放焰口，写疏文，写明死者籍贯，还沿用旧称："南赡部洲中华民国某省某县某坊信士某某……"云云。疏文是写给阴间的公事。大概阴间还没有改过来。土地是阴间的保长。其职权范围与阳间的保长相等，不能越界理事，故称"当坊土地"。李三所管的，也只是这一坊之事。出了本坊，哪怕只差一步，不论出了什么事，死人失火，他都不问。一个坊或一个保的疆界，保长清楚，李三也清楚。

　　土地祠是俗称，正名是"福德神祠"。这四个字刻在庙门的砖额上，蓝地金字。这是个很小的庙。外面原有两根旗杆。西边的一根有一年叫雷劈了（这雷也真怪，把旗杆劈得粉碎，劈成了一片一片一尺来长的细木条，这还有个名目，叫作"雷楔"），只剩东边的一根了。进门有一个门道，两边各有一间耳房。东边的，住着李三。西边的一间，租给了一个卖糜饭饼子的。——糜饭饼子是米粥捣成糜，发酵后在一个平锅上烙成的，一面焦黄，一面是白的，有一点酸酸的甜味。再往里，过一个两步就跨过的天井，便是神殿。迎面塑着土地老爷的神像。神像不大，比一个常人还小一些。这土地老爷是单身，——不像乡下的土地庙里给他配一个土地奶奶。是一个笑眯眯的老头，一嘴的白胡子。头戴员外巾，身穿蓝色道袍。神像前是一个很狭的神案。神案上有一具铁制蜡烛架，横列一排烛钎，能插二十来根蜡烛。一个瓦香炉。神案前是一个收香钱的木柜。木柜前留着几尺可供磕头的砖地。如此而已。

李三同时又是庙祝。庙祝也没有多少事。初一、十五，把土地祠里外打扫一下，准备有人来进香。过年的时候，把两个"灯对子"找出来，挂在庙门两边。灯对子是长方形的纸灯，里面是木条钉成的框子，外糊白纸，上书大字，一边是"风调雨顺"，一边是"国泰民安"。灯对子里有横隔，可以点蜡烛。从正月初一，一直点到灯节。这半个多月，土地祠门前明晃晃的，很有点节日气氛。这半个月，进香的也多。每逢香期，到了晚上，李三就把收香钱的柜子打开，把香钱倒出来，一五一十地数一数。

偶尔有人来赌咒。两家为一件事分辩不清，——常见的是东家丢了东西，怀疑是西家偷了，两家对骂了一阵，就各备一份香烛到土地祠来赌咒。两个人同时磕了头，一个说："土地老爷在上，若是某某偷了我的东西，就叫他现世现报！"另一个说："土地老爷在上，我若做了此事，就叫我家死人失天火！他诬赖我，也一样！"咒已赌完，各自回家。李三就把只点了小半截的蜡烛吹灭，拔下，收好，备用。

　　李三最高兴的事，是有人来还愿。坊里有人家出了事，例如老人病重，或是孩子出了天花，就到土地祠来许愿。老人病好了，孩子天花出过了，就来还愿。仪式很隆重：给菩萨"挂匾"——送一块横宽二三尺的红布匾，上写四字："有求必应"。满炉的香，红蜡烛把铁架都插满了（这种蜡烛很小，只二寸长，叫作"小牙"）。最重要的是：供一个猪头。因此，谁家许了愿，李三就很关心，随时打听。这是很容易打听到的。老人病好，会出来扶杖而行。孩子出了天花，在衣领的后面就会缝一条三指宽三寸长的红布，上写"天花已过"。于是李三就满怀希望地等着。这猪头到了晚上，就进了李三的砂罐了。一个七斤半重的猪头，够李三消受好几天。这几天，李三的脸上随时都是红喷喷的。

　　地保所管的事，主要的就是死人失火。一般人家死了人，他是不管的，他管的是无后的孤寡和"路倒"。一个孤寡老人死在床上，或是哪里发现一具无名男尸，在本坊地界，李三就有事了：拿了一个捐簿，到几家殷实店铺去化钱。然后买一口薄皮棺材装殓起来；省事一点，就用芦席一卷，草绳一捆（这有个名堂，叫作"万字纹的棺材，三道紫金箍"），用一把锄头背着，送到乱葬岗去埋掉。因此本地流传一句骂人的话："叫李三把你背出去吧！"李三很愿意本坊常发生这样的事，因为募化得来的钱怎样花销，是谁也不来查账的。李三拿埋葬费用的余数来喝酒，实在也在情理，没有什么说不过去。这种事，谁愿承揽，就请来试试！哼，你以为这几杯酒喝到肚里容易呀！不过，为了心安理得，无愧于神鬼，他在埋了死人后，照例还为他烧一陌纸钱，磕三个头。

李三瘦小干枯，精神不足，拖拖沓沓，迷迷瞪瞪，随时总像没有睡醒，——他夜晚打更，白天办事，睡觉也是断断续续的，看见他时他也真是刚从床上爬起来一会儿，想不到有时他竟能跑得那样快！那是本坊有了火警的时候。这地方把失火叫成"走水"，大概是讳言火字，所以反说着了。一有人家走水，李三就拿起他的更锣，用一个锣棒使劲地敲着，没命地飞跑，嘴里还大声地嚷叫："××巷×家走水啦！××巷×家走水啦！"一坊失火，各坊的水龙都要来救，所以李三这回就跑出坊界，绕遍全城。

李三希望人家失火么？哎，话怎么能这样说呢！换一个说法：他希望火不成灾，及时救灭。火灭之后，如果这一家损失不大，他就跑去道喜："恭喜恭喜，越烧越旺！"如果这家烧得片瓦无存，他就向幸免殃及的四邻去道喜："恭喜恭喜，土地菩萨保佑！"他还会说：火势没有蔓延，也多亏水龙来得快。言下之意也很清楚：水龙来得快，是因为他没命地飞跑。听话的人并不是傻子。他飞跑着敲锣报警，不会白跑，总是能拿到相当可观的酒钱的。

地保的另一项职务是管叫花子。这里的花子有两种，一种是专赶各庙的香期的。初一、十五，各庙都有人进香。逢到菩萨生日（这些菩萨都有一个生日，不知是怎么查考出来的），香火尤盛。这些花子就从庙门、甬道，一直到大殿，密密地跪了两排。有的装作瞎子，有的用蜡烛油画成烂腿（画得很像），"老爷太太"不住地喊叫。进香的信女们就很自觉地把铜钱丢在他们面前破瓢里，她们认为把钱给花子，是进香仪式的一部分，不如此便显得不虔诚。因此，这些花子要到的钱是不少的。这些虔诚的香客大概不知道花子的黑话。花子彼此相遇，不是问要了多少钱，而说是"唤了多少狗"！这种花子是有帮的，他们都住在船上。每年还做花子会，很多花子船都集中在一起，也很热闹。这一种在帮的花子李三惹不起，他们也不碍李三的事，井水不犯河水。李三能管的是串街的花子。串街要钱的，他也只管那种只会伸着手赖着不走的软弱疲赖角色。李三提了一根竹棍，看见了，就举起竹棍大喝一声："去去去！"有三等串街的他不管。一等是唱道情的。这是斯文一脉，穿着破旧长衫，念过两句书，又和吕洞宾、郑板桥有些瓜葛。店铺里等他唱了几句"老渔翁，一钓竿"，就会往柜台上丢一个铜板。他们是很清高的，取钱都不用手，只是用两片简板一夹，咚的一声丢在渔鼓筒里。另外两等，一是耍青龙（即耍蛇）的，一是吹筒子的。耍青龙的弄两条菜花蛇盘在脖子上，蛇信子簌簌地直探。吹筒子的吹一个外面包了火赤练蛇皮的竹筒，"布——呜！"声音很难听，样子也难看。他们之一要是往店堂一站，半天不走，这家店铺就甭打算做生意了：女人、孩子都吓得远远地绕开走了。照规矩（不知是谁定的规矩），这两等，李三是有权赶他们走的。然而他偏不赶，只是在一个背人处把他们拦住，向他们索要例规。讨价还价，照例要争执半天。双方会谈的地方，最多的是官茅房——公共厕所。

地保当然还要管缉盗。谁家失窃，首先得叫李三来。李三先看看小偷进出的路径。是撬门，是挖洞，还是爬墙。按律（哪朝的律呢）：如果案发，撬门罪最重，只下明火执仗一等。挖洞次之。爬墙又次之。然后，叫本家写一份失单。事情就完了。如果是爬墙进去偷的，他还不会忘了把小偷爬墙用的一根船篙带走。——小偷爬墙没有带梯子的，只是从河边船上抽一根竹篙，上面绑十来个稻草疙瘩，戗在墙边，踩着草疙瘩就进去了。偷完了，照例把这根竹篙靠在墙外。这根船篙不一会儿就会有失主到土地祠来赎。——"交二百钱，拿走！"

丢失衣物的人家，如果对李三说，有几件重要的东西，本家愿出钱赎回，过些日子，李三真能把这些赃物追回来。但是是怎样追回来的，是什么人偷的，这些事是不作兴问的。这也是规矩。

李三打更。左手拿着竹梆，吊着锣，右手拿锣槌。

笃，铛。定更。

笃，笃；铛——铛。二更。

笃，笃，笃；铛铛——铛。三更。

三更以后，就不打了。

打更是为了防盗。但是人家失窃，多在四更左右，这时天最黑，人也睡得最死。李三打更，时常也装腔作势吓唬人："看见了，看见了！往哪里躲！树后头！墙旮旯！……"其实他什么也没看见。

一进腊月，李三在打更时添了一个新项目，喊"小心火烛"[1]：

"岁尾年关，——小心火烛！——

"火塘扑熄，——水缸上满！——

"老头子老太太，钢炉子撂远些——！[2]

"屋上瓦响，莫疑猫狗，起来望望——！

"岁尾年关，小心火烛………"

店铺上了板，人家关了门，外面很黑，西北风呜呜地叫着，李三一个人，腰里别着一个白纸灯笼，大街小巷，拉长了声音，有板有眼，有腔有调地喊着，听起来有点凄惨。人们想到：一年又要过去了。又想：李三也不容易，怪难为他。

没有死人，没有失火，没人还愿，没人家挨偷，李三这几天的日子委实过得有些清淡。他拿着锣、梆，很无

---

[1]　清末邑人谈人格有《警火》诗即咏此事，诗有小序，并录如下：

警　火

送灶后里胥沿街鸣锣于黄昏时，呼"小心火烛"。岁除即叩户乞赏。

烛双辉，香一炷，敬惟司命朝天去。云车风马未归来，连宵灯火谁持护。铜钲入耳警黄昏，侧耳有语还重申："缸注水，灶徒薪"，沿街一一呼之频。唇干舌燥诚苦辛，不谋而告君何人？烹羊酌醴欢除夕，司命归来醉一得。今宵无用更鸣钲，一笑敲门索酒值。

从谈的诗中我们知道两件事。一是这种习俗原来由来已久，敲锣喊叫的正是李三这样的"里胥"。二是为什么在那样日子喊叫。原来是因为那时灶王爷上天去了，火烛没人管了。这实在是很有意思。不过，真实的原因还是岁暮风高，容易失火，与灶王的上天去汇报工作关系不大。

[2]　"撂远些"是说不要挨床太近，以免炉中残火烧着被褥。

聊地敲着三更：

"笃，笃，笃；镗，镗——镗！"

一边敲，一边走，走到了河边。一只船上有一支很结实的船篙在船帮外面别着，他一伸手，抽了出来，夹在胳肢窝里回身便走。他还不紧不慢地敲着：

"笃，笃，笃；镗，镗——镗！"

不想船篙带不动了，篙子的后梢被一只很有劲的大手攥住了。

李三原想把船篙带到土地祠，明天等这个弄船的拿钱来赎，能弄二百钱，也能喝四两。不想这船家刚刚起来撒过尿，躺下还没有睡着。他听到有人抽篙子，爬出舱口一看：是李三！

"好，李三！你偷篙子！"

"莫喊！莫喊！"

李三不是很要脸面的人，但是一个地保偷东西，而且叫人当场抓住，总不大好看。

"你认打认罚？"

"认罚！认罚！罚多少？"

"罚二百钱！"

李三老是罚乡下人的钱。谁在街上挑粪，溅出了一点，"罚！二百钱！"谁在不该撒尿的地方撒了尿，"罚！二百钱！"没有想到这回被别人罚了。李三挨罚，这是有史以来第一次。

榆　树

　　侉奶奶住在这里一定已经好多年了，她种的八棵榆树已经很大了。

　　这地方把徐州以北说话带山东口音的人都叫作侉子。这县里有不少侉子。他们大都住在运河堤下，拉纤，推独轮车运货（运得最多的是河工所用石头），碾石头粉（石头碾细，供修大船的和麻丝桐油和在一起填塞船缝），烙锅盔（这种干厚棒硬的面饼也主要是卖给侉子吃），卖牛杂碎汤（本地人也有专门跑到运河堤上去尝尝这种异味的）……

　　侉奶奶想必本是一个侉子的家属，她应当有过一个丈夫，一个侉老爹。她的丈夫哪里去了呢？死了，还是"贩了桃子"——扔下她跑了？不知道。她丈夫姓什么？她姓什么？很少人知道。大家都叫她侉奶奶。大人、小孩，穷苦人、有钱的，都这样叫。倒好像她就姓侉似的。

　　侉奶奶怎么会住到这样一个地方来呢（这附近住的都是本地人，没有另外一家侉子）？她是哪年搬来的呢？你问附近的住户，他们都回答不出，只是说："啊，她一直就在这里住。"好像自从盘古开天地，这里就有一个侉奶奶。

　　侉奶奶住在一个巷子的外面。这巷口有一座门，大概就是所谓里门。出里门，有一条砖铺的街，伸向越塘，转过螺蛳坝，奔臭河边，是所谓后街。后街边有人家。侉奶奶却又住在后街以外。巷口外，后街边，有一条很宽的阴沟，正街的阴沟水都流到这里，水色深黑，发出各种气味，蓝靛的气味、豆腐水的气味、做草纸的纸浆气味，不知道为什么，闻到这些气味，叫人感到忧郁。经常有乡下人，用一个接了长柄的洋铁罐，把阴沟水一罐一罐刮起来，倒在木桶里（这是很好的肥料），刮得沟底嘎啦嘎啦地响。跳过这条大阴沟，有一片空地。侉奶奶就住在这片空地里。

　　侉奶奶的家是两间草房。独门独户，四边不靠人家，孤零零的。她家的后面，是一带围墙。围墙里面，是一家香店的作坊，香店老板姓杨。香是像压饸饹似的挤出来的，挤的时候还会发出"蓬——"的一声。侉奶奶没有去看过师傅做香，不明白这声音是怎样弄出来的。但是她从早到晚就一直听着这种很深沉的声音。隔几分钟一声："蓬——蓬——蓬——"。围墙有个门，从门口往里看，便可看到一扇一扇像铁纱窗似的晒香的棕棚子，上面整整齐齐平铺着两排黄色的线香。侉奶奶门前，一眼望去，有一个海潮庵。原来不知是住和尚还是住尼姑的，多年来没有人住，废了。再往前，便是从越塘流下来的一条河。

河上有一座小桥。侉奶奶家的左右都是空地。左边长了很高的草。右边是侉奶奶种的八棵榆树。

侉奶奶靠给人家纳鞋底过日子。附近几条巷子的人家都来找她，拿了旧布（间或也有新布），袼褙（本地叫作"骨子"）和一张纸剪的鞋底样。侉奶奶就按底样把旧布、袼褙剪好，"做"一"做"（粗缝几针），然后就坐在门口小板凳上纳。扎一锥子，纳一针，"哧啦——哧啦"。有时锥子插在头发里"光"一"光"（读去声）。侉奶奶手劲很大，纳的针脚很紧，她纳的底子很结实，大家都愿找她纳。也不讲个价钱。给多，给少，她从不争。多少人穿过她纳的鞋底啊！

侉奶奶一清早就坐在门口纳鞋底。她不点灯。灯碗是有一个的，房顶上也挂着一束灯草。但是灯碗是干的，那束灯草都发黄了。她睡得早，天上一见星星，她就睡了。起得也早。别人家的烟筒才冒出烧早饭的炊烟，侉奶奶已经纳好半只鞋底。除了下雨下雪，她很少在屋里（她那屋里很黑），整天都坐在门外扎锥子，抽麻线。有时眼酸了，手困了，就停下来四面看看。

正街上有一家豆腐店，有一头牵磨的驴。每天上下午，豆腐店的一个孩子总牵驴到侉奶奶的榆树下打滚。驴乏了，一滚，再滚，总是翻不过去。滚了四五回，哎，翻过去了。驴打着响鼻，浑身都轻松了。侉奶奶原来直替这驴在心里攒劲；驴翻过了，侉奶奶也替它觉得轻松。

街上的，巷子里的孩子常上侉奶奶门前的空地上来玩。他们在草窝里捉蚂蚱，捉油葫芦。捉到了，就拿给侉奶奶看。"侉奶奶，你看！大不大？"侉奶奶必很认真地看一看，说："大。真大！"孩子玩一回，又转到别处去玩了，或沿河走下去，或过桥到对岸远远的一个道士观去看放生的乌龟。孩子的妈妈有时来找孩子（或家里来了亲戚，或做得了一件新衣要他回家试试），就问侉奶奶："看见我家毛毛了么？"侉奶奶就说："看见咧，往东咧。"或"看见咧，过河咧。"……

侉奶奶吃得真是苦。她一年到头喝粥。三顿都是粥。平常是她到米店买了最糙最糙的米来煮。逢到粥厂放粥（这粥厂是官办的，门口还挂一块牌：××县粥厂），她就提了一个"楦子"（小水桶）去打粥。这一天，她就自己不开火仓了，喝这粥。粥厂里打来的粥比侉奶奶自己煮的要白得多。侉奶奶也吃菜。她的"菜"是她自己腌的红胡萝卜。啊呀，那叫咸，比盐还咸，咸得发苦！——不信你去尝一口看！

只有她的侄儿来的那一天，才变一变花样。

侉奶奶有一个亲人，是她的侄儿。过继给她了，也可说是她的儿子。名字只有一个字，叫个"牛"。牛在运河堤上卖力气，也拉纤，也推车，也碾石头。他隔个十天半月来看看他的过继的娘。他的家口多，不能给娘带什么，只带了三斤重的一块锅盔。娘看见牛来了，就上街，到卖熏烧的王二的摊子上切二百钱猪头肉，用半张荷叶托着。另外，还忘不了买几根大葱，半碗酱。娘俩就结结实实地吃了一顿山东饱饭。

侉奶奶的八棵榆树一年一年地长大了。香店的杨老板几次托甲长丁裁缝来探过侉奶奶的口风，问她卖不卖。榆皮，是做香的原料。——这种事由买主亲自出面，总不合适，老街旧邻的，总得有个居间的人出来说话。这样要价、还价，才有余地。丁裁缝来一趟，侉奶奶总是说："树还小咧，叫它再长长。"

人们私下议论：侉奶奶不卖榆树，她是指着它当棺材本哪。

榆树一年一年地长。侉奶奶一年一年地活着，一年一年地纳鞋底。

侉奶奶的生活实在平淡之至。除了看驴打滚，看孩子捉蚂蚱、捉油葫芦，还有些什么值得一提的事呢？——这些捉蚂蚱的孩子一年比一年大。侉奶奶纳他们穿的鞋底，尺码一年比一年放出来了。

值得一提的有：

有一年，杨家香店的作坊接连着了三次火，查不出起火原因。人说这是"狐火"，是狐狸用尾巴蹭出来的。于是在香店作坊的墙外盖了一个三尺高的"狐仙庙"，常常有人来烧香。着火的时候，满天通红，乌鸦乱飞乱叫，火光照着侉奶奶的八棵榆树也是通红的，像是火树一样。

有一天，不知怎么发现了海潮庵里藏着一窝土匪。地方保安队来捉他们。里面往外打枪，外面往里打枪，乒乒乓乓。最后是有人献计用火攻，——在庵外墙根堆了稻草，放火烧！土匪吃不住劲，只好把枪丢出，举着手出来就擒了。海潮庵就在侉奶奶家前面不远，两边开仗的情形，她看得清清楚楚。她很奇怪，离得这么近，她怎么就不知道庵里藏着土匪呢？

这些，使侉奶奶留下深刻印象，然而与她的生活无关。

使她的生活发生一点变化的是：——

有一个乡下人赶了一头牛进城，牛老了，他要把它卖给屠宰场去。这牛走到越塘边，说什么也不肯走，跪着，眼睛里叭嗒叭嗒直往下掉泪。围了好些人看。有人报给甲长丁裁缝。这是发生在本甲之内的事，丁甲长要是不管，将为人神不喜。他出面求告了几家吃斋念佛的老太太，凑了牛价，把这头老牛买了下来，作为老太太们的放生牛。这牛谁来养呢？大家都觉得交侉奶奶养合适。丁甲长对侉奶奶说，这是一甲人信得过她，侉奶奶就答应下了。这养老牛还有一笔基金（牛总要吃点干草呀），就交给侉奶奶放印子。从此侉奶奶就多了几件事：早起把牛放出来，尽它到草地上去吃青草。青草没有了，就喂它吃干草。一早一晚，牵到河边去饮。傍晚拿了收印子钱的折子，沿街串乡去收印子。晚上，牛就和她睡在一个屋里。牛卧着，安安静静地倒嚼，侉奶奶可觉得比往常累得多。她觉得骨头疼，半夜了，还没有睡着。

不到半年，这头牛老死了。侉奶奶把放印子的折子交还丁甲长，还是整天坐在门外纳鞋底。

牛一死，侉奶奶也像老了好多。她时常病病歪歪的，连粥都不想吃，在她的黑洞洞的草屋里躺着。有时出来坐坐，扶着门框往外走。

一天夜里下大雨。瓢泼大雨不停地下了一夜。很多人家都进了水。丁裁缝怕侉奶奶家也进了水了，她屋外的榆树都浸在水里了。他赤着脚走过去，推开侉奶奶的门一看：侉奶奶死了。

丁裁缝派人把她的侄子牛叫了来。

得给侉奶奶办后事呀。侉奶奶没有留下什么钱，牛也拿不出钱，只有卖榆树。

丁甲长找到杨老板。杨老板倒很仁义，说是先不忙谈榆树的事，这都好说，由他先垫出一笔钱来，给侉奶奶买一身老衣，一副杉木棺材，把侉奶奶埋了。

侉奶奶安葬以后，榆树生意也就谈妥了。杨老板雇了人来。咯嗤咯嗤，把八棵榆树都放倒了。新锯倒的榆树，发出很浓的香味。

杨老板把八棵榆树的树皮剥了，把树干卖给了木器店。据人了解，他卖的八棵树干的钱就比他垫出和付给牛的钱还要多。他等于白得了八棵榆树皮，又捞了一笔。

鱼

臭水河和越塘原是连着的。不知从哪年起，螺蛳坝以下淤塞了，就隔断了。风和人一年一年把干土烂草往河槽里填，河槽变成很浅了，不过旧日的河槽依然可以看得出来。两旁的柳树还能标出原来河的宽度。这还是一条河，一条没水的干河。

干河的北岸种了菜。南岸有几户人家。这几家都是做嫁妆的，主要是做嫁妆之中的各种盆桶，脚盆、马桶、檩子。这些盆桶是街上嫁妆店的订货，他们并不卖门市。这几家只是本钱不大，材料不多的作坊。这几家的大人、孩子，都是做盆桶的工人。他们整天在门外柳树下锯、刨。他们使用的刨子很特别。木匠使刨子是往前推，桶匠使刨子是往后拉。因为盆桶是圆的，这么使才方便，这种刨子叫作刮刨。盆桶成型后，要用砂纸打一遍，然后上漆。上漆之前，先要用猪血打一道底子。刷了猪血，得晾干。

因此老远地就看见干河南岸，绿柳荫中排列着好些通红的盆盆桶桶，看起来很热闹，画出了这几家作坊的一种忙碌的兴旺气象。

桶匠有本钱，有手艺，在越塘一带，比起那些完全靠力气吃饭的挑夫、轿夫要富足一些。和杀猪的庞家就不能相比了。

从佟奶奶家旁边向南伸出的后街到往螺蛳坝方向，拐了一个直角。庞家就在这拐角处，门朝南，正对越塘。他家的地势很高，从街面到屋基，要上七八层台阶。房屋在这一片算是最高大的。房屋盖起的时间不久，砖瓦木料都还很新。檩粗板厚，瓦密砖齐。两边各有两间卧房，正中是一个很宽敞的穿堂。坐在穿堂里，可以清清楚楚看到越塘边和淤塞的旧河交接处的一条从南到北的土路，看到越塘的水，和越塘对岸的一切，眼界很开阔。这前面的新房子是住人的。养猪的猪圈，烧水、杀猪的场屋都在后面。

庞家兄弟三个，各有分工。老大经营擘划，总管一切。老二专管各处收买生猪。他们家不买现成的肥猪，都是买半大猪回来自养。老二带一个伙计，一趟能赶二三十头猪回来。因为杀的猪多，他经常要外出。杀猪是老三的事，——当然要有两个下手伙计。每天五更头，东方才现一点鱼肚白，这一带人家就听到猪尖声嚎叫，知道庞家杀猪了。猪杀得了，放了血，在杀猪盆里用开水烫透，吹气，刮毛。杀猪盆是一种特制的长圆形的木盆，盆帮很高。二百来斤的猪躺在里面，富富有余。杀几头猪，没有一定，按时令不同。少则两头，多则三头四头，到年下人家腌肉时就杀得更多了。因此庞家有四个极大的木盆，几个伙计同时动手洗刮。

这地方不兴叫屠户。也不叫杀猪的，大概嫌这种叫法不好听，大都叫"开肉案子的"。"开"肉案子，是掌柜老板一流，显得身份高了。庞家肉案子生意很好，因为一条东大街上只有这一家肉案子。早起人进人出，剁刀响，铜钱响，票子响。不到晌午，几片猪就卖得差不多了。这里人一天吃的肉都是上午一次买齐，很少下午来割肉的。庞家肉案到午饭后，只留一两块后臀硬肋等待某些家临时来了客人的主顾，留一个人照顾着。一天的生意已经做完，店堂闲下来了。

店堂闲下来了。别的肉案子，闲着就闲着吧。庞家的人可真会想法子。他们在肉案子的对面，设了一道栏柜，卖茶叶。茶叶和猪肉是两码事，怎么能卖到一起去呢？——可是，又为什么一定不能卖到一起去呢？东大街没有一家茶叶店，要买茶叶就得走一趟北市口。有了这样一个卖茶叶的地方，省走好多路。卖茶叶，有一个人盯着就行了。有时叫一个小伙计来支应。有时老大或老三来看一会儿。有时，庞家的三妯娌之一，也来店堂里坐着，包包茶叶，收收钱。这半间店堂的茶叶店生意很好。

庞家三兄弟一个是一个。老大稳重，老二干练，老三是个文武全才。他们长得比别人高出一头。老三尤其肥白高大。他下午没事，常在越塘高空场上练石担子、石锁。他还会写字，写刘石庵体的行书。这里店铺都兴装着花槅子。槅子留出一方空白，叫作"槅子心"，可以贴字画。别家都是请人写画的。庞家肉案子是庞老三自己写的字。他大概很崇拜赵子龙。别人家槅心里写的是"春眠不觉晓，处处闻啼鸟"，"夫天地者万物之逆旅，光阴者百代之过客"之类，他写的都是《三国演义》里赞赵子龙的诗。

庞家这三个妯娌，一个赛似一个的漂亮，一个赛似一个的能干。她们都非常勤快。天不亮就起来，烧水，煮猪食，喂猪。白天就坐在穿堂里做针线。都是光梳头，净洗脸，穿得整整齐齐，头上戴着金簪子，手上戴着麻花银镯。人们走到庞家门前，就觉得眼前一亮。

到粥厂放粥，她们就一人拎一个槅子去打粥。

这不免会引起人们议论："戴着金簪子去打粥！——侉奶奶打粥，你庞家也打粥？！"大家都知道，她们打了粥来是不吃的，——喂猪！因此，越塘、螺蛳坝一带人对庞家虽很羡慕并不亲近，都觉得庞家的人太精了。庞家的人缘不算好。别人也知道，庞家人从心里看不起别人，尤其是这三个女的。

越塘边发生了从未见过的奇事。

这一年雨水特别大，臭水河的水平了岸，水都漫到后街街面上来了。地方上的居民铺户共同商议，决定挖开螺蛳坝，在淤塞的旧河槽挖一道沟，把臭水河的水引到越塘河里去。这道沟只两尺宽。臭水河的水位比越塘高得多。水在沟里流得像一支箭。

流着，流着，一个在岸边做桶的孩子忽然惊叫起来："鱼！"

一条长有尺半的大鲤鱼叭的一声蹦到岸上来了。接着，一条，一条，又一条，鲤鱼！鲤鱼！鲤鱼！

不知从哪里来的那么多的鲤鱼。它们戗着急水往上蹿，不断地蹦到岸上。桶店家的男人、女人、大人、小孩，都奔到沟边来捉鱼。有人搬了脚盆放在沟边，等鲤鱼往里跳。大家约定，每家的盆，放在自己家门口，鱼跳进谁家的盆算谁的。

他们正在商议，庞家的几个人搬了四个大杀猪盆，在水沟流入越塘入口处挨排放好了。人们小声嘟囔："真是眼尖手快啊！"但也没有办法。不是说谁家的盆放在谁家门口么？庞家的盆是放在庞家的门口（当然他家门口到河槽还有一个距离），庞家杀猪盆又大，放的地方又好，鱼直往里跳。人们不满意。但是好在家家的盆里都不断跳进鱼来，人们不断地欢呼，狂叫，简直好像做着一个欢喜而又荒唐的梦，高兴压过了不平。

这两天，桶匠家家家吃鱼，喝酒。这一辈子没有这样痛快地吃过鱼。一面开怀地嚼着鱼肉，一面还觉得天地间竟有这等怪事：鱼往盆里跳，实在不可思议。

两天后，臭水河的积水流泄得差不多了，螺蛳坝重新堵上，沟里没有水了，也没有鱼了，岸上到处是鱼鳞。

庞家桶里的鱼最多。但是庞家这两天没有吃鱼。他家吃的是鱼籽、鱼脏。鱼呢？这妯娌三个都把来用盐揉了，肚皮里撑一根芦柴棍，一条一条挂在门口的檐下晾着，挂了一溜。

把鱼已经通通吃光了的桶匠走到庞家门前，一个对一个说："真是鱼也有眼睛，谁家兴旺，它就往谁家盆里跳啊！"

正在穿堂里做针线的妯娌三个都听见了。三嫂子抬头看了二嫂子一眼，二嫂子看了大嫂子一眼，大嫂子又向两个弟媳妇都看了一眼。她们低下头来继续做针线。她们的嘴角都挂着一种说不清的表情。是对自己的得意？是对别人的鄙夷？

一九八一年六月十八日承德避暑山庄

故乡人

打鱼的

女人很少打鱼。

打鱼的有几种。

一种用两只三桅大船，乘着大西北风，张了满帆，在大湖的激浪中并排前进，船行如飞，两船之间挂了极大的拖网，一网上来，能打上千斤鱼。而且都是大鱼。一条大铜头鱼（这种鱼头部尖锐，颜色如新擦的黄铜，肉细味美，有的地方叫作黄段），一条大青鱼，往往长达七八尺。较小的，也都在五斤以上。起网的时候，如果觉得分量太沉，会把鱼放掉一些，否则有把船拽翻了的危险。这种豪迈壮观的打鱼，只能在严寒的冬天进行，一年只能打几次，鱼船的船主都是个小财主，虽然他们也随船下湖，驾船拉网，勇敢麻利处不比雇来的水性极好的伙计差到哪里去。

一种是放鱼鹰的。鱼鹰分清水、浑水两种。浑水鹰比清水鹰值钱得多。浑水鹰能在浑水里睁眼，清水鹰不能。湍急的浑水里才有大鱼，名贵的鱼。清水里只有普通的鱼，不肥大，味道也差。站在高高的运河堤上，看人放鹰捉鱼，真是一件快事。一般是两个人，一个撑船，一个管鹰。一船鱼鹰，多的可到二十只。这些鱼鹰歇在木架上，一个一个都好像很兴奋，不停地鼓嗓子，扇翅膀，有点迫不及待的样子。管鹰的把篙子一摆，二十只鱼鹰扑通扑通一齐钻进水里，不大一会儿，接二连三地上来了。嘴里都叼着一条一尺多长的鳜鱼，鱼尾不停地搏动。没有一只落空。有时两只鱼鹰合抬着一条大鱼。喝！这条大鳜鱼！烧出来以后，哪里去找这样大的鱼盘来盛它呢？

一种是扳罾的。

一种是撒网的。……

还有一种打鱼的：两个人，都穿了牛皮缝制的连鞋子、裤子带上衣的罩衣，颜色黄白黄白的，站在齐腰的水里。一个张着一面八尺来宽的兜网；另一个按着一个下宽上窄的梯形的竹架，从一个距离之外，对面走来，一边一步一步地走，一边把竹架在水底一戳一戳地戳着，把鱼赶进网里。这样的打鱼的，只有在静止的浅水里，或者在虽然流动但水不深，流不急的河里，如护城河这样的地方，才能见到。这种打鱼的，每天打不了多少，而且没有很大的、很好的鱼。大都是不到半斤的鲤鱼拐子、鲫瓜子、鲶鱼。连不到二寸的"罗汉狗子"，薄得无肉的"猫杀子"，他们也都要。他们时常会打到乌龟。

在小学校后面的苇塘里，臭水河，常常可以看到两个这样的打鱼的。一男一女。他们是两口子。男的张网，女的赶鱼。奇怪的是，他们打了一天的鱼，却听不到他们说一句话。他们的脸上既看不出高兴，也看不出失望、忧愁，总是那样平平淡淡的，平淡得近于木然。除了举网时听到欻的一声，和梯形的竹架间或搅动出一点水声，听不到一点声音。就是举网和搅水的声音，也很轻。

有几天不看见这两个穿着黄白黄白的牛皮罩衣的打鱼的了。又过了几天，他们又来了。按着梯形竹架赶鱼的换了一个人，一个十五六岁的小姑娘。辫根缠了白头绳。一看就知道，是打鱼人的女儿，她妈死了，得的是伤寒。她来顶替妈的职务了。她穿着妈穿过的皮罩衣，太大了，腰里窝着一块，更加显得臃肿，她也像妈一样，按着梯形竹架，一戳一戳地戳着，一步一步地往前走。

她一定觉得：这身湿了水的牛皮罩衣很重，秋天的水已经很凉，父亲的话越来越少了。

金大力

金大力想必是有个大名的，但大家都叫他金大力，当面也这样叫。为什么叫他金大力，已经无从查考。他姓金，块头倒是很大。他家放剩饭的淘箩，年下腌制的风鱼咸肉，都挂得很高，别人够不着，他一伸手就能取下来，不用使竹竿叉棍去挑，也不用垫一张凳子。身大力不亏。但是他是不是有很大的力气，没法证明。关于他的大力，没有什么传说的故事，他没有表演过一次，也没有人和他较量过。他这人是不会当众表演，更不会和任何人较量的。因此，大力只是想当然耳。是不是和戏里的金大力有什么关系呢？也说不定。也许有。他很老实，也没有什么本事，这一点倒和戏里的金大力有点像。戏里的金大力只是个傻大个儿，哪次打架都有他，有黄天霸就有他，但哪回他也没有打得很出色。人们在提起金大力时，并不和戏台上那个戴着红缨帽或盘着一条大辫子，拿着一根可笑的武器，——一根红漆的木棍的那个金大力的形象联系起来。这个金大力和那个金大力不大相干。这个金大力只是一个块头很大的，家里开着一爿茶水炉子，本人是个瓦匠头儿的老实人。

他怎么会当了瓦匠头儿呢？

按说，瓦匠里当头儿的，得要年高望重，手艺好，有两手绝活，能压众，有口才，会讲话，能应付场面，还得有个好人缘儿。前面几条，金大力都不沾。金大力是个很不够格的瓦匠，他的手艺比一个刚刚学徒的小工强不了多少，什么活也拿不起来。一般老师傅会做的活，不用说相地定基，估工算料，砌墙时挂线，布瓦时堆瓦脊两边翘起的山尖，用一把瓦刀舀起半桶青灰在瓦脊正中塑出花开四面的浮雕……这些他通通不会，他连砌墙都砌不直！当了一辈子瓦匠，砌墙会砌出一个鼓肚子，真也是少有。他是一个瓦匠头，只能干一些小工活，和灰送料，传砖递瓦。这人很拙于言词，一天说不了几句话，老是闷声不响，他不会说几句恭喜发财、大吉大利的应酬门面话讨主人家喜欢；也不会说几句夸赞奉承、道劳致谢的漂亮话叫同行高兴；更不会长篇大套地训教小工以显示一个头儿的身份。他说的只是几句实实在在的大实话。说话很慢，声音很低，跟他那副大骨架很不相符。只有一条，他倒是具备的：他有一个好人缘儿。不知道为什么，他的人缘儿会那么好。

这一带人家，凡有较大的泥工瓦活，都愿意找他。一般的零活，比如检个漏，修补一下被雨水冲坍的山墙，这些，直接雇两个瓦匠来就行了，不必通过金大力。若是新建房屋，或翻盖旧房，就会把金大力叫来。金大力听明白了是一个多大的工程，就告辞出来。他算不来所需工料、完工日期，就去找有经验的同行商议。第二天，带了一个木匠头儿，一个瓦匠老师傅，拿着工料单子，向主人家据实复告。主人家点了头，他就去约人、备料。到窑上订砖、订瓦，到石灰行去订石灰、麻刀、纸脚。他一辈子经手了数不清的砖瓦石灰，可是没有得过一手钱的好处。

这里兴建动工有许多风俗。先得"破土"。由金大力用铁锹挖起一小块土，铲得四方四正，用红纸包好，供在神像前面。——这一方土要到完工时才撤去。然后，主人家要请一桌酒。这桌酒有两点特别处，一是席面所用器皿都十分粗糙，红漆筷子，蓝花粗瓷大碗；二是菜除了猪肉、豆腐外，必有一道泥鳅，这好像有一点是和泥瓦匠开玩笑，但瓦匠都不见怪，因为这是规矩。这桌酒，主人是不陪的，只是出来道一声"诸位多辛苦"，然后就委托金大力："金师傅，你陪陪吧！"金大力就代替了主人，举起酒杯，喝下一口淡酒。这时木匠已经把房架立好，到了择定吉日的五更头，上了梁，——梁柱上贴了一副大红对子："登柱喜逢黄道日，上梁正遇紫微星"，两边各立了一面筛子，筛子里斜贴了大红斗方，斗方的四角写着"吉星高照"，金大力点起一挂鞭，泥瓦工程就开始了。

每天，金大力都是头一个来，比别人要早半小时。来了，把孩子们搬下来搭桥、搭鸡窝玩的砖头捡回砖堆上去，把碍手碍脚的棍棍棒棒归置归置，清除"脚手"板子上昨天滴下的灰泥，把"脚手"往上提一提，捆"脚手"的麻绳紧一紧，扫扫地，然后，挑了两担水来，用铁锹抓钩和青灰，——石灰里兑了锅烟；和黄泥。灰泥和好，伙计们也就来上工了。他是个瓦匠，上工时照例也在腰带里掖一把瓦刀，手里提着一个抿子。可是他的瓦刀抿子几乎随时都是干的。他一天使的家伙就是铁锹抓钩，他老是在和灰、和泥。他只能干这种小工活，也就甘心干小工活。他从来不想去露一手，去逞能卖嘴，指手画脚，到了半前晌和半后晌，伙计们照例要下来歇一会儿，金大力看看太阳，提起两把极大的紫砂壶就走。在壶里撮了两大把茶叶梗子，到他自己家的茶水炉上，灌了两壶水，把茶水筛在大碗里，就抬头叫嚷："哎，下来喝茶来！"傍晚收工时，他总是最后一个走。他要各处看看，看看今天的进度、质量（他的手艺不高，这些都还是会看的），也看看有没有留下火星（木匠熬胶要点火，瓦匠里有抽烟的）。然后，解下腰带，从头到脚，抽打一遍。走到主人家窗下，扬声告别："明儿见啦！晚上你们照看着点！"——"好来，我们会照看。明儿见，金师傅！"

金大力是个瓦匠头儿，可是拿的工钱很低，比一个小工多不了多少。同行师傅们过意不去，几次提出要给金头儿涨涨工钱。金大力说："不。干什么活，拿什么钱。再说，我家里还开着一爿茶水炉子，我不比你们指身为业。这我就知足。"

金家茶炉子生意很好。一早、晌午、傍黑，来打开水的人很多，提着木桶子的，提着洋铁壶、暖壶、茶壶的，川流不息。这一带店铺人家一般不烧开水，要用开水，多到茶炉子上去买，这比自己家烧方便。茶水炉子，是一个砖砌的长方形的台子，四角安四个很深很大的铁罐，当中有一个火口。这玩意儿，有的地方叫作"老虎灶"。烧的是稻糠。稻糠着得快，火力也猛。但这东西不经烧，要不断地往里续。烧火的是金大力的老婆。这是个很结实也很利索的女人。只见她用一个小铁簸箕，一簸箕一簸箕地往火口里倒糠。火光轰轰地一阵一阵往上冒，照得她满脸通红。半箩稻糠烧完，四个铁罐里的水就哗哗地开了，她就等着人来买水，一舀子一舀子往各种容器里倒。到罐里水快见底时，再烧。一天也不见她闲着。（稻糠的灰堆在墙角，是很好的肥料，卖给乡下人壅田，一个月能卖不少钱。）

茶炉子用水很多。金家茶炉的一半地方是三口大水缸。因为缸很深，一半埋在地里。一口缸容水八担，金家一天至少要用二十四担水。这二十四担水都是金大力挑的。有活时，他早晚挑；没活时（瓦匠不能每天有活）白天挑。因为经常挑水，总要洒泼出一些，金家茶炉一边的地总是湿漉漉的，铺地的砖发深黑色（另一边的砖地是浅黑色）。你要是路过金家茶炉子，常常可以看见金大力坐在一根搭在两只水桶的扁担上休息，好像随时就会站起身来去挑一担水。

金大力不变样，多少年都是那个样子。高大结实，沉默寡言。

不，他也老了。他的头发已经有了几根白的了，虽然还不大显，墨里藏针。

钓鱼的医生

这个医生几乎每天钓鱼。

他家挨着一条河。出门走几步，就到了河边。这条河不宽。会打水撇子（有的地方叫打水漂，有的地方叫打水片）的孩子，捡一片薄薄的破瓦，一扬手忒忒忒忒，打出二十多个，瓦片贴水飘过河面，还能蹦到对面的岸上。这条河下游淤塞了，水几乎是不流动的。河里没有船。也很少有孩子到这里来游水，因为河里淹死过人，都说有水鬼。这条河没有什么用处。因为水不流，也没有人挑来吃。只有南岸的种菜园的每天挑了浇菜。再就是有人家把鸭子赶到河里来放。河南岸都是大柳树。有的欹侧着，柳叶都拖到了水里。河里鱼不少，是个钓鱼的好地方。

你大概没有见过这样的钓鱼的。

他搬了一把小竹椅，坐着。随身带着一个白泥小炭炉子，一口小锅，提盒里葱姜作料俱全，还有一瓶酒。他钓鱼很有经验。钓竿很短，鱼线也不长，而且不用漂子，就这样把钓线甩在水里，看到线头动了，提起来就是一条。都是三四寸长的鲫鱼。——这条河里的鱼以白条子和鲫鱼为多。白条子他是不钓的，他这种钓法，是钓鲫鱼的。钓上来一条，刮刮鳞洗净了，就手就放到锅里。不大一会儿，鱼就熟了。他就一边吃鱼，一边喝酒，一边甩钩再钓。这种出水就烹制的鱼味美无比，叫作"起水鲜"。到听见女儿在门口喊："爸——！"知道是有人来看病了，就把火盖上，把鱼竿插在岸边湿泥里，起身往家里走。不一会儿，就有一只钢蓝色的蜻蜓落在他的鱼竿上了。

这位老兄姓王，字淡人。中国以淡人为字的好像特别多，而且多半姓王。他们大都是阴历九月生的，大名里一定还带一个菊字。古人的一句"人淡如菊"的诗，造就了多少人的名字。

王淡人的家很好认。门口倒没有特别的标志。大门总是开着的，望里一看，就看到通道里挂了好几块大匾。匾上写的是"功同良相"、"济世救人"、"仁心仁术"、"术绍岐黄"、"杏林春暖"、"橘井流芳"、"妙手回春"、"起我沉疴"……医生家的匾都是这一套。这是亲友或病家送给王淡人的祖父和父亲的。匾都有年头了，匾上的金字都已经发暗。到王淡人的时候，就不大兴送匾了。送给王淡人的只有一块，匾很新，漆地乌亮，匾字发光，是去年才送的。这块匾与医术无关，或关系不大，匾上写的是"急公好义"，字是颜体。

进了过道，是一个小院子。院里种着鸡冠、秋葵、凤仙一类既不花钱，又不费事的草花。有一架扁豆。还有一畦瓢菜。这地方不吃瓢菜，也没有人种。这一畦瓢菜是王淡人从外地找了种子，特为种来和扁豆配对的。王淡人的医室里挂着一副郑板桥写的（木板刻印的）对子："一庭春雨瓢儿菜，满架秋风扁豆花。"他很喜欢这副对子。这点淡泊的风雅，和一个不求闻达的寒士是非常配称的。其实呢？何必一定是瓢儿菜，种什么别的菜也不是一样吗？王淡人花费心思去找了瓢菜的菜种来种，也可看出其天真处。自从他种了瓢菜，他的一些穷朋友在来喝酒的时候，除了吃王淡人自己钓的鱼，就还能尝到这种清苦清苦的菜蔬了。

过了小院，是三间正房，当中是堂屋，一边是卧房，一边是他的医室。

他的医室和别的医生的不一样，像一个小药铺。架子上摆着许多青花小瓷坛，坛口塞了棉纸卷紧的塞子，坛肚子上贴着浅黄蜡笺的签子，写着"九一丹"、"珍珠散"、"冰片散"……到处还有一些大大小小的乳钵，药碾子、药臼、嘴刀、剪子、镊子、钳子、钎子、往耳朵和喉咙里吹药用的铜鼓……他这个医生是"男妇内外大小方脉"，就是说内科、外科、妇科、儿科，什么病都看。王家三代都是如此。外科用的药，大都是"散"——药面子。"神仙难识丸散"，多有经验的医生和药铺的店伙也鉴定不出散的真假成色，都是一些粉红的或雪白的粉末。虽然每一家药铺都挂着一块小匾"修合存心"，但是王淡人还是不相信。外科散药里有许多贵重药：麝香、珍珠、冰片……哪家的药铺能用足？因此，他自己炮制。他的老婆、儿女，都是他的助手，经常看到他们抱着一个乳钵，握着乳锤，一圈一圈慢慢地磨研（散要研得极细，都是加了水"乳"的）。另外，找他看病的多一半是乡下来的，即使是看内科，他们也不愿上药铺去抓药，希望先生开了方子就给配一服，因此，他还得预备一些常用的内科药。

　　城里外科医生不多，——不知道为什么，大家对外科医生都不大看得起，觉得都有点"江湖"，不如内科清高，因此，王淡人看外科的时间比较多。一年也看不了几起痈疽重症，多半是生疮长疖子，而且大都是七八岁狗都嫌的半大小子。常常看见一个大人带着生瘌痢头的瘦小子，或一个长疖腮的胖小子走进王淡人家的大门；不多一会儿，就又看见领着出来了。生瘌痢的涂了一头青黛，把一个秃光光的脑袋涂成了蓝的；生疖腮的腮帮上画着一个乌黑的大圆饼子，——是用掺了冰片研出的陈墨画的。

　　这些生疮长疖子的小病症，是不好意思多收钱的，——那时还没有挂号收费这一说。而且本地规矩，熟人看病，很少当下交款，都得要等"三节算账"，——端午、中秋、过年。忘倒不会忘的，多少可就"各凭良心"了。有的也许为了高雅，其实为了省钱，不送现钱，却送来一些华而不实的礼物：枇杷、扇子、月饼、莲蓬、天竺果子、腊梅花。乡下来人看病，一般倒是当时付酬，但常常不是现钞，或是二十个鸡蛋，或一升芝麻，或一只鸡，或半布袋鹌鹑！遇有实在困难，什么也拿不出来的，就由病人的儿女趴下来磕一个头。王淡人看看病人身上盖着的破被，鼻子一酸，就不但诊费免收，连药钱也白送了。王淡人家吃饭不致断顿，——吃扁豆、瓢菜、小鱼、糙米——和炸鹌鹑！穿衣可就很紧了。淡人夫妇，十多年没添置过衣裳。只有儿子女儿一年一年长高，不得不给他们换换季。有人说：王淡人很傻。

王淡人是有点傻。去年、今年，就办了两件傻事。

去年闹大水。这个县的地势，四边高，当中低，像一个水壶，别名就叫作盂城。城西的运河河底，比城里的南北大街的街面还要高。站在运河堤上，可以俯瞰城中鳞次栉比的瓦屋的屋顶；城里小孩放的风筝，在河堤游人的脚底下飘着。因此，这地方常闹水灾。水灾好像有周期，十年大闹一次。去年闹了一次大水。王淡人在河边钓鱼，傍晚听见蛤蟆爬在柳树顶上叫，叫得他心惊肉跳，他知道这是不祥之兆。蛤蟆有一种特殊的灵感，水涨多高，它就在多高处叫。十年前大水灾就是这样。果然，连天暴雨，一夜西风，运河决了口，浊黄色的洪水倒灌下来，平地水深丈二，大街上成了大河。大河里流着箱子、柜子、死牛、死人。这一年死于大水的，有上万人。大水十多天未退，有很多人困在房顶、树顶和孤岛一样的高岗子上挨饿；还有许多人生病：上吐下泻，痢疾伤寒。王淡人就用了一根结结实实的撑船用的长竹篙拄着，在齐胸的大水里来往奔波，为人治病。他会水，在水特深的地方，就横执着这根竹篙，汩水过去。他听说泰山庙北边有一个被大水围着的孤村子，一村子人都病倒了。但是泰山庙那里正是洪水的出口，水流很急，不能容舟，过不去！他和四个水性极好的专在救生船上救人的水手商量，弄了一只船，在他的腰上系了四根铁链，每一根又分在一个水手的腰里，这样，即使是船翻了，他们之中也可能有一个人把他救起来。船开了，看着的人的眼睛里都蒙了一层眼泪。眼看这只船在惊涛骇浪里颠簸出没，终于靠到了那个孤村，大家发出了雷鸣一样的欢呼。这真是玩儿命的事！

水退之后，那个村里的人合送了他一块匾，就是那块"急公好义"。

拿一条命换一块匾，这是一件傻事。

另一件傻事是给汪炳治搭背，今年。

汪炳是和他小时候一块儿掏蛐蛐，放风筝的朋友。这人原先很阔。这一街的老人到现在还常常谈起他娶亲的时候，新娘子花鞋上缀的八颗珍珠，每一颗都有指头顶子那样大！这家伙，吃喝嫖赌抽大烟，把家业败得精光，连一片瓦都没有，最后只好在几家亲戚家寄食。这一家住三个月，那一家住两个月。就这样，他还抽鸦片！他给人家熬大烟，报酬是烟灰和一点膏子。他一天夜里觉得背上疼痛，浑身发烧，早上歪歪倒倒地来找王淡人。

王淡人一看，这是个有名有姓的外症：搭背。说："你不用走了！"

王淡人把汪炳留在家里住，管吃、管喝，还管他抽鸦片，——他把王淡人留着配药的一块云土抽去了一半。王淡人祖上传下来的麝香、冰片也为他用去了三分之一。一个多月以后，汪炳的搭背收口生肌，好了。

有人问王淡人："你干吗为他治病？"王淡人倒对这话有点不解，说："我不给他治，他会死的呀。"

汪炳没有一个钱。白吃，白喝，白治病。病好后，他只能写了很多鸣谢的帖子，贴在满城的街上，为王淡人传名。帖子上的言词倒真是淋漓尽致，充满感情。

王淡人的老婆是很贤惠的，对王淡人所做的事没有说过一个不字。但是她忍不住要问问淡人："你给汪炳用掉的麝香、冰片，值多少钱？"王淡人笑一笑，说："没有多少钱。——我还有。"他老婆也只好笑一笑，摇摇头。

王淡人就是这样，给人看病，看"男女内外大小方脉"，做傻事，每天钓鱼。一庭春雨，满架秋风。

你好，王淡人先生！

一九八一年八月十九日

徙

北溟有鱼，其名为鲲。鲲之大，不知其几千里也；化而为鸟，其名为鹏，鹏之背，不知其几千里也。怒而飞，其翼若垂天之云。是鸟也，海运则将徙于南溟。

——《庄子·逍遥游》

很多歌消失了。

许多歌的词、曲的作者没有人知道。

有些歌只有极少数的人唱，别人都不知道。比如一些学校的校歌。

县立第五小学历年毕业了不少学生。他们多数已经是过六十的人了。他们之中不少人还记得母校的校歌，有人能够一字不差地唱出来。

西挹神山爽气，

东来邻寺疏钟，

看吾校巍巍峻宇，

连云栉比列其中。

半城半郭尘嚣远，

无女无男教育同。

桃红李白，

芬芳馥郁，

一堂济济坐春风。

愿少年，

乘风破浪，

他日毋忘化雨功！

　　每逢"纪念周"，每天上课前的"朝会"，放学前的"晚会"，开头照例是唱"党歌"，最后是唱校歌。一个担任司仪的高年级同学高声喊道："唱——校——歌！"全校学生，三百来个孩子，就用玻璃一样脆亮的童音，拼足了力气，高唱起来。好像屋上的瓦片、树上的树叶都在唱。他们接连唱了六年，直到毕业离校，真是深深地印在脑子里了。说不定临死的时候还会想起这支歌。

　　歌词的意思是没有人解释过的。低年级的学生几乎完全不懂它说的是什么。他们只是使劲地唱，并且倾注了全部感情。到了四五年级，就逐渐明白了，因为唱的次数太多，天天就生活在这首歌里，慢慢地自己就琢磨出来了。最先懂得的是第二句。学校的东边紧挨一个寺，叫作承天寺。承天寺有一口钟。钟撞起来嗡嗡地响。"神山爽气"是这个县的"八景"之一。神山在哪里，"爽气"是什么样的"气"，小学生不知道，只是无端地觉得很美，而且有一种神秘感。下面的歌词也朦朦胧胧地理解了：是说学校有很多房屋，在城外，是个男女合校，有很多同学。总的说来是说这个学校很好。十来岁的孩子很为自己的学校骄傲，觉得它很了不起，并且相信别的学校一定没有这样一首歌。到了六年级，他们才真正理解了这首歌。毕业典礼上（这是他们第一次"毕业"），几位老师讲过了话，司仪高声喊道："唱——校——歌！"这是他们最后一次大家聚在一起唱这支歌了。他们唱得异常庄重，异常激动。玻璃一样的童声高唱起来：

　　西挹神山爽气，
　　东来邻寺疏钟……

　　唱到"愿少年，乘风破浪，他日毋忘化雨功"，大家的心里都是酸酸的。眼泪在乌黑的眼睛里发光。这是这首歌的立意所在，点睛之笔，其余的，不过是敷陈其事。从语气看，像是少年对自己的勖勉，同时又像是学校老师对教了六年的学生的嘱咐。一种遗憾、悲哀而酸苦的嘱咐。他们知道，毕业出去的学生，日后多半是会把他们忘记的。

毕业生中有一些是乘风破浪，做了一番事业的；有的离校后就成为泯然众人，为衣食奔走了一生；有的，死掉了。

这不是一支了不起的歌，但很贴切。朴朴实实，平平常常，和学校很相称。一个在寺庙的废基上改建成的普通的六年制小学，又能写出多少诗情画意呢？人们有时想起，只是为了从干枯的记忆里找回一点淡淡的童年，在歌声中想起那些校园里的蔷薇花，冬青树，擦了无数次的教室的玻璃，上课下课的钟声，和球场上像烟火一样升到空中的一阵一阵的明亮的欢笑……

校歌的作者是高先生，有些人知道，有些人不知道。

先生名鹏，字北溟，三十后，以字行。家世业儒。祖父、父亲都没有考取功名，靠当塾师、教蒙学，以维生计。三代都住在东街租来的一所百年老屋之中，临街有两扇白木的板门，真是所谓寒门。先生少孤。尝受业于邑中名士谈甓渔，为谈先生之高足。

这谈甓渔是个诗人，也是个怪人。他功名不高，只中过举人，名气却很大。中举之后，累考不进，无意仕途，就在江南江北，沭阳溧阳等地就馆。他教出来的学生，有不少中了进士，谈先生于是身价百倍，高门大族，争相延致。晚年惮于舟车，就用学生谢师的银子，回乡盖了一处很大的房子，闭户著书。书是著了，门却是大开着的。他家门楼特别高大。为什么盖得这样高大？据说是盖窄了怕碰了他的那些做了大官的学生的纱帽翅儿。其实，哪会呢？清朝的官戴的都是顶子，缨帽花翎，没有帽翅。地方上人这样的口传，无非是说谈老先生的阔学生很多。这座大门里每年进出的知县、知府，确实不在少数。门楼宽大，是为了供轿夫休息用的。往年，两边放了极其宽长的条凳，柏木的凳面都被人的屁股磨得光光滑滑的了。谈家门楼巍然突出，老远的就能看见，成了指明方位的一个标志，一个地名。一说"谈家门楼"东边，"谈家门楼"斜对过，人们就立刻明白了。谈甏渔的故事很多。他念了很多书，学问很大，可是不识数，不会数钱。他家里什么都有，可是他愿意到处闲逛，到茶馆里喝茶，到酒馆里喝酒，烟馆里抽烟。每天出门，家里都要把他需用的烟钱、茶钱、酒钱分别装在布口袋里，给他挂在拐杖上，成了名副其实的"杖头钱"。他常常傍花随柳，信步所之，喝得半醉，找不到自己的家。他爱吃螃蟹，可是自己不会剥，得由家里人把蟹肉剥好，又装回蟹壳里，原样摆成一个完整的螃蟹。两个螃蟹能吃三四个小时，热了凉，凉了又热。他一边吃蟹，一边喝酒，一边看书。他没有架子，没大没小，无分贵贱，三教九流，贩夫走卒，都谈得来，是个很通达的人，然而，品望很高。就是点过翰林的李三麻子远远从轿帘里看见谈老先生曳杖而来，也要赶紧下轿，避立道侧。他教学生，教时文八股，也教古文诗赋，经史百家。他说："我不愿谈罾渔教出来的学生，如郑板桥所说，对案至不能就一札！"他大概很会教书，经他教过的学生，不通的很少。

谈老先生知道高家很穷，他教高先生书，不受脩金。每回高先生的母亲封了节敬送去，谈老先生必亲自上门退回，说：

"老嫂子，我与高鹏的父亲是贫贱之交，总角之交，你千万不要这样！我一定格外用心地教他，不负故人。高鹏的天资，虽只是中上，但很知发愤。他深知先人为他取的名、字的用意。他的诗文都很有可观，高氏有子矣。北溟之鹏终将徙于南溟。高了，不敢说。青一衿，我看，如拾芥耳。我好歹要让他中一名秀才。"

果然，高先生在十六岁的时候，高高地中了一名秀才。众人说：高家的风水转了。

不想，第二年就停了科举。

废科举，兴学校，这个小县城里增添了几个疯子。有人投河跳井，有人跑到明伦堂[1]去痛哭。就在高先生所住

[1] 明伦堂是孔庙的正殿，供着至圣先师的牌位。

的东街的最东头，有一姓徐的呆子。这人不知应考了多少次，到头来还是一个白丁。平常就有点迂迂磨磨，颠颠倒倒。说起话满嘴之乎者也。他老婆骂他："晚饭米都没得一颗，还你妈的之乎——者也！"徐呆子全然不顾，朗吟道："之乎者也矣焉哉，七字安排好秀才！"自从停了科举，他又添了一宗新花样。每逢初一、十五，或不是正日，而受了老婆的气，邻居的奚落，他就双手捧了一个木盘，盘中置一香炉，点了几根香，到大街上去背诵他的八股窗稿，穿着油腻的长衫，趿着破鞋，一边走，一边念。随着文气的起承转合，步履忽快忽慢；词句的抑扬顿挫，声音时高时低。念到曾经业师浓圈密点的得意之处，摇头晃脑，昂首向天，面带微笑，如醉如痴，仿佛大街上没有一个人，天地间只有他的字字珠玑的好文章。一直念到两颊绯红，双眼出火，口沫横飞，声嘶气竭。长歌当哭，其声冤苦。街上人给他这种举动起了一个名字，叫作"哭圣人"。

他这样哭了几年，一口气上不来，死在街上了。

高北溟坐在百年老屋之中，常常听到徐呆子从门外哭过来，哭过去。他恍恍惚惚觉得，哭的是他自己。

功名道断，高北溟怎么办呢？

头二年，他还能靠笔耕生活。谈先生还没有死。有人求谈先生的文字，碑文墓志，寿序挽联，谈先生都推给了高先生。所得润笔，尚可馇粥。谈先生寿终，高北溟缌麻服孝，尽礼致哀，写了一篇长长的祭文，泣读之后，忧心如焚。

他也曾像他的祖父和父亲一样，开设私塾教几个小小蒙童，教他们读三（字经）、百（家姓）、千（字文），《幼学琼林》《龙文鞭影》。然而除了少数极其守旧的人家，都已经把孩子送进学校了。他也曾挂牌行医看眼科。谈甓渔老先生的祖上本是眼科医生。他中举之后，还偶尔为人看眼疾。他劝高鹏也看看眼科医书，给他讲过平热泻肝之道。万一功名不就，也有一技之长，能够糊口。可是城里近年害眼的不多。有患赤红火眼的，多半到药店里买一服鹅翎眼药（装在一根鹅毛翎管里的红色的眼药），清水化开，用灯草点进眼内，就好了。眼科，不像"男妇内外大小方脉"那样有"走时"的时候。文章不能锅里煮，百无一用是书生，一家四口，每天至少要升半米下锅，如之何？如之何？

正在囊空咄咄，百无聊赖，有一个平素很少来往的世交沈石君来看他。沈石君比高北溟大几岁，也曾跟谈甓渔读过书，开笔成篇以后，到苏州进了书院。书院改成学堂，革命、"光复"……他就成了新派，多年在外边做事。他有志办教育，在省里当督学。回乡视察了几个小学之后，拍开了高家的白木板门。他劝高北溟去读两年简易师范，取得一个资格，教书。

读师范是被人看不起的。师范不收学费，每月还可有伙食津贴，师范生被人称为"师范花子"，但这在高北溟是一条可行的路，虽然现在还来入学读书，岁数实在太大些了。好在同学中年纪差近的也还有，而且"简师"只有两年，一晃也就过去了。

简师毕业，高先生在"五小"任教。

高先生有了职业，有了虽不丰厚但却可靠的收入，可以免于冻饿，不致像徐呆子似的死在街上了。

按规定，简师毕业，只能教初、中年级，因为高先生是谈甓渔的高足，中过秀才，声名籍籍，叫他去教"大狗跳，小狗叫，大狗跳一跳，小狗叫一叫"，实在说不过去，因此，破格担任了五、六年级的国文。即使是这样，当然也还不能展其所长，尽其所学。高先生并不意满志得。然而高先生教书是认真的。讲课、改作文，郑重其事，一丝不苟。

同事起初对他很敬重，渐渐地在背后议论起来，说这个人的脾气很"方"。是这样。高先生落落寡合，不苟言笑，不爱闲谈，不喜交际。他按时到校，到教务处和大家略点一点头，拿了粉笔、点名册就上教室。下了课就走。有时当中一节没有课，就坐在教务处看书。小学教师的品类也很杂。有正派的教师；也有头上涂着司丹康、脸上搽着雪花膏的纨绔子弟；戴着瓜皮秋帽、留着小胡子，琵琶襟坎肩的纽子挂着青天白日徽章，一说话不停地挤鼓眼的幕僚式的人物。他们时常凑在一起谈牌经，评"花榜"[1]，交换庸俗无聊的社会新闻，说猥亵下流的荤笑话。高先生总是正襟危坐，不作一声。同事之间为了"联络感情"，时常轮流做东，约好了在星期天早上"吃早茶"。这地方"吃早茶"不是喝茶，主要是吃各种点心——蟹肉包子、火腿烧麦、冬笋蒸饺、脂油千层糕。还可叫一个三鲜煮干丝，小酌两杯。这种聚会，高先生概不参加。小学校的人事说简单也简单，说复杂也挺复杂。教员当中也有派别，为了一点小小私利，排挤倾轧，钩心斗角，飞短流长，造谣中伤。这些派别之间的明暗斗争，又与地方上的党政权势息息相关，且和省中当局遥相呼应。千丝万缕，变幻无常。高先生对这种派别之争，从不介入。有人曾试图对他笼络（高先生素负文名，受人景仰，拉过来是个"实力"），被高先生冷冷地拒绝了。他教学生，也是因材施教，无所阿私，只看品学，不问家庭。每一班都有一两个他特别心爱的学生。高先生看来是个冷面寡情的人，其实不是这样，只是他对得意的学生的喜爱不形于色，不像有些婆婆妈妈的教员。时常摸着学生的头，

---

[1] 把城中妓女加以品评，定出状元、榜眼、探花、一甲、二甲，在小报上公布，谓之"花榜"。嫖客中的才子同时还写了一些很香艳的诗来咏这些"花"。

拉着他的手，满脸含笑，问长问短。他只是把他的热情倾注在教学之中。他讲书，眼睛首先看着这一两个学生，看他们领会了没有。改作文，改得特别仔细。听这一两个学生回讲课文，批改他们的作文课卷，是他的一大乐事。只有在这样的时候，他觉得不负此生，做了一点有意义的事。对于平常的学生，他亦以平常的精力对待之。对于资质顽劣，不守校规的学生，他常常痛加训斥，不管他的爸爸是什么局长还是什么党部委员。有些话说得比较厉害，甚至侵及他们的家长。因为这些，校中同事不喜欢他，又有点怕他。他们为他和自己的不同处而忿忿不平，说他是自命清高，沽名钓誉，不近人情，有的干脆说："这是绝户脾气！"

高先生没有儿子，只有两个女儿。

高先生性子很急，爱生气。生起气来不说话，满脸通红，脑袋不停地剧烈地摇动。他家世寒微，资格不高，故多疑。有时别人说了一两句不中听的话，或有意，或无意，高先生都会多心。比如有的教员为一点不顺心的事而牢骚，说："家有三担粮，不当孩子王！我祖上还有几亩薄田，饿不死。不为五斗米折腰，我辞职，不干了！"——"老子不是那不花钱的学校毕业的，我不受这份窝囊气！"高先生都以为这是敲打他，他气得太阳穴的青筋都绷起来了。看样子他就会拍桌大骂，和人吵一架，然而他强忍下了，他只是不停地剧烈地摇着脑袋。

高先生很孤僻，不出人情，不随份子，几乎与人不通庆吊。他家从不请客，他也从不赴宴。他教书之外，也还为人写寿序，撰挽联，委托的人家照例都得请请他。知单[1]送到，他照例都在自己的名字下书一"谢"字。久而久之，都知道他这脾气，也就不来多此一举了。

他不吃烟，不饮酒，不打牌，不看戏。除了学校和自己的家，哪里也不去，每天他清早出门，傍晚回家。拍拍白木的板门，过了一会儿，门开了。进门是一条狭长的过道，砖缝里长着扫帚苗，苦艾，和一种名叫"七里香"其实是闻不出什么气味，开着蓝色的碎花的野草，有两个黄蝴蝶寂寞地飞着。高先生就从这些野草丛中踏着沉重的步子走进去，走进里面一个小门，好像走进了一个深深的洞穴，高大的背影消失了。木板门又关了，把门上的一副春联关在外面。

高先生家的春联都是自撰的，逐年更换，不像一般人家是迎祥纳福的吉利话，都是述怀抱、舒愤懑的词句，全城少见。

这年是辛未年，板门上贴的春联嵌了高先生自己的名、字：

---

[1] 请客的单子，上面开列了要请的客。被请的人如在自己的姓名下写"敬陪末座"或一"知"字，即表示准时赴席；写一"谢"字是表示不到。

辛夸高岭桂

未徙北溟鹏

也许这是一个好兆,"未徙"者"将徙"也。第二年,即壬申年,高北溟竟真的"徙"了。

这县里有一个初级中学。除了初中,还有一所初级师范,一所女子师范,都是为了培养小学师资的。只有初中生,是准备将来出外升学的,因此这初中俨然是本县的最高学府。可是一向办得很糟。名义上的校长是李三麻子,根本不来视事。教导主任张维谷(这个名字很怪)是个出名的吃白食的人。他有几句名言:"不愿我请人,不愿人请我,只愿人请人,当中有个我。"人品如此,学问可知。数学教员外号"杨半本",他讲代数、几何,从来没有把一本书讲完过,大概后半本他自己也不甚了了了。历史教员姓居,是个律师,学问还不如高尔础。他讲唐代的艺术一节,教科书上说唐代的书法分"方笔"和"圆笔",他竟然望文生义,说方笔的笔杆是方的,圆笔的笔杆是圆的。连初中的孩子略想一想,也觉得无此道理。一个学生当时就站起来问:"笔杆是方的,那么笔头是不是也是方的呢?"这帮学混子简直是在误人子弟。学生家长,意见很大。到了暑假,学生闹了一次风潮(这是他们第一次参加的"学潮")。事情还是从居大律师那里引起的。

平日，学生在课堂上有什么不明白的问题问他，他的回答总是"书上有"。到学期考试时，学生搞了一次变相的罢考。卷子发下来，不到五分钟，一个学生以关窗为号，大家一起把卷子交了上去，每道试题下面一律写了三个字："书上有"！张维谷及其一伙，实在有点"维谷"，混不下去了。

教育局长不得不下决心对这个学校进行改组，——否则只怕连他这个局长也坐不稳。

恰好沈石君因和厅里一个科长意见不合，愤而辞职，回家闲居，正在四处写信，托人找事，地方上人挽他出山来掌初中。沈石君再三推辞，禁不住不断有人踵门劝说，也就答应了。他只提出一个条件：所有教员，由他决定。教育局长沉吟了一会儿，说："可以。"

沈石君是想有一番作为的。他自然要考虑各种关系，也明知局长的口袋里装了几个人，想往初中里塞，不得不适当照顾，但是几门主要课程的教员绝对不能迁就。

国文教员，他聘了高北溟。许多人都感到意外。

高先生自然欣然同意。他谈了一些他对教学的想法。沈石君认为很有道理。

高先生要求"随班走"。教一班学生，从初一教到初三，一直到送他们毕业，考上高中。他说别人教过的学生让他来教，如垦生荒，重头来起，事倍功半。教书教人，要了解学生，知己知彼。不管学生的程度，照本宣科，是为瞎教。学生已经懂得的，再来教他，是白费；暂时不能接受的，勉强教他，是徒劳。他要看着、守着他的学生，看到他是不是一月有一月的进步，一年有一年的进步。如同注水入瓶，随时知其深浅。他说当初谈老先生就是这样教他的。

他要求在部定课本之外，自选教材。他说教的是书，教书的是高北溟。"只有我自己熟读，真懂，我所喜爱的文章，我自己为之感动过的，我才讲得好。"他强调教材要有一定的系统性，要有重点。他也讲《苛政猛于虎》《晏子使楚》《项羽本纪》《出师表》《陈情表》，韩、柳、欧、苏。集中地讲的是白居易、归有光、郑板桥。最后一学期讲的是朱自清的《背影》，都德的《磨坊文札》。他好像特别喜欢归有光的文章。一个学期内把《先妣事略》《项脊轩志》《寒花葬志》都讲了。他要把课堂讲授和课外阅读结合起来。课上讲了《卖炭翁》《新丰折臂翁》，同时把白居易的新乐府全部印发给学生。讲了一篇《潍县署中寄弟墨》，把郑板桥的几封主要的家书、道情和一些题画的诗也都印发下去。学生看了，很有兴趣。这种做法，在当时的初中国文教员中极为少见。他选的文章看来有一个标准：有感慨，有性情，平易自然。这些文章有一个贯串性的思想倾向，这种倾向大体上可以归结为：人道主义。

他非常重视作文。他说学国文的最终的目的，是把文章写通。学生作文他先眉批一道，指出好处和不好处，发下去由学生自己改一遍，或同学间互相改；交上来，他再改一遍，加总批，再发给学生，让学生自己誊一遍，留起来；要学生随时回过头来看看自己的文章。他说，作文要如使航，撑一篙是一篙，作一篇是一篇。不能像驴转磨，走了三年，只在磨道里转。

为了帮助学生将来升学，他还自编了三种辅助教材。一年级是《字形音义辨》，二年级是《成语运用》，三年级是《国学常识》。

在县立初中读了三年的学生，大部分文字清通，知识丰富，他们在考高中，甚至日后在考大学时，国文分数都比较高，是高先生给他们打下的底子。更重要的是他们学会了欣赏文学——高先生讲过的文章的若干片段，许多学生过了三十年还背得；他们接受了高先生通过那些选文所传播的思想——人道主义，影响到他们一生的立身为人，呜呼，先生之泽远矣！

（玻璃一样脆亮的童声高唱着。瓦片和树叶都在唱。）

高先生的家也搬了。搬到老屋对面的一条巷子里。高先生用历年的积蓄，买了一所小小的四合院。房屋虽也旧了，但间架砖木都还结实。天井里花木扶疏，苔痕上阶，草色入帘，很是幽静。

　　高先生这几年心境很好，人也变随和了一些。他和沈石君以及一般同事相处甚得。沈石君每年暑假要请一次客，对校中同人表示慰劳，席间也谈谈校务。高先生是不须催请，早早就到的。他还备了几样便菜，约几个志同道合的教员，在家里赏荷小聚。（五小的那位师爷式的教员听到此事，编了一条歇后语："高北溟请客——破天荒"。）这几年，很少看到高先生气得脑袋不停地剧烈地摇动。

　　高先生有两件心事。

　　一件是想把谈老师的诗文刻印出来。

　　谈老先生死后，后人很没出息，游手好闲，坐吃山空，几年工夫，把谈先生挣下的家业败得精光，最后竟至靠拆卖房屋的砖瓦维持生活。谈老先生的宅第几乎变成一片瓦砾，旧池乔木，荡然无存。门楼倒还在，也破落不堪了。供轿夫休息的长凳早没有了，剩了一个空空的架子。里面有一算卦的摆了一个卦摊。条桌上放着签筒。桌前系着桌帷，白色的圆"光"里写了四个字："文王神课"。算卦的伏在桌上打盹。这地方还叫作"谈家门楼"。过路人走过，都有不胜今昔之感，觉得沧海桑田，人生如梦。

　　谈老先生的哲嗣名叫幼渔。到无米下锅时，就到谈先生的学生家去打秋风。到了高北溟家，高先生总要周济他一块、两块、三块、五块。总不让他空着手回去。每年腊月，还得为他准备几斗米，一方腌肉，两条风鱼，否则这个年幼渔师弟过不去。

高北溟和谈先生的学生周济谈幼渔，是为了不忘师恩，是怕他把谈先生的文稿卖了。他已经几次要卖这部文稿。买主是有的，就是李三麻子（此人老而不死）。高先生知道，李三麻子买到文稿，改头换面，就成了他的著作。李三麻子惯于欺世盗名，这种事干得出。李三麻子出价一百，告诉幼渔，稿到即付。

高先生狠了狠心，拿出一百块钱，跟谈幼渔把稿子买了。

想刻印，却很难。松华斋可以铅印，尚古山房可以雕板。问了问价钱，都贵得吓人，为高北溟力所不及。稿子放在架上，逐年摊晒。高先生觉得对不起老师，心里很不安。

另一件心事是女儿高雪的前途和婚事。

高先生的两个女儿，长名高冰，次名高雪。

高雪从小很受宠，一家子都惯她，很娇。她用的东西都和姐姐不一样。姐姐夏天穿的衣是府绸的，她穿的是湖纺。姐姐穿白麻纱袜，她却有两条长筒丝袜。姐姐穿自己做的布鞋，她却一会儿是"千底一带"，一会儿是白网球鞋，并且在初中二年级就穿了从上海买回来的皮鞋。姐姐不嫉妒，倒说："你的脚好看，应该穿好鞋。"姐姐冬天烘黄铜的手炉，她的手炉是白铜的，姐姐扇细芭蕉扇，她扇檀香扇。东西也一样。吃鱼，脊梁、肚皮是她的（姐姐吃鱼头、鱼尾，且说她爱吃），吃鸡，一只鸡腿归她（另一只是高先生的）。她还爱吃陈皮梅、嘉应子、橄榄。她一个人吃。家务事也不管。扫地、抹桌、买菜、煮饭，都是姐姐。高起兴来，打了井水，把家里什么都洗一遍，砖地也洗一遍，大门也洗一遍，弄得家里水漫金山，人人只好缩着脚坐在凳子上。除了自己的衣服，她不洗别人的。被褥帐子，都是姐姐洗。姐姐在天井里一大盆一大盆，洗得汗马淋漓，她却躺在高先生的藤椅上看《茵梦湖》。高先生的藤椅，除了她，谁也不坐，这是一家之主的象征。只有一件事，她乐意做：浇花。这是她的特权，别人不许浇。

　　高先生治家很严，高师母、高冰都怕他。只有对高雪，从未碰过一指头。在外面生了一点气，回来看看这个"欢喜团"，气也就消了。她要什么，高先生都依她。只有一次例外。

　　高雪初三毕业，要升学（高冰没有读中学，小学毕业，就在本城读了女师，已经在教书）。她要考高中，将来到北平上大学。高先生不同意，只许她报师范。高雪哭，不吃饭。妈妈和姐姐坐在床前轮流劝她。

　　"不要这样。多不好。爸爸不是不想让你向高处飞，爸爸没有钱。三年高中，四年大学，路费、学费、膳费、宿费，得好一笔钱。"

"他有钱！"

"他哪有钱呀！"

"在柜子里锁着！"

"那是攒起来要给谈老先生刻文集的。"

"干嘛要给他刻！"

"这孩子，没有谈老先生，爸爸就没有本事。上大学呢！你连小学也上不了。知恩必报，人不能无情无义。"

"再说那笔钱也不够你上大学。好妹妹，想开一点。师范毕业，教两年，不是还可以考大学吗？你自己攒一点，没准爸爸这时候收入会更多一些。我跟爸爸说，我挣的薪水，一半交家里，一半给你存起来，三四年下来，也是个数目。"

"你不用？"

"我？——不用！"

高雪被姐姐的真诚感动了，眼泪晶晶的。

姐姐说得也有理。国民党教育部有个规定，师范毕业，教两年小学，算是补偿了师范三年的学杂费，然后可以考大学。那时大学生里岁数大，老成持重的，多半曾是师范生。

"快起来吧！不要叫爸爸心里难过。你看看他：整天不说话，脑袋又不停地摇了。"

高雪虽然骄纵任性，这点清清楚楚的事理她是明白的。她起来洗洗脸，走到书房里，叫了一声：

"爸爸！"

并盛了一碗饭，用茶水淘淘，就着榨菜，吃了。好像吃得很香。

高先生知道女儿回心转意了，他心里倒酸溃溃的，很不好受。

高雪考了苏州师范。

高雪小时候没有显出怎么好看。没有想到，女大十八变，两三年工夫，变成了一个美人，每年暑假回家，一身白。白旗袍（在学校只能穿制服：白上衣，黑短裙），漂白细草帽，白纱手套，白丁字平跟皮鞋。丰姿楚楚，行步婀娜，态度安静，顾盼有光。不论在火车站月台上，轮船甲板上，男人女人都朝她看。男人看了她，敞开法兰绒西服上衣的扣，露出新买的时式领带，频频回首，自作多情。女的看了她，从手提包里取出小圆镜照照自己。各依年貌，生出不同的轻轻感触。

她在学校里唱歌、弹琴，都很出色。唱的歌是《茶花女》的《饮酒歌》，弹的是肖邦的小夜曲。

她一回本城，城里的女孩子都觉得自己很土。她们说高雪有一种说不出来的派头。

有女儿的人说："高北溟生了这样一个女儿，这个爸爸当得过！"

任何小城都是有风波的。因为省长易人，直接影响到这个小县的人事。县长、党部、各局，通通来了一个大换班。公职人员，凡靠领薪水吃饭的，无不人心惶惶。

一县的人事更代，自然会波及到县立初中。

三十几个教育界人士，联名写信告了沈石君。一式两份，分送厅、局。执笔起草的就是居大律师。他虽分不清方笔、圆笔，却颇善于刀笔。主要的罪名是："把持学政，任用私人，倡导民主，宣传赤化。"后两条是初中图书馆里买了鲁迅、高尔基的书，订了《生活周刊》，"纪念周"上讲时事。"任用私人"牵涉到高北溟。信中说："简师毕业，而教中学，纵观全国，无此特例。只为同门受业，不惜破格躐等，遂使寰城父老疾首，而令方帽学士寒心。"指摘高北溟的教学是"不依规矩，自作主张，藐视部厅，搅乱学制"。

有人把这封信的底稿抄了一份送给沈石君。沈石君看了，置之一笑。他知道这个初中校长的位置，早已有人觊觎，自厅至局，已经内定，这封控告信，不过是制造一个查办的口实。此种官场小伎俩，是三岁小儿都知道的。和这些人纠缠，味同嚼蜡。何况他已在安徽找到事，毫无恋栈之心。为了给当局一个下马台阶，彼此不伤和气，他自己主动递了一封辞职书。不两天，批复照准。继任校长，叫尹同霖，原是办党务的。——新换上的各局首脑也都是清一色，是县党部的委员。这一调整充分体现了"以党治国"精神。没有等办理交代，尹同霖先来拜会了沈石君，这是给他一个很大的面子，免得彼此心存芥蒂。尹同霖问沈石君有什么托付，沈石君只希望他能留高北溟。尹同霖满口答应。

沈石君束装就道之前，来看了高北溟，说他已和同霖提了，这点面子料想他会给的，他叫高北溟不要另外找事，安心在家等聘书。

不料，快开学了，聘书还不下来。同时，却收到第五小学的聘书。聘书后盖着五小新校长的签名章：张维谷。这是怎么回事呢？他并未向张维谷谋过职呀。

高先生只得再回五小去教书。

高先生到教务处看看，教员大半还是熟人。他和大家点点头，拿了粉笔、点名册往教室里走。纨绔子弟和幕僚在他身后努努嘴，演了一出双簧。一个说："好马不吃回头草"，一个说："前度刘郎今又来"。高北溟只当没有听见。

五年级有一个学生叫申潜，是现任教育局长的儿子，异常顽劣，上课时常捣乱。有一次他乘高先生回身写黑板时，用弹弓纸弹打人，一弹打在高先生的后脑勺上。高先生勃然大怒，把他训斥了一顿。不想申潜毫不认错，反而睐着眼睛看着高先生，眼睛里充满了鄙视。他没有说一句话，但是高先生从他的眼睛里清清楚楚听得到："你有什么了不起！我爸爸动一动手指头，你们的饭碗就完蛋！"高先生狂吼起来："你仗你老子的势！你们！你们这些党棍子，你们欺人太甚！"他的脑袋剧烈地摇动起来。一堂学生被高先生的神气吓呆了，鸦雀无声。

谈嶷渔的文稿没有刻印出来。永远也没有刻印出来的希望了。

高雪病了。

按规定，师范毕业，还要实习一年，才能正式任教，高雪在实习一年的下学期，发现自己下午潮热（同学们都看出她到下午两颊微红，特别好看），夜间盗汗，浑身没有力气。撑到学期终了，回了家，高师母知道女儿病状，说是："可了不得！"这地方讳言这种病的病名，但是大家心里都明白。高先生请了汪厚基来给高雪看病。

汪厚基是高先生最喜欢的学生，说他"绝顶聪明"。他从一年级到六年级，各门功课都是全班第一。全县的作文比赛，书法比赛，他都是第一名。他临毕业的那年，高先生为人撰了一篇寿序。经寿翁的亲友过目之后，大家商量请谁来写。高先生一时高兴，推荐了他这个得意的学生。大家觉得叫一个孩子来写，倒很别致，而且可以沾一沾返老还童的喜气，就说不妨一试。汪厚基用多宝塔体写了十六幅寿屏，字径二寸，笔力饱满。张挂起来，满座宾客，无不诧为神童。高先生满以为这个学生一定会升学，将来一定会出人头地。他家里开爿米店，家道小康，升学没有多大困难。不想他家里决定叫他学医——学中医。高先生听说，废书而叹，连声说："可惜，可惜！"

汪厚基跟一个姓刘的老先生学了几年，在东街赁了一间房，挂牌行医了。他看起来完全不像个中医。中医宜老不宜少，而且最好是行动蹒跚，相貌奇古，这样病家才相信。东街有一个老中医就是这样。此人外号李花脸，满脸的红记，一年多半穿着紫红色的哆啰呢夹袍，黑羽纱马褂，说话是个齉鼻儿，浑身发出樟木气味，好像本人也才从樟木箱子里拿出来。汪厚基全不是这样，既不弯腰，也不驼背，英俊倜傥，衣着入时，像一个大学毕业生。他开了方子，总把笔套上。——中医开方之后，照例不套笔，这是一种迷信，套了笔以后就不再有人找他看病了。汪厚基不管这一套，他会写字，爱笔。他这个中医还订了好几份杂志，并且还看屠格涅夫的小说。这些都是对行医不利的，但是也许沾了"神童"的名誉的光，请他看病的不少，收入颇为可观。他家里觉得叫他学医这一步走对了。

他该成家了，来保媒的一年都有几起。汪厚基看不上。他私心爱慕着高雪。

他和高雪小学同班。两家住得不远。上学，放学，天天一起走，小时候感情很好。街上的野孩子有时欺负高雪，向她扔土坷垃，汪厚基就给她当保镖。他还时常做高雪掉在河里，他跳下去把她救起来这样的英雄的梦。高雪读了初中，师范，他看她一天比一天长得漂亮起来。隔几天看见她，都使他觉得惊奇。高雪上师范三年级时，他曾托人到高家去说媒。

高师母是很喜欢汪厚基的。高冰说："不行！妹妹是个心高的人，她要飞到很远的地方去。她要上大学。她不会嫁一个中医。妈，您别跟妹妹说！"高北溟想了一天，对媒人说："高雪还小。她还有一年实习，再说吧。"媒人自然知道，这是一种委婉的推托。

汪厚基每天来给高雪看病，汪厚基觉得这是一种福。高雪也很感激他。看了病，汪厚基常坐在床前，陪高雪闲谈。他们谈了好多小时候的事。彼此都记得那么清楚。高雪一天比一天地好起来了。

高雪病愈之后，就在本县一小教书，——她没有能在外地找到事，她一面补习功课，准备考大学。

接连考了两年，没有考取。

第三年，"七七"事变，抗日战争爆发，她所向往的大学，都迁到了四川、云南。日本人占领了江南，本县外出的交通断了。她想冒险通过敌占区，往云南、四川去。

全家人都激烈反对。她只好在这个小城里困着。

高雪的岁数一年比一年大，该嫁人了。多少双眼睛都看着她。她老不结婚，大家就都觉得奇怪。城里渐渐有了一些流言。轻嘴薄舌的人很多。对一个漂亮的少女，有人特别爱用自己肮脏的舌头来糟蹋她，话说得很难听，说她外面有人，还说……唉，别提这些了吧。

高雪在学校是经常收到情书。有的摘录了李后主、秦少游的词，满纸伤感惆怅。有的抄了一些外国诗。有一位抄了一大段拜伦的情诗的原文，害得她还得查字典。这些信大都也有一点感情，但又都不像很认真。高雪有时也回信，写的也是一些虚无缥缈的话。她并没有一个真正的情人。

本县的小学里不断有人向她献殷勤，她一个也看不上，觉得他们讨厌。

汪厚基又托媒人来说了几次媒，都被用不同的委婉言词拒绝了。——每次家里问高雪，她都是摇摇头。

一次又一次，高家全家的心都活了，连高冰也改变了态度。她和高雪谈了半夜。

"行了吧。汪厚基对你是真心。他说他非你不娶，是实话。他脾气好，一定会对你很体贴。人也不俗。你们不是也还谈得来么？你还挑什么呢？你想要一个什么人？你想要的，这个县城里没有！妹妹，你不小了。听姐姐话，再拖下去，你真要留在家里当老姑娘？这是命，你心高命薄。退一步看，想宽一点。花开堪折直须折，莫待无花空折枝呀……"

高雪一直没有说话。

高雪同意和汪厚基结婚了。婚后的生活是平静的。汪厚基待高雪，真是含在口里怕她化了，体贴到不能再体贴。每天下床，都是厚基给她穿袜子，穿鞋。她梳头，厚基在后面捧着镜子。天凉了，天热了，厚基早给她把该换的衣服找出来放着。嫂子们常常偷偷在窗外看这小两口的无穷无尽的蜜月新婚，抿着嘴笑。

然而高雪并不快乐，她的笑总有点凄凉。半年之后，她病了。

汪厚基自己给她看病，亲自到药店去抓药，亲自煎药，还亲自尝一尝。他把全部学识都拿出来了。然而高雪的病没有起色。他把全城同行名医，包括几个西医，都请来给高雪看病。可是大家都说不出一个所以然，连一个准病名都说不出，一人一个说法。一个西医说了一个很长的拉丁病名，汪厚基请教是什么意思，这位西医说："忧郁症"。

病了半年，百药罔效，高雪瘦得剩了一把骨头。厚基抱她起来，轻得像一个孩子。高雪觉得自己不行了，叫厚基给她穿衣裳。衣裳穿好了，袜子也穿好了，高雪微微皱了皱眉，说左边的袜跟没有拉平。厚基给她把袜跟拉平了，她用非常温柔的眼光看着厚基，说："厚基，你真好！"随即闭了眼睛。

汪厚基到高先生家去报信。他详详细细叙说了高雪临死的情形，说她到最后还很清醒，"我给她穿袜子，她还说左边的袜跟没有拉平"。高师母忍不住，到房里坐在床上痛哭。高冰的眼泪不断流出来，喊了一声："妹妹，你想飞，你没有飞出去呀！"高先生捶着书桌说："怪我！怪我！怪我！"他的脑袋不停地摇动起来。——高先生近年不只在生气的时候，只要感情一激动，就摇脑袋。

汪厚基把牌子摘了下来，他不再行医了。"我连高雪的病都看不好，我还给别人看什么？"这位医生对医药彻底发生怀疑："医道，没有用！——骗人！"他变得有点傻了，遇见熟人就说："她到最后还很清醒，我给她穿袜子，她还说左边袜跟没有拉平……"他不知道，他已经跟这人说过几次了。他的眼光呆滞，反应也很迟钝了。他的那点聪明灵气已经全部消失。他整天无所事事，一起来就到处乱走。家里人等他吃饭，每回看不见他，一找，他都在高雪的坟旁坐着。

高先生已经死了几年了。

五小的学生还在唱：

西挹神山爽气，

东来邻寺疏钟……

墓草萋萋，落照昏黄，歌声犹在，斯人邈矣。

高先生在东街住过的老屋倒塌了，临街的墙壁和白木板门倒还没有倒。板门上高先生写的春联也还在。大红朱笺被风雨漂得几乎是白色的了，墨写的字迹却还很浓，很黑。

辛夸高岭桂

未徙北溟鹏

一九八一年八月四日于青岛黄岛

晚饭花

晚饭花就是野茉莉。因为是在黄昏时开花，晚饭前后开得最为热闹，故又名晚饭花。

野茉莉，处处有之，极易繁衍。高二三尺，枝叶披纷，肥者可荫五六尺。花如茉莉而长大，其色多种易变。子如豆，深黑有细纹，中有瓤，白色，可作粉，故又名粉豆花。曝干作蔬，与马兰头相类。根大者如拳、黑硬，俚医以治吐血。

——吴其濬:《植物名实图考》

珠子灯

这里的风俗，有钱人家的小姐出嫁的第二年，娘家要送灯。送灯的用意是祈求多子。元宵节前几天，街上常常可以看到送灯队伍。几个女用人，穿了干净的衣服，头梳得光光的，戴着双喜字大红绒花，一人手里提着一盏灯；前面有几个吹鼓手吹着细乐。远远听到送灯的箫笛，很多人家的门就开了。姑娘、媳妇走出来，倚门而看，且指指点点，悄悄评论。这也是一年的元宵节景。

一堂灯一般是六盏。四盏较小，大都是染成红色或白色而画了红花的羊角琉璃泡子。一盏是麒麟送子：一个染色的琉璃角片扎成的娃娃骑在一匹麒麟上。还有一盏是珠子灯：绿色的琉璃珠子穿扎成的很大的宫灯。灯体是八扇玻璃，漆着红色的各体寿字，其余部分都是珠子，顶盖上伸出八个珠子的凤头，凤嘴里衔着珠子的小幡，下缀珠子的流苏。这盏灯分量相当的重，送来的时候，得两个人用一根小扁担抬着。这是一盏主灯，挂在房间的正中。旁边是麒麟送子，玻璃泡子挂在四角。

到了"灯节"的晚上，这些灯里就插了红蜡烛，点亮了。从十三"上灯"到十八"落灯"，接连点几个晚上。平常这些灯是不点的。

屋里点了灯，气氛就很不一样了。这些灯都不怎么亮（点灯的目的原不是为了照明），但很柔和。尤其是那盏珠子灯，洒下一片淡绿的光，绿光中珠幡的影子轻轻地摇曳，如梦如水，显得异常安静。元宵的灯光扩散着吉祥、幸福和朦胧暧昧的希望。

孙家的大小姐孙淑芸嫁给了王家的二少爷王常生。她屋里就挂了这样六盏灯。不过这六盏灯只点过一次。

王常生在南京读书，秘密地加入了革命党，思想很新。订婚以后，他请媒人捎话过去：请孙小姐把脚放了。孙小姐的脚当真放了，放得很好，看起来就不像裹过的。

孙小姐是个才女。孙家对女儿的教育很特别，教女儿读诗词。除了《长恨歌》《琵琶行》，孙小姐能背全本《西厢记》。嫁过来以后，她也看王常生带回来的黄遵宪的《日本国志》和林译小说《迦茵小传》《茶花女遗事》……

两口子琴瑟和谐，感情很好。

不料王常生在南京得了重病，抬回来不到半个月，就死了。

王常生临死对夫人留下遗言："不要守节"。

但是说了也无用。孙王二家都是书香门第，从无再婚之女。改嫁，这种念头就不曾在孙小姐的思想里出现过。这是绝不可能的事。

从此，孙小姐就一个人过日子。这六盏灯也再没有点过了。

她变得有点古怪了，她屋里的东西都不许人动。王常生活着的时候是什么样子，永远是什么样子，不许挪动一点。王常生用过的手表、座钟、文具，还有他养的一盆雨花石，都放在原来的位置。孙小姐原是个爱洁成癖的人，屋里的桌子椅子、茶壶茶杯，每天都要用清水洗三遍。自从王常生死后，除了过年之前，她亲自监督着一个从娘家陪嫁过来的女用人大洗一天之外，平常不许擦拭。里屋炕几上有一套茶具：一个白瓷的茶盘，一把茶壶，四个茶杯。茶杯倒扣着，上面落了细细的尘土。茶壶是荸荠形的扁圆的，茶壶的鼓肚子下面落不着尘土，茶盘里就清清楚楚留下一个干净的圆印子。

她病了，说不清是什么病。除了逢年过节起来几天，其余的时间都在床上躺着，整天地躺着。除了那个女用人，没有人上她屋里去。

她就这么躺着，也不看书，也很少说话，屋里一点声音没有。她躺着，听着天上的风筝响，斑鸠在远远的树上叫着双声，"鹁鸪鸪——咕，鹁鸪鸪——咕"，听着麻雀在檐前打闹，听着一个大蜻蜓振动着透明的翅膀，听着老鼠咬啮着木器，还不时听到一串滴滴答答的声音，那是珠子灯的某一处流苏散了线，珠子落在地上了。

女用人在扫地时，常常扫到一二十颗散碎的珠子。

她这样躺了十年。

她死了。

她的房门锁了起来。

从锁着的房间里，时常还听见散线的琉璃珠子滴滴答答落在地板上的声音。

晚饭花

李小龙的家在李家巷。

这是一条南北向的巷子，相当宽，可以并排走两辆黄包车。但是不长，巷子里只有几户人家。

西边的北口一家姓陈。这家好像特别的潮湿，门口总飘出一股湿布的气味，人的身上也带着这种气味。他家有好几棵大石榴，比房檐还高，开花的时候，一院子都是红通通的。结的石榴很大，垂在树枝上，一直到过年下雪时才剪下来。

陈家往南，直到巷子的南口，都是李家的房子。

东边，靠北是一个油坊的堆栈，粉白的照壁上黑漆八个大字："双窨香油，照庄发客"。

靠南一家姓夏。这家进门就是锅灶，往里是一个不小的院子。这家特别重视过中秋。每年的中秋节，附近的孩子就上他们家去玩，去看院子里还在开着的荷花，几盆大桂花，缸里养的鱼；看他家在院子里摆好了的矮脚的方桌，放了毛豆、芋头、月饼、酒壶，准备一家赏月。

在油坊堆栈和夏家之间，是王玉英的家。

王家人很少，一共三口。王玉英的父亲在县政府当录事，每天一早便提着一个蓝布笔袋，一个铜墨盒去上班。王玉英的弟弟上小学。王玉英整天一个人在家。她老是在她家的门道里做针线。

王玉英家进门有一个狭长的门道。三面是墙：一面是油坊堆栈的墙，一面是夏家的墙，一面是她家房子的山墙。南墙尽头有一个小房门，里面才是她家的房屋。从外面是看不见她家的房屋的。这是一个长方形的天井，一年四季，照不进太阳。夏天很凉快，上面是高高的蓝天，正面的山墙脚下密密地长了一排晚饭花。王玉英就坐在这个狭长的天井里，坐在晚饭花前面做针线。

李小龙每天放学，都经过王玉英家的门外。他都看见王玉英（他看了陈家的石榴，又看了"双窨香油，照庄发客"，还会看看夏家的花木）。晚饭花开得很旺盛，它们使劲地往外开，发疯一样，喊叫着，把自己开在傍晚的空气里。浓绿的，多得不得了的绿叶子；殷红的，胭脂一样的，多得不得了的红花；非常热闹，但又很凄清。没有一点声音。在浓绿浓绿的叶子和乱乱纷纷的红花之前，坐着一个王玉英。

这是李小龙的黄昏。要是没有王玉英，黄昏就不成其为黄昏了。

李小龙很喜欢看王玉英，因为王玉英好看。王玉英长得很黑，但是两只眼睛很亮，牙很白。王玉英有一个很好看的身子。

红花、绿叶、黑黑的脸、明亮的眼睛、白的牙，这是李小龙天天看的一张画。

王玉英一边做针线，一边等着她的父亲。她已经焖好饭了，等父亲一进门就好炒菜。

王玉英已经许了人家。她的未婚夫是钱老五。大家都叫他钱老五。不叫他的名字，而叫钱老五，有轻视之意。老人们说他"不学好"。人很聪明，会画两笔画，也能刻刻图章，但做事没有长性。教两天小学，又到报馆里当两天记者。他手头并不宽裕，却打扮得像个阔少爷，穿着细毛料子的衣裳，梳着油光光的分头，还戴了一副金丝眼镜。他交了许多"三朋四友"，风流浪荡，不务正业。都传说他和一个寡妇相好，有时就住在那个寡妇家里，还花寡妇的钱。

这些事也传到了王玉英的耳朵里。连李小龙也都听说了嘛，王玉英还能不知道？不过王玉英倒不怎么难过，她有点半信半疑。而且她相信她嫁过去，他就会改好的。她看见过钱老五，她很喜欢他的人才。

钱老五不跟他的哥哥住。他有一所小房，在臭河边。他成天不在家，门老是锁着。

李小龙知道钱老五在哪里住。他放学每天经过。他有时扒在门缝上往里看：里面有三间房，一个小院子，有几棵树。

王玉英也知道钱老五的住处。她路过时，看看两边没有人，也曾经扒在门缝上往里看过。

有一天，一顶花轿把王玉英抬走了。

从此，这条巷子里就看不见王玉英了。

晚饭花还在开着。

李小龙放学回家，路过臭河边，看见王玉英在钱老五家门前的河边淘米。只看见一个背影。她头上戴着红花。

李小龙觉得王玉英不该出嫁，不该嫁给钱老五。他很气愤。

这世界上再也没有原来的王玉英了。

三姊妹出嫁

秦老吉是个挑担子卖馄饨的。他的馄饨担子是全城独一份，他的馄饨也是全城独一份。

这副担子非常特别。一头是一个木柜，上面有七八个扁扁的抽屉；一头是安放在木柜里的烧松柴的小缸灶，上面支一口紫铜浅锅。铜锅分两格，一格是骨头汤，一格是下馄饨的清水。扁担不是套在两头的柜子上，而是打的时候就安在柜子上，和两个柜子成一体。扁担不是直的，是弯的，像一个罗锅桥。这副担子是楠木的，雕着花，细巧玲珑，很好看。这好像是《东京梦华录》时期的东西，李嵩笔下画出来的玩意儿。秦老吉老远地来了，他挑的不像是馄饨担子，倒好像挑着一件什么文物。这副担子不知道传了多少代了，因为材料结实，做工精细，到现在还很完好。

别人卖的馄饨只有一种，葱花水打猪肉馅。他的馄饨除了猪肉馅的，还有鸡肉馅的、螃蟹馅的，最讲究的是荠菜冬笋肉末馅的，——这种肉馅不是用刀刃而是用刀背剁的！作料也特别齐全，除了酱油、醋，还有花椒油、辣椒油、虾皮、紫菜、葱末、蒜泥、韭花、芹菜和本地人一般不吃的芫荽。馄饨分别放在几个抽屉里，作料敞放在外面，任凭顾客各按口味调配。

他的器皿用具也特别精洁——他有一个拌馅用的深口大盘，是雍正青花！

笃——笃笃，秦老吉敲着竹梆，走来了。找一个柳荫，把担子歇下，竹梆敲出一串花点，立刻就围满了人。

秦老吉就用这副担子，把三个女儿养大了。

秦老吉的老婆死得早，给他留下三个女儿。大凤、二凤和小凤。三个女儿，一个比一个小一岁，梯子蹬似的。三个丫头一个模样，像一个模子脱出来的。三个姑娘，像三张画。有人跟秦老吉说："应该叫你老婆再生一个的，好凑成一套四扇屏儿！"

姊妹三个，从小没娘，彼此提挈，感情很好。一家人都很勤快。一进门，清清爽爽，干净得像明矾澄过的清水。谁家娶了邋遢婆娘，丈夫气急了，就说："你到秦老吉家看看去！"三姊妹各有所长，分工负责。大裁小剪，单夹皮棉——秦老吉冬天穿一件山羊皮的背心，是大姐的；锅前灶后，热水烧汤，是二姐的；小妹妹小，又娇，两个姐姐惯着她，不叫她做重活，她就成天地挑花绣朵。她把两个姐姐绣得全身都是花。围裙上、鞋尖上、手帕上、包头布上，都是花。这些花里有一样必不可少的东西，是凤。

姊妹三个都大了。一个十八，一个十七，一个十六。该嫁了。这三只凤要飞到哪棵梧桐树上去呢？

三姊妹都有了人家了。大姐许了一个皮匠，二姐许了一个剃头的，小妹许的是一个卖糖的。

皮匠的脸上有几颗麻子，一街人都叫他麻皮匠。他在东街的"乾陞和"茶食店廊檐下摆一副皮匠担子。"乾陞和"的门面很宽大，除了一个柜台，两边竖着的两块碎白石底子堆刻黑漆大字的木牌——一块写着"应时糕点"，一块写着"满汉饽饽"。这之外，没有什么东西，放一副皮匠担子一点不碍事。麻皮匠每天一早，"乾陞和"才开了门，就拿起一把长柄的笤帚把店堂打扫干净，然后就在"满汉饽饽"下面支起担子，开始绱鞋。他是个手脚很快的人。走起路来腿快，绱起鞋来手快。只见他把锥子在头发里"光"两下，一锥子扎过鞋帮鞋底，两根用猪鬃引着的蜡线对穿过去，噌，——噌，两把就绱了一针。流利合拍，均匀紧凑。他绱鞋的时候，常有人歪着头看。绱鞋，本来没有看头，但是麻皮匠绱鞋就能吸引人。大概什么事做得很精熟，就很美了。因为手快，麻皮匠一天能比别的皮匠多绱好几双鞋。不但快，绱得也好。针脚细密，楦得也到家，穿在脚上，不易走样。因此，他生意很好。也因此，落下"麻皮匠"这样一个称号。人家做好了鞋，叫用人或孩子送去绱，总要叮嘱一句："送到麻皮匠那里去。"这街上还有几个别的皮匠。怕送错了。他脸上的那几颗麻子就成了他的标志。他姓什么呢？好像是姓马。

二姑娘的婆家姓时。老公公名叫时福海。他开了一爿剃头店，字号也就是"时福海记"。剃头的本属于"下九流"，他的店铺每年贴的春联却是："头等事业，顶上生涯。"自从满清推翻，建立民国，人们剪了辫子，他的店铺主要是剃光头，以"水热刀快"为号召。时福海像所有的老剃头待诏一样，还擅长向阳取耳（掏耳朵）捶背拿筋。剃完头，用两只拳头给顾客哔哔剥剥地捶背（捶出各种节奏和清浊阴阳的脆响），噔噔地揪肩胛后的"懒筋"——捶、揪之后，真是"浑身通泰"。他还专会治"落枕"。睡落了枕，歪着脖子走进去，时福海把你的脑袋搁在他弓起的大腿上，两手扶着下腭，轻试两下，"咔叭"——就扳正了！老年间，剃头匠是半个跌打医生。

这地方不知怎么会有这么一个传统，剃头的多半也是吹鼓手（不是所有的剃头匠都是吹鼓手，也不是所有的吹鼓手都是剃头匠）。时福海就也是一个吹鼓手。他吹唢呐，两腮鼓起两个圆圆的鼓包，憋得满脸通红。他还会"进曲"。好像一城的吹鼓手里只有他会，或只有他擅长于这个玩意儿。人家办丧事，"六七"开吊，在"初献"、"亚献"之后，有"进曲"这个项目。赞礼的礼生喝道"进——曲！"时福海就拿了一面荸荠鼓，由两个鼓手双笛伴奏，唱一段曲子。曲词比昆曲还要古，内容是"神仙道化"，感叹人生无常，有《薤露》《蒿里》遗意，很可能是元代的散曲。时福海自己也不知道唱的是什么，但还是唱得感慨唏嘘，自己心里都酸溜溜的。

时代变迁，时福海的这一套有点吃不开了。剃光头的人少了，"水热刀快"不那么有号召力了。卫生部门天天宣传挖鼻孔、挖耳朵不卫生。懂得享受揰背揪懒筋的乐趣的人也不多了。时福海忽然变成一个举动迟钝的老头。

时福海有两个儿子。下等人不避父讳，大儿子叫大福子，小儿子叫小福子。

大福子很能赶潮流。他把逐渐暗淡下去的"时福海记"重新装修了一下，门窗柱壁，油漆一新，全部是奶油色，添了三面四尺高、二尺宽的大玻璃镜子。三面大镜之间挂了两个狭长的镜框，里面嵌了磁青砑银的蜡笺对联，请一个擅长书法的医生汪厚基浓墨写了一副对子：

不教白发催人老

更喜春风满面生

他还置办了"夜巴黎"的香水，"司丹康"的发蜡。顶棚上安了一面白布制成的"风扇"，有滑车牵引，叫小福子坐着，一下一下地拉"风扇"的绳子，使理发的人觉得"清风徐来"，十分爽快。这样，"时福海记"就又兴旺起来了。

大福子也学了吹鼓手。笙箫管笛，无不精通。

这地方不知怎么会流传"倒扳桨"、"跌断桥"、"剪靛花"之类的《霓裳续谱》《白雪遗音》时期的小曲。平常人不唱，唱的多是理发的、搓澡的、修脚的、裁缝、做豆腐的年轻子弟。他们晚上常常聚在"时福海记"唱，大福子弹琵琶。"时福海记"外面站了好些人在听。

二凤要嫁的就是大福子。

三姑娘许的这家苦一点，姓吴，小人叫吴颐福，是个遗腹子。家里只有两个人，一个老母亲，是个跛脚，走起路来一踮一踮的。母子二人，相依为命。妈妈很慈祥，儿子很孝顺。吴颐福是个很聪明的人，十五岁上就开始卖糖。卖糖和卖糖可不一样。他卖的不是普通的芝麻糖、花生糖，他卖的是"样糖"。他跟一个师叔学会了一宗手艺：能把白糖化了，倒在模子里，做成大小不等的福禄寿三星、财神爷、麒麟送子。高的二尺，矮的五寸，衣纹生动，须眉清楚；还能把糖里加了色，不用模子，随手吹出各种瓜果，桃、梨、苹果、佛手，跟真的一样，最好看的是南瓜：金黄的瓜，碧绿的蒂子，还开着一朵淡黄的瓜花。这种糖，人家买去，都是当摆设，不吃。——吃起来有什么意思呢，还不是都是糖的甜味！卖得最多的是糖兔子。白糖加麦芽糖熬了，切成梭子形的一块一块，两头用剪刀剪开，一头窝进腹下，是脚；一头便是耳朵。耳朵下捏一下，便是兔子脸，两边嵌进两粒马料豆，一个兔子就成了！马料豆有绿豆大，一头是通红的，一头是漆黑的。这种豆药店里卖，平常配药很少用它，好像是天生就为了做糖兔的眼睛用的！这种糖兔子很便宜，一般的孩子都买得起。也吃了，也玩了。

师叔死后，这门手艺成了绝活儿，全城只有吴颐福一个人会，因此，他的生意是不错的。

他做的这些艺术品都放在擦得晶亮的玻璃橱子里，在肩上挑着。他的糖担子好像一个小型的展览会，歇在哪里，都有人看。

麻皮匠、大福子、吴顺福，都住得离秦老吉家不远。大姑娘、二姑娘、三姑娘几乎每天都能看到她们的女婿。

姐儿仁有时在一起互相嘲戏。三姑娘小凤是个镊嘴子[1]，喈喈呱呱，对大姐姐说：

"十个麻子九个俏，不是麻子没人要！"

大姐啐了她一口。

她又对二姐姐说：

"姑娘姑娘真不丑，一嫁嫁个吹鼓手。吃冷饭，喝冷酒，坐在人家大门口！"[2]

二姐也啐了她一口。

两个姐姐容不得小凤如此放肆，就一齐反唇相讥：

"敲锣卖糖，各干各行！"

小妹妹不干了，用拳头捶两个姐姐：

"卖糖怎么啦！卖糖怎么啦！"

秦老吉正在外面拌馅儿，听见女儿打闹，就厉声训斥道：

"靠本事吃饭，比谁也不低。麻油拌芥菜，各有心中爱，谁也不许笑话谁！"

三姊妹听了，都吐了舌头。

姐儿仁同一天出门子，都是腊月二十三。一顶花轿接连送了三个人。时辰倒是错开了，头一个是小凤，日落

---

[1] 镊嘴子是一种鸟，喙大而硬。此地说嘴尖舌巧的姑娘为镊嘴子，其实镊嘴子哑着的时候多，不善鸣叫。

[2] 这是当地童谣。"吃冷饭，喝冷酒"也有说成"吃人家饭，喝人家酒"的。

酉时。第二个是大凤，戌时。最后才是二凤。因为大福子要吹唢呐送小姨子，又要吹唢呐送大姨子。轮到他拜堂时已是亥时。给他吹唢呐的是他的爸爸时福海。时福海吹了一气，又坐到喜堂去受礼。

三天回门。三个姑爷，三个女儿都到了。秦老吉办了一桌酒，除了鸡鸭鱼肉，他特意包了加料三鲜馅的绉纱馄饨，让姑爷尝尝他的手艺。鲜美清香，自不必说。

三个女儿的婆家，都住得不远，两三步就能回来看看父亲。炊煮扫除，浆洗缝补，一如往日。有点小灾小病，头疼脑热，三个女儿抢着来伺候，比没出门时还殷勤。秦老吉心满意足，毫无遗憾。他只是有点发愁：他一朝撒手，谁来传下他的这副馄饨担子呢？

笃——笃笃，秦老吉还是挑着担子卖馄饨。

真格的，谁来继承他的这副古典的，南宋时期的，楠木的馄饨担子呢？

一九八一年九月十日

皮凤三楦房子

　　皮凤三是清代评书《清风闸》里的人物。《清风闸》现在好像没有人说了，在当时，乾隆年间，在扬州一带，可是曾经风行一时的。这是一部很奇特的书。既不是朴刀棒杖、长枪大马，也不是倚翠偷期、烟粉灵怪。《珍珠塔》《玉蜻蜓》《绿牡丹》《八窍珠》，通通不是。它说的是一个市井无赖的故事。这部书虽有几个大关目，但都无关紧要。主要是一个一个的小故事。这些故事也不太连贯。其间也没有多少"扣子"，或北方评书艺人所谓"拴马桩"——即新文学家所谓"悬念"。然而人们还是津津有味地一回一回接着听下去。龚午亭是个擅说《清风闸》的说书先生，时人为之语曰："要听龚午亭，吃饭莫打停。"为什么它能那样吸引人呢？大概是因为通过这些故事，淋漓尽致地刻画了扬州一带的世态人情，说出一些人们心中想说的话。

　　这个无赖即皮凤三，行五，而癞，故又名皮五癞子，这个人说好也好，说坏也坏。他也仗义疏财，打抱不平。对于倚财仗势欺负人的人，尤其是欺负到他头上来的人，他常常用一些很促狭的办法整得该人（按："该人"一词见之于政工干部在外调材料之类后面所加的附注中，他们如认为被调查的人本身有问题，就提笔写道："该人"如何如何，"所提供情况，仅供参考"云云。）狼狈不堪，哭笑不得。"促狭"一词原来倒是全国各地皆有的。《红楼梦》第二十六回就有这个词。但后来在北方似乎失传了。在吴语和苏北官话里是还存在的。其意思很难翻译。刁、赖、阴、损、缺德……庶几近之。此外还有使人意想不到的含意。他有时也为了自己，使一些无辜的或并不太坏的人蒙受一点不大的损失，"榾房子"即是一例。皮凤三家的房子太紧了，他声言要把房子榾一榾，左右四邻都没有意见。心想：房子不是鞋，怎么个榾法呢？办法很简单：他把他的三面墙向邻居家扩展了一尺。因为事前已经打了招呼，邻居只好没得话说。

对皮凤三其人不宜评价过高。他的所作所为，即使是打抱不平，也都不能触动那个社会的本质。他的促狭只能施之于市民中的暴发户。对于真正的达官巨贾，是连一个指头也不敢碰的。

为什么在那个时代（那个时代即扬州八怪产生的时代）会产生《清风闸》这样的评书和皮凤三这样的人物？

产生这样的评书、这样的人物的社会背景是什么？喔，这样的问题过于严肃，还是留给文学史家去研究吧。如今却说一个人因为一件事，在原来的外号之外又得了一个皮凤三这样的外号的故事。

此人名叫高大头。这当然是个外号。他当然是有个大名的。大名也不难查考，他家的户口本上"户主"一栏里就写着。但是他的大名很少有人叫。在他有挂号信的时候，邮递员会在老远的地方就扬声高叫："高××，拿图章！"但是他这些年似乎很少收到挂号信。在换购粮本的时候，他的老婆去领，街道办事处的负责人喊了几声"高××"，他老婆也不应声，直到该负责人怒喝了一声"高大头！"他老婆才恍然大悟，连忙答应："有！有！有！"就是在"文化大革命"被批斗的时候，他挂的牌子上写的也是：

> 三 开 分 子
>
> 高 大 头

"高大头"三字上照式用红笔打了叉子，因为排版不便，故从略。

（谨按：在人的姓名上打叉，是个由来已久的古法。封建时代，刑人的布告上，照例要在犯人的姓名上用红笔打叉，以示此人即将于人世中注销。这办法似已失传有年矣，不知怎么被造反派考查出来，沿用了。其实，这倒是货真价实的"四旧"。至于把人的姓名中的字倒过来写，横过来写，以为这就可以产生一种诅咒的力量，可以置人于死地，于残忍中带有游戏成分。这手段可以上推到巫术时代，其来历可求之于马道婆。总而言之，"文化大革命"的许多恶作剧都是变态心理学所不得不研究的材料。）

"高大头"不只是说姓高而头大，意思要更丰富一些，是说此人姓高，人很高大，而又有一个大头。他生得很魁梧，虎背熊腰。他的脑袋和身材很厮称。通体看来，并不显得特别的大。只有单看脑袋，才觉得大得有点异乎常人。这个脑袋长得很好。既不是四方四楞，像一个老式的装茶叶的锡罐；也不是圆圆乎乎的像一个冬瓜，而是上额宽广，下腭微狭，有一点像一只倒放着的鸭梨。这样的脑袋和体格，如果陪同外宾，一同步入宴会厅，拍下一张照片，是会很有气派的。但详考高大头的一生，似乎没有和外宾干过一次杯。他只是整天坐在门前的马扎子上，用一把木锉锉着一只胶鞋的磨歪了的后跟，用毛笔饱蘸了白色的黏胶涂在上面，选一块大小厚薄合适的胶皮贴上去，用他的厚厚实实的手掌按紧，连头也不大抬。只当有什么值得注意的人从他面前二三尺远的地方走过，他才从眼镜框上面看一眼。他家在南市口，是个热闹去处，但往来的大都是熟人。卖青菜的、卖麻团的、箍桶的、拉板车的、吹糖人的……他从他们的吆唤声、说话声、脚步声、喘气声，甚至从他们身上的气味，就能辨别出来，无须抬头一看。他的隔着一条巷子的紧邻针灸医生朱雪桥下班回家，他老远就听见他的苍老的咳嗽声，于是放下手里的活计，等着跟他打个招呼。朱雪桥走过，仍旧做活。一天就是这样，动作从容不迫，神色安静平和。他戴着一副黑框窄片的花镜，有点像个教授，不像个修鞋的手艺人。但是这个小县城里来了什么生人，他是立刻就会发现的，不会放过。而且只要那样看一眼，大体上就能判断这是省里来的，还是地区来的，是粮食部门的，还是水产部门的，是作家，还是来做专题报道的新闻记者。他那从眼镜框上面露出来的眼睛是彬彬有礼的，含蓄的，不露声色的，但又是机警的，而且相当的锋利。

高大头是个修鞋的，是个平头百姓，并无一官半职，虽有点走资本主义道路，却不当权，"文化大革命"怎么会触及到他，会把他也拿来挂牌、游街、批斗呢？答曰：因为他是牛鬼蛇神，故在横扫之列。此"文化大革命"之所以为"大"也。

小地方的人有一种传奇癖，爱听异闻。对一个生活经历稍为复杂一点的人，他们往往对他的历史添油加醋，任意夸张，说得神乎其神。这种捕风捉影的事，茶余酒后，巷议街谈，倒也无伤大雅。就是本人听到，也不暇去一一订正。有喜欢吹牛说大话的，还可能随声附和，补充细节，自高身价。一到运动，严肃地进行审查，可就惹了麻烦，跳进黄河也洗不清了。高大头就是这样。

高大头的简历如下：小时在家学铜匠。后到外地学开汽车，当了多年司机。解放前夕，因亲戚介绍，在一家营造厂"跑外"——当采购员。三五反后，营造厂停办，他又到专区一个师范学校当了几年总务。以后，即回乡从事补鞋。他走的地方多，认识的人多，在走出五里坝就要修家书的本地人看来，的确很不简单。

但是本地很多人相信他进过黄埔军校，当过土匪，坐过日本人的牢，坐过国民党的牢，也坐过新四军的牢。

事出有因，查无实据。黄埔军校早就不存在，他那样的年龄不可能进去过，而且他从来也没有到过广东。所以有此"疑点"，是因为他年轻时为了好玩，曾跟一个朋友借了一身军服照过一张照片，还佩了一柄"军人魂"的短剑。他大概曾经跟人吹过，说这种剑只有军校毕业生才有。这张照片早已不存在，但确有不止一个人见过，写有旁证材料。说他当过土匪，是因为他学铜匠的时候，有一师父会修枪。过去地方商会所办"保卫团"有枪坏了，曾拿给他去修过。于是就传成他会造枪，说他给乡下的土匪造过枪。于是就联系到高大头：他师父给土匪造枪，他师父就是土匪；他是土匪的徒弟，所以也是土匪。这种逻辑，颇为谨严。至于坐牢，倒是确有其事。他是司机，难免夹带一点私货，跑跑单帮。抗日战争时期从敌占区运到国统区，解放战争时期从国统区运到解放区。的确有两次被伪军和国民党军队查抄出来，关押了几天。关押的目的是敲竹杠。他花了一笔钱，托了朋友，也就保释出来了。所运的私货无非是日用所需，洋广杂货。其中也有违禁物资，如西药、煤油。但是很多人说他运的是枪支弹药。就算是枪支弹药吧：抗日战争时期，国共还在合作，由日本人那里偷运给国民党军队，不是坏事；解放战争时期由国民党军队那里偷运给新四军，这岂不是好事？然而不，这都是反革命行为。他确也被新四军扣留审查过几天，那是因为不清楚他的来历。后来已有新四军当时的负责人写了证明，说这是出于误会。以上诸问题，本不难澄清，但是有关部门一直未做明确结论，作为悬案挂在那里。他之所以被专区的师范解职，就是因为：历史复杂。

"文化大革命"，旧案重提，他被揪了出来。地方上的造反派为之成立了专案组。专案组的组长是当时造反派的头头，后来的财政局长谭凌霄，专案组成员之一是后来的房产管理处主任高宗汉。因为有此因缘，就逼得高大头终于不得不把他的房子楦一楦。此是后话。

"文化大革命"山呼海啸，席卷全国。高大头算个什么呢，真是沧海之一粟。不过他在本地却是出足了风头，因为案情复杂而且严重。南市口离县革会不远，县革会门前有一面大照壁。照壁上贴得满满一壁关于高大头的大字报，还有漫画插图。谭凌霄原来在文化馆工作，高宗汉原是电影院的美工，他们都能写会画，把高大头画得很像。他的形象特征很好掌握，一个鸭梨形的比身体还要大的头。在批斗他的时候，喊的口号也特别热闹：

"打倒反动军官高大头！"
"打倒土匪高大头！"
"打倒军火商高大头！"
"打倒三开分子高大头！"

剃头、画脸、游街、抄家、挨打、罚跪，应有尽有，不必细说。

高大头是个曾经沧海的人，"文化大革命"虽然是史无前例，他却以一种古已有之的态度对待之：逆来顺受。批斗、游街，随叫随到。低头的角度很低，时间很长。挨打挨踢，面无愠色。他身体结实，这些都经受得住。检查材料交了一大摞，写得很详细，很工整。时间、地点、经过、证明人，清清楚楚。一次一次，不厌其烦。但是这种检查越看越叫人生气。

谭凌霄亲自出马，带人外调。登了泰山，上了黄山，吃过西湖醋鱼、南京板鸭、苏州的三虾面，乘兴而去，兴尽而归，材料虽有，价值不大。（全国用于外调的钱，一共有多少？）

他们于是又回过头来把希望寄托在高大头本人身上，希望他自己说出一些谁也不知道的罪行，三番两次，交待政策："坦白从宽，抗拒从"，"态度很重要。态度好，可以从轻；态度不好，问题性质就会升级！"苦口婆心，仁至义尽。高大头唯唯，然而交待材料仍然是那些车轱辘话。对于"反动军官"、"土匪"、"军火商"，字面上绝不硬顶，事实上寸步不让。于是谭凌霄给了他一嘴巴子，骂道："你真是一块滚刀肉！"

只有对于"三开分子"，高大头却无法否认。

"三开分子"别处似不曾听说过，可以算得是这个小县的土特产。何谓"三开"？就是在敌伪时期、国民党时期、共产党时期都吃得开。这个界限可很难划定。当过维持会长、国大代表、政协委员，这可以说是"三开"。这些，高大头都够不上。但是他在上述三个时期都活下来了，有一口饭吃，有时还吃得不错，且能娶妻生子，成家立业，要说是"吃得开"，也未尝不可。

轰轰轰轰，"文化大革命"过去了。

高大头还是高大头。"三开分子"算个什么名目呢？

什么文件上也未见过。因此也就谈不上什么改正落实。抄家的时候，他把所有的箱笼橱柜都打开，任凭搜查。除了他的那些修鞋用具之外，还有他当司机时用过的扳子、钳子、螺丝刀，他在营造厂跑外时留下的一卷皮尺……这些都不值一顾。有两块桃源石的图章，高宗汉以为是玉的，上面还有龟纽，说这是"四旧"，没收了（高大头当时想：真是没有见过世面，这值不了几个钱）。因此，除了皮肉吃了一点苦，高大头在这场开玩笑似的浩劫中没有多大损失。他没有什么抱怨，对谁也不记仇。

倒是谭凌霄、高宗汉因为白整了高大头几年，没有整出个名堂来，觉得很不甘心。世界上竟有这等怪事：挨整的已经觉得无所谓，整人的人倒耿耿于怀，总想跟挨整的人过不去，好像挨整的对不起他。

然而高大头从此得了教训，他很少跟人来往了，他不串门访友，也不愿说他那些天南地北的山海经。他整天只是埋头做活。

高大头高大魁伟，然而心灵手巧，多能鄙事。他会修汽车，修收音机、照相机，修表，当然主要是修鞋。他会修球鞋、胶鞋。他收的钱比谁家都贵，但是大家都愿多花几个钱送到他那里去修，因为他修得又结实又好看。他有一台火补的"机器"，补好后放在模子里加热一压，鞋底的纹印和新的一样。在刚兴塑料鞋时，全城只有他一家会修塑料凉鞋，于是门庭若市（最初修塑料鞋，他都是拿到后面去修，怕别人看到学去）。就是在"文化大革命"期间，在他不挨批斗的日子，生意也很好（"文化大革命"期间人们好像特别费鞋，因为又要游行，又要开会，又要跳忠字舞）。他还会补自行车胎、板车胎，甚至汽车外胎。因此，他的收入很可观。三中全会以后，允许单干，他带着一儿一女，一同做活，生意兴隆，真是很吃得开了。

他现在常在一起谈谈的，只有一个朱雪桥。

一来，他们是邻居。

二来，"文化大革命"期间，他们经常同台挨斗，同病相怜。

朱雪桥的罪名是美国特务。

朱雪桥是个针灸医生，为人老实本分，足迹未出县城一步，他怎么会成了美国特务呢？原来他有个哥哥朱雨桥，在美国，也是给人扎针，听说混得很不错。解放后，兄弟俩一直不通音信。但这总是个海外关系。这个县城里有海外关系的不多，凤毛麟角，很是珍贵。原来在档案里定的是"特嫌"，到了"文化大革命"，就直截了当，定成了美国特务。

这样，他们就时常一同挨斗。在接到批斗通知后，挂了牌子一同出门，斗完之后又挟了牌子一同回来。到了巷口，点一点头："明天见！"——"会上见！"各自回家。

朱雪桥胆子小，原来很害怕，以为可能要枪毙。高大头暗中给他递话："你是特务吗？——不是。不是你怕什么？沉住气，没事。光棍不吃眼前亏，注意态度。"朱雪桥于是仿效高大头，软磨穷泡，少挨了不少打。朱雪桥写的检查稿子，还偷偷送给高大头看过。高大头用铅笔轻轻做了记号，朱雪桥心领神会，都照改了。高大头每回挨斗，回来总要吃点好的。他前脚挂了牌子出门，他老婆后脚就绕过几条街去买肉。肉炖得了，高大头就叫女儿乘天黑人乱，给朱雪桥送一碗过去。朱雪桥起初不受，说："这，这，这不行！"高大头知道他害怕，就走过去说："吃吧！不吃好一点顶不住！"于是朱雪桥就吃了。他们有时斗罢归来，分手的时候，还偷偷用手指圈成一个圈儿，比划一下，表示今天晚上可以喝两盅。

中国有不少人的友谊是在一同挨斗中结成的，这可称为"文革"佳话。

三来，他们两家的房子都非常紧，这就容易产生一种同类意识。

两家的房子原来都不算窄，是在挨斗的同时被挤小了的。

朱雪桥家原来住得相当宽敞，有三大间，旁边还有一间堆放杂物的厢房。朱雨桥在的时候，两家住；朱雨桥走了，朱雪桥一家三代六口人住着。朱雪桥不但在家里可以有地方给人扎针治病，还有个小天井，可以养十几盆菊花。——高大头养菊花就是受了朱雪桥的影响。他的菊花秧子大都是从朱雪桥那里分来的。

谭凌霄和高宗汉带着一伙造反派到朱雪桥家去抄家。叫高大头也一同去，因为他身体好，力气大，作为劳力，可以帮着搬东西。朱家的"四旧"不少。雾红胆瓶，摔了；康熙青花全套餐具，砸了；铜器锡器，踹扁了；硬木家具，劈了；朱雪桥的父母睡的一张红木宁式大床，是传了几代的东西，谭凌霄说："抬走！"堂屋板壁上有四幅徐子兼画的猴。徐子兼是邻县的一位画家，已故，画花鸟，宗法华新罗，笔致秀润飘逸，尤长画猴。他画猴有定价，两块大洋一只。这四幅屏上的大大小小的猴真不老少。一个造反派跳上去扯了下来就要撕。高大头在旁插了一句嘴，说："别撕。'金猴奋起千钧棒'，猴是革命的。"谭凌霄一想，说："对！卷起来，先放到我那里保存！"他属猴，对猴有感情。

　　抄家完毕，谭凌霄说："你家的房子这样多？不行！"于是下令叫朱雪桥全家搬到厢房里住，当街另外开门出入。这三间封起来。在正屋与厢屋之间砌起了一堵墙，隔开。

　　高大头家原来是个连家店，前面是铺面，或者也可以叫作车间，后面是住家。抄家的时候（前文已表，他家是没有多少东西可抄的），高宗汉说："你家的房子也太宽，不行！"于是在他的住家前面也砌了一堵墙，只给他留下一间铺面。

　　这样，高、朱两家的房屋面积都是一样大小了：九平米。

朱家六口人，这九平方米怎么住法呢？白天还好办。朱雪桥上班，——他原来是私人开业，后来加入联合诊所，联合诊所撤销后，他进了卫生局所属的城镇医院，算是"国家干部"了。两个孩子（一儿一女）上学。家里只剩下朱雪桥的父亲母亲和他的老婆。到了晚上，三代人，九平米，怎么个睡法呢？高大头给他出了个主意，打了一张三层床。由下往上数：老两口睡下层，朱雪桥夫妇睡中层，两个孩子睡在最上层。一人翻身，全家震动。两个孩子倒很高兴，觉得爬上爬下，非常好玩。只是有时夜里要滚下来，这一跤可摔得不轻。小弟弟有时还要尿床，这个热闹可就大了！

高大头怎么办呢？也总得有个家呀。他有老婆，女儿也大了，到了快找对象的时候了，女人总有些女人的事情，不能大敞四开，什么都展览着呀。于是他找了点纤维板，打了半截板壁，把这九平米隔成了两半，两个狭条，各占四平米半。后面是他老婆和女儿的卧房；前面白天是车间，到了晚上，临时搭铺，父子二人抵足而眠。后面一半外面看不见。前面的四米半可真是热闹。一架火补烘烤机器就占了三分之一。其余地方还要放工具、材料。他把能利用的空间都利用了。他敲敲靠巷子一边的山墙，还结实，于是把它抽掉一些砖头，挖成一格一格的，成了四层壁橱。酱油瓶子、醋瓶子、油瓶子、酒瓶子、扳子、钳子、粘胶罐子、钢锉、木锉、书籍（高大头文化不低，前已说过，他的字写得很工整）、报纸（高大头关心世界、国家大事，随时研究政策，订得一份省报，看后保存，以备查检，逐月逐年，一张不缺），全都放在"橱"里。层次分明，有条不紊。他修好的鞋没处放，就在板壁上钉了许多钉子，全都挂起来。面朝里，底朝外，鞋底上都贴着白纸条，写明鞋主姓名和取鞋日期。这样倒好，好找，省得一双一双去翻。他还养菊花（朱雪桥已经无此雅兴）。没有地方放，他就养了四盆悬崖菊，把它们全部在房檐口挂起来。这四个盆子很大。来修鞋的人走到门口都要迟疑一下，向上看看。高大头总是解释："不碍事，挂得很结实，砸不了脑袋！"这四盆悬崖菊披披纷纷地倒挂下来，好看得很。高大头就在菊花影中运锉补鞋，自得其乐。

　　"四人帮"倒了之后，高大头和朱雪桥迭次向房产管理处和财政局写报告，请求解决他们的住房困难。这个县的房管处是财政局的下属单位，是一码事。也就是说，向高宗汉和谭凌霄写报告（至于谭、高二人怎么由造反派变成局长和主任，又怎样安然度过清查运动，一直掌权，已与本文无关，不表）。他们还迭次请求面见谭局长和高主任。高大头还给谭局长家修过收音机、照相机，都是白尽义务，分文不取。高主任很客气地接待他们，说："你们的困难我是知道的，这是'文化大革命'的后遗症嘛，一定，一定设法解决。"谭凌霄对高宗汉说："这两个家伙，不能给他们房子！"

中美建交。

朱雪桥忽然接到他哥哥朱雨桥的信，说他很想回乡探望双亲大人。信中除了详述他到美的经过，现在的生活，倾诉了思亲怀旧之情，文白夹杂，不今不古，之外，附带还问了问他花了五十块大洋请徐子兼画的四幅画，今犹在否。

朱雪桥把这封信交给了奚县长。

奚县长"文化大革命"前就是县长。"文化大革命"中被谭凌霄等一伙造反派打倒了。"四人帮"垮台后，经过选举，是副县长。不过大家还叫他奚县长。他主管文教卫生，兼管民政统战。朱雪桥接到朱雨桥的信，这件事，从哪方面说起来，都正该他管。

第一件事，应该表示欢迎。这是国家政策。

第二件事，应该赶紧解决朱雪桥的住房问题。朱雨桥回来，这九平米，怎么住？难道在三层床上再加一层吗？

事有凑巧，朱家原来的三间祖屋，在被没收后，由一个下放干部住着。恰好在朱雪桥接到朱雨桥来信前不久，这位下放干部病故了，家属回乡，这三间房还空着。这事好解决。奚县长亲自带了朱雪桥去找谭凌霄，叫他把那三间房还给朱家。谭凌霄当时没有话说，叫高宗汉填写了一张住房证发给了朱雪桥。朱雪桥随奚县长到县人民政府，又研究了一下怎样接待朱雨桥的问题。奚县长嘱咐他对"文化大革命"的情况尽量不要多谈，还批了条子，让他到水产公司去订购一点鲜鱼活虾，到蔬菜公司订购一点菱藕，到糖烟酒公司订几瓶原装洋河大曲。朱雪桥对县领导的工作这样深入细致，深表感谢。

不想他到了旧居门口，却发现门上新加了一把锁。

原来谭凌霄在发给朱雪桥住房证之后，立刻叫房管处签发了另一份住房证，派人送到湖东公社，交给公社书记的儿子，叫他先把门锁起来。一所房子同时发两张居住证，他这是存心叫两家闹纠纷，叫朱雪桥搬不进去。

朱雪桥不能撬人家的锁。

怎么办呢？高大头给他出了个主意，从隔开厢房与正屋的墙上打一个洞，先把东西搬进去再说。高大头身强力壮，心灵手巧，呼朋引类，七手八脚，不大一会儿，就办成了。

朱雨桥来信，行期在即。

奚县长了解了朱雪桥在墙上打了一个洞，说："这成个什么样子！"于是打电话给财政局、房管处，请他们给朱家修一个门，并把朱家原来的三间正屋修理一下。谭凌霄、高宗汉"相应不理"。

县官不如现管，奚县长毫无办法。

奚县长打电话给卫生局，卫生局没有人工材料。

最后只得打电话给城镇医院。城镇医院倒有一点钱，雇工置料，给朱雪桥把房子修了。

徐子兼画的四幅画也还回来了。这四幅画在谭凌霄家里。朱雪桥拿着县人民政府的信，指名索要，谭凌霄抵赖不得，只好从柜子里拿出来给他。朱家的宁式大床其实也在谭凌霄家里，朱雪桥听从了高大头的意见，暂时不提。

朱雨桥回来，地方上盛大接待。朱雨桥吃了家乡的卡缝鳊、翘嘴白、槟榔芋、雪花藕、炝活虾、野鸭烧咸菜；给双亲大人磕了头，看看他的祖传旧屋，端详了徐子兼的画猴，满意得不得了。热闹了几天，告别各界领导。临去依依，一再握手。弟兄二人，洒泪而别，自不必说。

地方上为朱雨桥举行的几次宴会，谭局长一概称病不赴。高主任因为还不够格，也未奉陪。谭凌霄骂了一句国骂，说："海外关系倒跷起来了！"

谭凌霄当然知道朱雪桥在墙上打洞，先发制人，造成既成事实，这主意是高大头出的。朱雪桥是个老实人，想不出这种招儿。徐子兼的画在他手里，也是高大头告发的。这四幅画他平常不大拿出来挂。有一天"晒伏"，他摊在地上。那天正好高大头来送修好了的收音机。这小子眼睛很贼，瞅见过。除了他，没有别人！批给朱家三间房子，丢了四张画，事情不大，但是他谭凌霄没有栽过这个跟头。这使他丢了面子，在本城群众面前矮了一截。这些草民，一定会在他背后指手画脚，喊喊喳喳地议论的。谭凌霄非常窝火，在心里恨道："好小子，你就等着我的吧！"他引用了一句慈禧太后的话："谁要是叫我不痛快一阵子，我就叫谁不痛快一辈子！"

高大头知道事情不大妙，但是他还是据理力争，几次找房管处要房子。高宗汉接见了他。这回态度变了，干脆说："没有！"高大头还是软软和和地说："没有房子，给我一块地皮也行，我自己盖。"——"你自己盖？你有钱？是你说过：你有八千块钱存款，只要你给一块地皮，盖一所一万块钱的房子，不费事。你说过这话没有？"高大头是曾经夸过这个海口，不知是哪个嘴快的给传到高宗汉耳朵里去了，但是他还是陪着笑脸，说："那是酒后狂言。"高宗汉板着脸说："有本事你就盖。地皮没有。就这九平米。你就在这九平米上盖！只要你不多占一分地，你怎么盖都行。盖一座摩天大楼我也不管，随便！就这个话！往后你还别老找我来啰唆！你有意见？你有本事告我去！告我和谭局长去！我还有事，你请便！"

高大头这一天半宵都没有睡着觉，一支接一支地抽烟，抽了多半盒"大运河"。

与此同时，谭凌霄利用盖集体宿舍的名义给自己盖了一所私人住宅。

谭凌霄盖住宅的时候，高大头天天到邮局去买报纸，

《人民日报》《文汇报》《解放日报》《新华日报》，能买到的都买了来，戴着他的黑边窄片老花镜一张一张地看，用红铅笔划道、剪贴、研究。

谭凌霄的住宅盖成了。且不说他这所住宅有多大，单说房前的庭院：有一架葡萄、一丛竹子、几块太湖石，还修了一座阶梯式的花台，放得下百多盆菊花。这在本城县一级领导里是少有的。

这一天，谭局长备了三桌酒，邀请熟朋友来聚聚。一来是暖暖他的新居，二来是酬谢这些朋友帮忙出力，提供材料。杯筷已经摆好，凉菜尚未上桌，谭局长正陪同客人在庭前欣赏他的各种菊花，高大头敲门，一头闯了进来。谭凌霄问："你来干什么？"高大头拿出一卷皮尺，说："对不起，我量量你们家的房子。"说罢就动起手来。谭凌霄一时不知如何是好，客人也都莫名其妙。高大头非常麻溜利索。眨眼的工夫就量完了。前文交待，他在营造厂干过，干这种事情，是个内行。他收了皮尺，还负手站在一边，陪主人客人一同看了一会儿菊花。这菊花才真叫菊花！一盆墨菊，乌黑的，花头有高大头的脑袋大！一盆狮子头，花瓣旋拧着，像一团发亮的金黄色的云彩！一盆十丈珠帘，花瓣垂下有一尺多长！高大头知道，这都是从公园里搬来的。这几盆菊花，原来放在公园的暖房里，旁边插着牌子，写着："非卖品"。等闲人只能隔着玻璃看看。

高大头自从菊花开始放瓣的时候，天天去看，太眼熟了。

高大头看完菊花，道了一声"谢谢，饱了眼福"，转身自去。

谭局长这顿饭可没吃好。他心里很不踏实：高大头这小子，量了我的房子，不会有什么好事！

高大头当晚借了朱雪桥家的堂屋，把谭凌霄假借名义，修盖私人住宅的情况，写了一封群众来信。信中详细描叙了谭宅的尺寸、规格，并和本县许多住房困难的人家做了对比。连夜抄得，天亮付邮，寄给省报。

过了几天，省报下来了一个记者。

记者住在招待所。

他本来是来了解本县今年秋收分配情况的，没想到，才打开旅行包，洗了脸，就有人来找他。这些人反映的都是一件事：谭局长修盖私人住宅，没有那回事，这是房管局分配给他的宿舍；高大头是个三开分子，品质恶劣，专门造谣中伤，破坏领导威信。接二连三，络绎不绝（这些人都是谭凌霄在"文化大革命"中的"老战友"）。记者在编辑部本知道有这样一封群众来信，不过他的任务不是了解此事。这样一来，倒引起了他的注意。他找了本县的几个通讯员和一些群众做了调查，他们都说有这回事。他请高大头到招待所来谈谈，高大头带来了他的那封信的底稿和一张谭凌霄住宅平面图。

记者把这件事用"本报记者"名义写了一篇报道，带回了报社。

　　也活该谭凌霄倒霉，他赶到坎上了，现在正是大抓不正之风的时候。报社决定用这篇稿子。打了清样，寄到本县县委，征求他们的意见，是否同意发表。县委书记看了清样，正在考虑，奚县长正在旁边，说："这件事你要是压下来，将来问题深化了，你也会被牵扯进去，这是一；如果不同意发表这篇报道，那将来本县的消息要见省报，可就困难了，这是二。"县委书记击案说："好！同意！"奚县长抓起笔就写了一封复信：

　　　　此稿报道情况完全属实，同意发表。这对
　　我们整顿党政作风，很有帮助，特此表示感谢。

　　报道在省报发表后，全城轰动。很多居民买了鞭炮到大街上来放，好像过年一样。

　　高大头当真在他的九平米的地基上盖起了一所新房子（在修建新房时，他借住了朱雪桥原来住的厢房）。这座房子一共三十六平米。他盖了个两楼一底。底层还是九米。上面一层却有十二米。他把上层的楼板向下层的檐外伸出了一截，突出在街面上。紧挨上层，他又向南伸展，盖了一间过街楼，那一头接到朱雪桥家厢房房顶。

这间过街楼相当高，楼下可过车辆行人，不碍交通。过街楼有十五平米。这样，高大头家四口人，每人就有九平米，很宽绰了。高大头的儿子就是要结婚，也完全有地方。这两楼一底是高大头自己设计的。他干过营造厂嘛。来来往往的人看了高大头的这所十分别致的房子，都说："这家伙真是个皮凤三，他硬把九平方米檀成了三十六平方米，神了！"

谭凌霄、高宗汉忽然在同一天被撤了职。这消息可靠。据财政局的人说，他们自己已接到通知，只是还没有公开宣布。他们这两天已经不到机关上班了。因为要是再去，别人叫他们"局长"、"主任"，答应不好，不答应也不好。

在听到他们俩撤职的消息后，城里人有没有放鞭炮呢？没有。他们是很讲恕道的。

这二位到底为什么被撤职呢？众说纷纭。有人说是他们在住房问题上对群众刁难勒索，太招恨了；有人说是他们通同作弊，修盖私人住宅；有人说：因为他们是造反派！究竟如何，且听下回分解。

一九八一年十二月二十五日

钓人的孩子

钓人的孩子

抗日战争时期。昆明大西门外。

米市，菜市，肉市。柴驮子，炭驮子。马粪。粗细瓷碗，砂锅铁锅，焖鸡米线，烧饵块。金钱片腿，牛干巴。炒菜的油烟，炸辣子的呛人的气味。红黄蓝白黑，酸甜苦辣咸。

每个人带着一生的历史，半个月的哀乐，在街上走。栖栖惶惶，忙忙碌碌。谁都希望意外地发一笔小财，在路上捡到一笔钱。

一张对折着的钞票躺在人行道上。

用这张钞票可以量五升米，割三斤肉，或扯六尺细白布，——够做一件汗褂，或到大西门里牛肉馆要一盘冷片、一碗汤片、一大碗饭、四两酒，美美地吃一顿。

一个人弯腰去捡钞票。

噌——，钞票飞进了一家店铺的门里。

一个胖胖的孩子坐在门背后。他把钞票丢在人行道上，钞票上拴了一根黑线，线头捏在他的手里。他偷眼看着钞票，只等有人弯腰来拾，他就猛地一抽线头。

他玩着这种捉弄人的游戏，已经玩了半天。上当的已经有好几个人了。

胖孩子满脸是狡猾的笑容。

这是一个小魔鬼。

这孩子长大了，将会变成一个什么人呢？日后如果有人提起他的恶作剧，他多半会否认。——也许他真的已经忘了。

捡金子

这是一个怪人，很孤傲，跟谁也不来往，尤其是女同学。他是哲学系的研究生。他只有两个"听众"，都是中文系四年级的学生。他们每天一起坐茶馆，在茶馆里喝清茶，嗑葵花子，看书，谈天，骂人。哲学研究生高谈阔论的时候多，那两位只有插话的分儿，所以是"听众"。他们都有点玩世不恭。哲学研究生的玩世不恭是真的，那两位有点是装出来的。他们说话很尖刻，动不动骂人是"卑劣的动物"。他们有一套独特的语言。他们把漂亮的女同学叫作"虎"，把谈恋爱叫作"杀虎"，把钱叫作"刀"。

有刀则可以杀虎，无刀则不能。诸如此类。他们都没有杀过一次虎。

这个怪人做过一件怪事：捡金子。昆明经常有日本飞机来空袭。一有空袭就拉警报。一有警报人们就都跑到城外的山野里躲避，叫作"逃警报"。哲学研究生推论：逃警报的人一定会把值钱的东西带在身边，包括金子；有人带金子，就会有人丢掉金子；有人丢掉金子，一定会有人捡到；人会捡到金子，我是人，故我可以捡到金子。这一套逻辑推理实在是无懈可击。于是在逃警报时他就沿路注意。他当真捡到金戒指，而且不止一次，不止一枚。

此人后来不知所终。

有人说他到了重庆，给《中央日报》写社论，骂共产党。

航空奖券

国民党的中央政府发行了一种航空救国奖券，头奖二百五十万元，月月开奖。虽然通货膨胀，钞票贬值，这二百五十万元一直还是一个相当大的数目。这就是说，在国民党统治范围的中国，每个月要凭空出现一个财主。花不多的钱，买一个很大的希望，因此人们趋之若鹜，代卖奖券的店铺的生意很兴隆。

中文系学生彭振铎高中毕业后曾教过两年小学，岁数比同班同学都大。他相貌平常，衣装朴素，为人端谨。他除了每月领助学金（当时叫作"贷金"），还在中学兼课，有一点微薄的薪水。他过得很俭省，除了买买书，买肥皂牙膏，从不乱花钱。不抽烟，不饮酒。只有他的一个表哥来的时候，他的生活才有一点变化。这位表哥往来重庆、贵阳、昆明，跑买卖。虽是做生意的人，却不忘情诗书，谈吐不俗。他来了，总是住在爱群旅社，必把彭振铎邀去，洗洗澡，吃吃馆子，然后在旅馆里长谈一夜。谈家乡往事，物价行情，也谈诗。平常，彭振铎总是吃食堂，吃有耗子屎的发霉的红米饭，吃炒芸豆，还有一种叫作魔芋豆腐的紫灰色的烂糊糊的东西。他读书很用功，但是没有一个教授特别赏识他，没有人把他当作才子来看。然而他在内心深处却是一个诗人，一个忠实的浪漫主义者。在中国诗人里他喜欢李商隐，外国诗人里喜欢雪莱，现代作家里喜欢何其芳。他把《预言》和《画梦录》读得几乎能背下来。他自己也不断地写一些格律严谨的诗和满纸烟云的散文。定稿后抄在一个黑漆布面的厚练习本里，抄得很工整。这些作品，偶尔也拿出来给人看，但只限于少数他所钦服而嘴又不太损的同学。同班同学中有一个写小说的，他就请他看过。这位小说家认真地看了一遍，说："很像何其芳。"

然而这位浪漫主义诗人却干了一件不大有诗意的事：他按月购买一条航空奖券。

他买航空奖券不是为了自己。

系里有个女同学名叫柳曦，长得很漂亮。然而天然不俗，落落大方，不像那些漂亮的或自以为漂亮的女同学整天浓妆艳抹，有明星气、少奶奶气或教会气。她并不怎样着意打扮，总是一件蓝阴丹士林旗袍，——天凉了则加一件玫瑰红的毛衣。她走起路来微微偏着一点脑袋，两只脚几乎走在一条线上，有一种说不出来的风致，真是一株风前柳，不枉了小名儿唤作柳曦，彭振铎和她一同上创作课。她写的散文也极清秀，文如其人，彭振铎自愧弗如。

尤其使彭振铎动心的是她有一段不幸的身世。有一个男的时常来找她。这个男的比柳曦要大五六岁，有时穿一件藏青哔叽的中山装，有时穿一套咖啡色西服。这是柳曦的未婚夫，在资源委员会当科长。柳曦的婚姻是勉强的。她的父亲早故，家境贫寒。这个男人看上了柳曦，拿钱供柳曦读了中学，又读了大学，还负担她的母亲和弟妹的生活。柳曦在高中一年级就跟他订婚了。她实际上是卖给了这个男人。怪不道彭振铎觉得柳曦的眉头总有点蹙着（虽然这更增加了她的美的深度），而且那位未婚夫来找她，两人一同往外走她总是和他离得远远的。

这是那位写小说的同学告诉彭振铎的。小说家和柳曦是小同乡，中学同学。

彭振铎很不平了。他要搞一笔钱，让柳曦把那个男人在她身上花的钱全部还清，把自己赎出来，恢复自由。于是他就按月购买航空奖券。他老是梦想他中了头奖，把二百五十万元连同那一册诗文一起捧给柳曦。这些诗文都是写给柳曦的。柳曦感动了，流了眼泪。投在他的怀里。

彭振铎的表哥又来了。彭振铎去看表哥，顺便买了一条航空奖券。到了爱群旅社，适逢表哥因事外出，留字请他少候。彭振铎躺在床上看书。房门开着。

彭振铎看见两个人从门外走过，是柳曦和她的未婚夫！他们走进隔壁的房间。不大一会儿，就听见柳曦的放浪的笑声。

彭振铎如遭电殛。

他觉得心里很不是滋味。

而且他渐渐觉得柳曦的不幸的身世、勉强的婚姻，都是那个写小说的同学编出来的。这个玩笑开得可太大了！

他怎么坐得住呢？只有走。

他回到宿舍，把那一册诗文翻出来看看。他并没有把它们烧掉。这些诗文虽然几乎篇篇都有柳，柳风、柳影、

柳絮、杨花、浮萍……但并未点出柳曦的名字。留着,
将来有机会献给另外一个人,也还是可以的。

航空奖券,他还是按月买,因为已经成了习惯。

一九八二年二月二日

王四海的黄昏

北门外有一条承志河。承志河上有一道承志桥，是南北的通道，每天往来行人很多。这是座木桥，相当的宽。这桥的特别处是上面有个顶子，不方不圆而长，形状有点像一个船篷。桥两边有栏杆，栏杆下有宽可一尺的长板，就形成两排靠背椅。夏天，常有人坐在上面歇脚、吃瓜；下雨天，躲雨。人们很喜欢这座桥。

桥南是一片旷地。据说早先这里是有人家的，后来一把火烧得精光，就再也没有人来盖房子。这不知是哪一年的事了。现在只是一片平地，有一点像一个校场。这就成了放风筝，踢毽子的好地方。小学生放了学，常到这里来踢皮球。把几个书包往两边一放，这就是球门。奔跑叫喊了一气，滚得一身都是土。不知是谁喊了一声："回家吃饭啰！"于是提着书包，紧紧裤子，一窝蜂散去。

这又是各种卖艺人作场的地方。耍猴的。猴能爬旗杆，还能串戏——自己打开箱子盖，自己戴帽子，戴胡子。最好看的是猴子戴了"鬼脸"——面具，穿一件红袄，帽子上还有两根野鸡毛，骑羊。老绵羊围着场子飞跑，颈项里挂了一串铜铃，哗稜稜稜地响。耍木头人戏的，老是那一出：《王香打虎》。王香的父亲上山砍柴，被老虎吃了。王香赶去，把老虎打死，从老虎的肚子里把父亲拉出来。父亲活了。父子两人抱在一起——完了。王香知道父亲被老虎吃了，感情很激动。那表达的方式却颇为特别：把一个木头脑袋在"台"口的栏杆上磕碰，碰得笃笃地响，"嘴"里"呜丢丢，呜丢丢"地哭诉着。这大概是所谓"呼天抢地"吧。围看的大人和小孩也不知看了多少次《王香打虎》了（王香已经打了八百年的老虎了，——从宋朝算起），但当看到王香那样激烈地磕碰木头脑袋，还是会很有兴趣地哄笑起来。耍把戏，嗵嗵嗵……嗵嗵嗵——嗵！铜锣声切住。"在家靠父母，出外靠朋友。有钱的帮个钱场子，没钱的帮着人场子。"——"小把戏！玩几套？"——"玩三套！"于是一个瘦骨伶仃的孩子，脱光了上衣（耍把戏多是冬天），两手握着一根小棍，把两臂从后面撅——撅——撅，直到有人"哗叉哗叉"——投出铜钱，这才撅过来。一到要表演"大卸八块"了，有的妇女就急忙丢下几个钱，神色紧张地掉头走了。有时，腊月送灶以后，旷场上立起两根三丈长的杉篙，当中又横搭一根，人们就知道这是来了耍"大把戏"的，大年初一，要表演"三上吊"了。所谓"三上吊"，是把一个女孩的头发（长发，原来梳着辫子），用烧酒打湿，在头顶心攥紧，系得实实的；头发挽扣，一根长绳，掏进发扣，用滑车拉上去，这女孩就吊在半空中了。下面的大人，把这女孩来回推晃，女孩子就在半空中悠动起来。除了做寒鸭凫水、童子拜观音等等动作外，还要做脱裤子、穿裤子的动作。这女孩子穿了八条裤子，在空中把七条裤子一条一条脱下，又一条一条穿上。这女孩子悠过来，悠过去，就是她那一把头发拴在绳子上……

到了有卖艺人作场，承志桥南的旷场周围就来了许多卖吃食的。卖烂藕的，卖煮荸荠的，卖牛肉高粱酒，卖回卤豆腐干，卖豆腐脑的，吆吆喝喝，异常热闹。还有卖梨膏糖的。梨膏糖是糖稀、白砂糖，加一点从药店里买来的梨膏熬制成的，有一点梨香。一块有半个火柴盒大，一分厚，一块一块在一方木板上摆列着。卖梨膏糖的总有个四脚交叉的架子，上铺木板，还装饰着一些绒球、干电池小灯泡。卖梨膏糖全凭唱。他有那么一个六角形的小手风琴。本地人不识手风琴，管那玩意儿叫"呜哩哇"，因为这东西只能发出这样三个声音。卖梨膏糖的把木架支好，就拉起"呜哩哇"唱起来：

> 太阳出来一点（呐）红，
>
> 秦琼卖马下山（的）东。
>
> 秦琼卖了他的黄骠（的）马啊，
>
> 五湖四海就访（啦）宾（的）朋！
>
> 呜哩呜哩哇，
>
> 呜哩呜哩哇……

这些玩意儿，年复一年，都是那一套，大家不免有点看厌了，虽则到时还会哄然大笑，会神色紧张。终于有一天，来了王四海。

有人跟卖梨膏糖的说：

"嗨，卖梨膏糖的，你的嘴还真灵，你把王四海给唱来了！"

"我？"

"你不是唱'五湖四海访宾朋'吗？王四海来啦！"

"王四海？"

卖梨膏糖的不知王四海是何许人。

王四海一行人下了船，走在大街上，就引起城里人的注意。一共七个人。走在前面的是一个小小子，一个小姑娘，一个瘦小但很精神的年轻人，一个四十开外的彪形大汉。他们都是短打扮，但是衣服的式样、颜色都很时髦。他们各自背着行李，提着皮箱。皮箱上贴满了轮船、汽车和旅馆的圆形的或椭圆形的标记。虽然是走了长路，但并不显得风尘仆仆。脚步矫健，气色很好。后面是王四海。他戴了一顶兔灰色的呢帽，穿了一件酱紫色烤花呢的大衣，——虽然大衣已经旧了，可能是在哪个大城市的拍卖行里买来的。他空着手，什么也不拿。他一边走，一边时时抱拳向路旁伫看的人们致意。后面两个看来是伙计，穿着就和一般耍把戏卖艺的差不多了。他们一个挑着一对木箱，一个扛着一捆兵器，——枪尖刀刃都用布套套着，一只手里牵着一头水牛。他们走进了五湖居客栈。

卖艺的住客栈，少有。——一般耍把戏卖艺的都住庙，有的就住在船上。有人议论："五湖四海，这倒真应了典了。"

这地方把住人的旅店分为两大类：房间"高尚"，设备新颖，软缎被窝，雪白毛巾，带点洋气的，叫旅馆，门外的招牌上则写作"××旅社"；较小的仍保留古老的习惯，叫客栈，甚至更古老一点，还有称之为"下处"的。客栈的格局大都是这样：两进房屋，当中有个天井，有十来个房间。砖墙、矮窗。不知什么道理，客栈的房间哪一间都见不着太阳。一进了客栈，除了觉得空气潮湿，还闻到一股长期造成的洗脸水和小便的气味。这种气味一下子就抓住了旅客，使他们觉得非常亲切。对！这就是他们住惯了的那种客栈！他们就好像到了家了。客栈房金低廉，若是长住，还可打个八折、七折。住客栈的大都是办货收账的行商、细批流年的命相家、卖字画的、看风水的、走方郎中、草台班子"重金礼聘"的名角、寻亲不遇的落魄才子。……一到晚上，客栈门口就挂出一个很大的灯笼。灯笼两侧贴着扁宋体的红字，一侧写道："招商客栈"，一侧是"近悦远来"。

五湖居就是这样一个客栈。这家客栈的生意很好，为同行所艳羡。人们说，这是因为五湖居有一块活招牌，就是这家的掌柜的内眷，外号叫貂蝉。叫她貂蝉，一是因为她长得俊俏；二是因为她丈夫比她大得太多。她二十四五，丈夫已经五十大几，俨然是个董卓。这董卓的肚脐可点不得灯，他瘦得只剩下一把骨头，是个痨病胎子。除了天气好的时候，他起来坐坐，平常老是在后面一个小单间里躺着。栈里的大小事务，就都是貂蝉一个人张罗着。其实也没有多少事。客人来了，登店簿，收押金，开房门；客人走时，算房钱，退押金，收钥匙。她识字，能写会算，这些事都在行。泡茶、灌水、扫地、抹桌子、替客人跑腿买东西，这些事有一个老店伙和一个小孩子支应，她用不着管。春夏天长，她成天坐在门边的一张旧躺椅上嗑瓜子，有时轻轻地哼着小调：

一把扇子七寸长，

一个人扇风二人凉……

或拿一面镜子，用一把小镊子对着镜子挟眉毛。觉得门前有人走过，就放下镜子看一眼，似有情，又似无意。

街上人对这个女店主颇有议论。有人说，她是可以陪宿的，还说过夜的钱和房钱一块儿结算，账单上写得明明白白：房金多少，陪宿几次。有人说："别瞎说！你嘴上留德。人家也怪难为，嫁了个痨病壳子，说不定到现在还是个黄花闺女！"

这且不言，却说王四海一住进五湖居，下午就在全城的通衢要道，热闹市口贴了很多海报。打武卖艺的贴海报，这也少有。海报的全文上一行是："历下王四海献艺"；下行小字："每日下午承志桥"。语意颇似《老残游记》白妞黑妞说书的招贴。大抵齐鲁人情古朴，文风也简练如此。

第二天，王四海拿了名片到处拜客。这在县城，也是颇为新鲜的事。商会会长、重要的钱庄、布店、染坊、药铺，他都投了片子，进去说了几句话，无非是："初到宝地，请多关照。"随即留下一份红帖。凭帖入场，可以免费。他的名片上印的是：

```
┌─────────────────────────────────┐
│                                 │
│  南北武术    力胜牯牛            │
│                                 │
│     大力士    王 四 海          │
│                                 │
│                    山东济南     │
│                                 │
└─────────────────────────────────┘
```

　　他到德寿堂药铺特别找管事的苏先生多谈了一会儿。原来王四海除了"献艺"，还卖膏药。熬膏药需要膏药黐子，——这东西有的地方叫作"膏药粘"，状如沥青，是一切膏药之母。叙谈结果，德寿堂的管事同意八折优惠，先货后款——可以赊账。王四海当即留下十多张红帖。

　　至于他给女店主送去几份请帖，自不待说。

　　王四海献艺的头几天，真是万人空巷。

　　打虎亲兄弟，上阵父子兵。王四海的这个武术班子，都姓王，都是叔伯兄弟，侄儿侄女。他们走南闯北，搭过很多班社，走过很多码头。大概五省联军总司令孙传芳到过的地方，他们也都到过。他们在上海大世界、南京夫子庙、汉口民众乐园、苏州玄妙观，都表演过。他们原来在一个相当大的马戏杂技团，后来这个杂技团散了，方由王四海带着，来跑小码头。

锣鼓声紧张热烈。虎音大锣，高腔南堂鼓，听着就不一样。老远就看见铁脚高杆上飘着四面大旗，红字黑字，绣得分明："以武会友"、"南北武术"、"力胜牯牛"、"祖传膏药"。场子也和别人不一样，不是在土地上用锣槌棒画一个圆圈就算事，而是有一圈深灰色的帆布帷子。入门一次收费，中场不再零打钱。这气派就很"高尚"。

玩艺也很地道。真刀真枪，真功夫，很干净，很漂亮，很文明，——没有一点野蛮、恐怖、残忍。

彪形大汉、精干青年、小小子、小姑娘，依次表演。或单人，或对打。三节棍、九节鞭、双手带单刀破花枪、双刀进枪、九节鞭破三节棍……

掌声，叫好。

王四海在前面表演了两个节目：护手钩对单刀、花枪，单人猴拳。他这猴拳是南派。服装就很慑人。一身白。下边是白绸肥腿大裆的灯笼裤，上身是白紧身衣，腰系白铜大扣的宽皮带，脉门上戴着两个黑皮护腕，护腕上两圈雪亮的泡钉。果然是身手矫捷，状如猿猴。他这猴拳是带叫唤的，当他尖声长啸时，尤显得猴气十足。到他手搭凉棚，东张西望，或缩颈曲爪搔痒时，周围就发出赞赏的笑声。——自从王四海来了后，原来在旷场上踢皮球的皮孩子就都一边走路，一边模仿他的猴头猴脑的动作，尖声长啸。

猴拳打完，彪形大汉和精干青年就卖一气膏药。一搭一档，一问一答。他们的膏药，就像上海的黄楚九大药房的"百灵机"一样，"有意想不到之效力"，什么病都治：五痨七伤、筋骨疼痛、四肢麻木、半身不遂、膨胀噎嗝、吐血流红、对口搭背、无名肿毒、梦遗盗汗、小便频数……甚至肾囊阴湿都能包好。

"那位说了，我这是臊裆——"

"对，俺的性大！"

"恁要是这么说，可就把自己的病耽误了！"

"这是病！"

"这是阳弱阴虚，肾不养水！"

"这是肾亏？！"

"对了！一天两天不要紧。一月两月也不要紧。一年两年，可就坏了事了！"

"坏了啥事？"

"妨碍恁生儿育女。不孝有三，无后为大。全凭一句话，提醒懵懂人。买几帖试试！"

"能见效？"

"能见效！一帖见好，两帖去病，三帖除根！三帖之后，包管恁身强力壮，就跟王四海似的，能跟水牛摔跤。

买两帖，买两帖。不多卖！就这二三十张膏药，卖完了请看王四海力胜牿牛，——跟水牛摔跤！"

这两位绕场走了几圈，人们因为等着看王四海和水牛摔跤，膏药也不算太贵，而且膏药黝乌黑发亮，非同寻常，疑若有效，不大一会儿，也就卖完了。这时一个伙计已经把水牛牵到场地当中。

王四海再次上场，换了一身装束，斗牛士不像斗牛士，摔跤手不像摔跤手。只见他上身穿了一件黑大绒的褡膊，上绣金花，下身穿了一条紫红库缎的裤子，足蹬黑羊皮软靴。上场来，双手抱拳，作了一个罗圈揖，随即走向水牛，双手扳住牛犄角，浑身使劲。牛也不瓤，它挺着犄角往前顶，差一点把王四海顶出场外。王四海双脚一跺，钉在地上，牛顶不动他了。等王四海拿出手来，拉了一个山膀，再度攥住牛角，水牛又拼命往后退，好赖不让王四海把它扳倒。王四海把牛拽到场中，运了运气。当他又一次抓到牛角时，这水牿牛猛一扬头，把王四海扔出去好远。王四海并没有摔倒在地，而是就势翻了一串小翻，身轻如燕，落地无声。

"好！"

王四海绕场一周，又运了运气。老牛也哞哞地叫了几声。

正在这牛颇为得意的时候，王四海突然从它的背后蹿到前面，手扳牛角，用尽两膀神力，大喝一声："嗨咿！"说时迟，那时快，只听见"吭腾"一声，水牛已被摔翻在地。

"好！！"

全场爆发出炸雷一样的彩声。

王四海抬起身来，向四面八方鞠躬行礼，表示感谢。他这回行的不是中国式的礼，而是颇像西班牙的斗牛士行的那种洋礼，姿势优美，风度颇似泰隆宝华，越显得飒爽英俊，一表非凡。全场男女观众纷纷起立，报以掌声。观众中的女士还不懂洋规矩，否则她们是很愿意把一把一把鲜花扔给他的。他在很多观众的心目中成了一位英雄。他们以为天下英雄第一是黄天霸，第二便是王四海。有一个挨着貂蝉坐的油嘴滑舌的角色大声说："这倒真是一位吕布！"

貂蝉白了他一眼，没有说话。

观众散场。老牛这时已经起来。一个伙计扔给它一捆干草，它就半卧着吃了起来。它知道，收拾刀枪，拆帆布帷子，总得有一会儿，它尽可安安静静地咀嚼。——它一天只有到了这会儿才能吃一顿饱饭呀。这一捆干草就是它摔了一跤得到的报酬。

不几天，王四海在离承志桥不远的北门外大街上租了两间门面，卖膏药。他下午和水牛摔跤，上午坐在膏药店里卖膏药。王四海为人很"四海"，善于应酬交际。膏药开张前一天，他把附近较大店铺的管事的都请到五柳园吃了一次早茶，请大家捧场。果然到开张那天，王四海的铺子里就挂满了同街店铺送来的大红蜡笺对子、大红洋绉的幛子。对子大部分都写的是："生意兴隆通四海，财源茂盛达三江。"幛子上的金字则是"名扬四海"、"四海名扬"，一碗豆腐，豆腐一碗。红通通的一片，映着兵器架上明晃晃的刀枪剑戟，显得非常火炽热闹。王四海有一架 RCA 老式留声机，就搬到门口唱起来。不过他只有三张唱片，一张《毛毛雨》、一张《枪毙阎瑞生》、一张《洋人大笑》，只能翻来覆去地调换。一群男女洋人在北门外大街笑了一天，笑得前仰后合，上气不接下气。

承志河涨了春水，柳条儿绿了，不知不觉，王四海来了快两个月了。花无百日红，王四海卖艺的高潮已经过去了。看客逐渐减少。城里有不少人看"力胜水牛"已经看了七八次，乡下人进城则看了一次就不想再看了，——他们可怜那条牛。

这天晚上，老大（彪形大汉）、老六（精干青年）找老四（王四海）说"事"。他们劝老四见好就收。他们走了那么多码头，都是十天半拉月，顶多一个"号头"（一个月，这是上海话），像这样连演四十多场（刨去下雨下雪），还没有过。葱烧海参，也不能天天吃。就是海京伯来了，也不能连满仨月。要是"瞎"在这儿，败了名声，下个码头都不好走。

王四海不说话。

他们知道四海为什么留恋这个屁帘子大的小城市，就干脆把话挑明了。

"俺们走江湖卖艺的，最怕在娘们身上栽了跟头。寻欢作乐，露水夫妻，那不碍。过去，哥没问过你。你三十往外了，还没成家，不能老叫花猫吃豆腐。可是这种事，认不得真，着不得迷。你这回，是认了真，着了迷了！你打算怎么着？难道真要在这儿当个吕布？你正是好时候，功夫、卖相，都在那儿摆着。有多少白花花的大洋钱等着你去挣。你可别把一片锦绣前程自己白白地葬送了！俺们老王家，可就指望着你啦！"

"好事不出门，坏事传千里，没有不透风的墙。你听到这儿人的闲言碎语了么？别看这小地方的人，不是好欺的。墙里开花墙外香，他们不服这口气。要是叫人家堵住了，敲一笔竹杠是小事；绳捆索绑，押送出境，可就现了大眼了。一世英名，付之流水。四哥，听兄弟一句话，走吧！"

王四海还是不说话。

"你说话，说一句话呀！"

王四海说："再续半个月，再说。"

老大、老六摇头。

王四海的武术班子真是走了下坡路了，一天不如一天。老大、老六、侄儿、侄女都不卖力气。就是两个伙计敲打的锣鼓，也是没精打采的。王四海怪不得他们，只有自己格外"卯上"。山膀拉得更足，小翻多翻了三个，"嗨咿"一声也喊得更为威武。就是这样，也还是没有多少人叫好。

这一天，王四海和老牛摔了几个回合，到最后由牛的身后蹿出，扳住牛角，大喝一声，牛竟没有倒。

观众议论起来。有人说王四海的力气不行了，有人说他的力气已经用在别处了。这两人就对了对眼光，哈哈一笑。有人说："不然，这是故意卖关子。王四海今天准有更精彩的表演。——瞧！"

王四海有点沉不住气，寻思：这牛今天是怎么了？一面又绕场一周，运气，准备再摔。不料，在他绕场、运气的时候，还没有接近老牛，离牛还有八丈远，这牛"吭腾"一声，自己倒了！

观众哗然，他们大笑起来。他们明白了："力胜牯牛"原来是假的。这牛是驯好了的。每回它都是自己倒下，王四海不过是在那里装腔作势做做样子。这回不知怎么出了岔子，露了馅了。也许是这牛犯了牛脾气，再不就是它老了，反应迟钝了……大家一哄而散。

王家班开了一个全体会议，连侄儿、侄女都参加，一致决议：走！明天就走！

王四海说，他不走。

"还不走？！你真是害了花疯啦！那好，将军不下马，各自奔前程。你不走，俺们走，可别怪自己弟兄不义气！栽到这份上，还有脸再在这城里待下去吗？"

王四海觉得对不起叔伯兄弟，他什么也不要，只留下一对护手钩，其余的，什么都叫他们带走。他们走了，连那条老牛也牵走了。王四海把他们送到码头上。

老大说："四兄弟，我们这就分手了。到了那儿，给你来信。你要是还想回来，啥时候都行。"

王四海点点头。

老六说："四哥，多保重——小心着点！"

王四海点点头。

侄儿侄女给王四海行了礼，说："四叔，俺们走了！"说着，这两个孩子的眼泪就下来了。王四海的心里也是酸酸的。

王四海一个人留下来，卖膏药。

他到德寿堂找了管事苏先生。苏先生以为他又要来赊膏药黐子，问他这回要多少。王四海说：

"苏先生，我来求恁一件事。"

"什么事？"

"能不能给我几个膏药的方子？"

"膏药方子？你以前卖的膏药都放了什么药？"

"什么也没有，就是您这儿的膏药黐子。"

"那怎么摊出来乌黑雪亮的？"

"掺了点松香。"

"那你还卖那种膏药不行吗？"

"苏先生！要是过路卖艺，日子短，卖点假膏药，不要紧。这治不了病，可也送不了命。等买的主发现膏药不灵，我已经走了，他也找不到我。我想在贵宝地长住下去，不能老这么骗人。往后我就指着这吃饭，得卖点真东西。"

苏先生觉得这是几句有良心的话，说得也很恳切；德寿堂是个大药店，不靠卖膏药赚钱，就答应了。

苏先生还把王四海的这番话传了出去，大家都知道王四海如今卖的是真膏药。大家还议论，这个走江湖的人品不错。王四海膏药店的生意颇为不恶。

不久，五湖居害痨病的掌柜死了，王四海就和貂蝉名正言顺地在一起过了。

他不愿人议论他是贪图五湖居的产业而要了貂蝉的，五湖居的店务他一概不问。他还是开他的膏药店。

光阴荏苒，眨眼的工夫，几年过去了。貂蝉生了个白胖小子，已经满地里跑了。

王四海穿起了长衫，戴了罗宋帽，看起来和一般生意人差不多，除了他走路抓地（练武的人走路都是这个走法，脚指头抓着地），已经不像个打把势卖艺的了。他的语声也变了。腔调还是山东腔，所用的字眼很多却是地道的本地话。头顶有点秃，而且发胖了。

他还保留一点练过武艺人的习惯，每天清早黄昏要出去遛遛弯，在承志桥上坐坐，看看来往行人。

这天他收到老大、老六的信，看完了，放在信插子里，依旧去遛弯。他坐在承志桥的靠背椅上，听见远处有什么地方在吹奏"得胜令"，他忽然想起大世界、民众乐园，想起霓虹灯、马戏团的音乐。他好像有点惆怅。他很想把那对护手钩取来耍一会儿。不大一会儿，连这点意兴也消失了。

王四海站起来，沿着承志河，漫无目的地走着。夕阳把他的影子拉得很长。

鉴赏家

　　全县第一个大画家是季匋民，第一个鉴赏家是叶三。

　　叶三是个卖果子的。他这个卖果子的和别的卖果子的不一样。不是开铺子的，不是摆摊的，也不是挑着担子走街串巷的。他专给大宅门送果子。也就是给二三十家送。这些人家他走得很熟，看门的和狗都认识他。到了一定的日子，他就来了。里面听到他敲门的声音，就知道：是叶三。挎着一个金丝篾篮，篮子上插一把小秤，他走进堂屋，扬声称呼主人。主人有时走出来跟他见见面，有时就隔着房门说话。"给您称——？"——"五斤。"什么果子，是看也不用看的，因为到了什么节令送什么果子都是一定的。叶三卖果子从不说价。买果子的人家也总不会亏待他。有的人家当时就给钱，大多数是到节下（端午、中秋、新年）再说。叶三把果子称好，放在八仙桌上，道一声"得罪"，就走了。他的果子不用挑，个个都是好的。他的果子的好处，第一是得四时之先。市上还没有见这种果子，他的篮子里已经有了。第二是都很大，都均匀，很香，很甜，很好看。他的果子全都从他手里过过，有疤的、有虫眼的、挤筐、破皮、变色、过小的全都剔下来，贱价卖给别的果贩。他的果子都是原装；有些是直接到产地采办来的，都是"树熟"，——不是在米糠里闷熟了的。他经常出外，出去买果子比他卖果子的时间要多得多。他也很喜欢到处跑。四乡八镇，哪个园子里，什么人家，有一棵什么出名的好果树，他都知道，而且和园主打了多年交道，熟得像是亲家一样了。——别的卖果子的下不了这样的功夫，也不知道这些路道。到处走，能看很多好景致，知道各地乡风，可资谈助，对身体也好。他很少得病，就是因为路走得多。

立春前后，卖青萝卜。"棒打萝卜"，摔在地下就裂开了。杏子、桃子下来时卖鸡蛋大的香白杏，白得像一团雪，只嘴儿以下有一根红线的"一线红"蜜桃。再下来是樱桃，红的像珊瑚，白的像玛瑙。端午前后，枇杷。夏天卖瓜。七八月卖河鲜：鲜菱、鸡头、莲蓬、花下藕。卖马牙枣，卖葡萄。重阳近了，卖梨：河间府的鸭梨、莱阳的半斤酥，还有一种叫作"黄金坠子"的香气扑人个儿不大的甜梨。菊花开过了，卖金橘，卖蒂部起脐子的福州蜜橘。入冬以后，卖栗子、卖山药（粗如小儿臂）、卖百合（大如拳）、卖碧绿生鲜的檀香橄榄。

他还卖佛手、香橼。人家买去，配架装盘，书斋清供，闻香观赏。

不少深居简出的人，是看到叶三送来的果子，才想起现在是什么节令了的。

叶三卖了三十多年果子，他的两个儿子都成人了。他们都是学布店的，都出了师了。老二是三柜，老大已经升为二柜了。谁都认为老大将来是会升为头柜，并且会当管事的。他天生是一块好材料。他是店里头一把算盘，年终结总时总得由他坐在账房里哗哗剥剥打好几天。接待厂家的客人，研究进货（进货是个大学问，是一年的大计，下年多进哪路货，少进哪路货，哪些必须常备，哪些可以试销，关系全年的盈亏），都少不了他。老二也很能干。量尺、撕布（撕布不用剪子开口，两手的两个指头夹着，借一点巧劲，嗤——的一声，布就撕到头了），干净利落。店伙的动作快慢，也是一个布店的招牌。顾客总愿意从手脚麻利的店伙手里买布。这是天分，也靠练习。有人就一辈子都是迟钝笨拙，改不过来。不管干哪一行，都是人比人，这是没有办法的事。弟兄俩都长得很神气，眉清目秀，不高不矮。布店的店伙穿得都很好。什么料子时新，他们就穿什么料子。他们的衣料当然是价廉物美的。他们买衣料是按进货价算的，不加利润；若是零头，还有折扣。这是布店的规矩，也是老板乐为之的，因为店伙穿得时髦，也是给店里装门面的事。有的顾客来买布，常常指着店伙的长衫或翻在外面的短衫的袖子："照你这样的，给我来一件。"

弟兄俩都已经成了家，老大已经有一个孩子——叶三抱孙子了。

这年是叶三五十岁整生日，一家子商量怎么给老爷子做寿。老大老二都提出爹不要走宅门卖果子了，他们养得起他。

叶三有点生气了：

"嫌我给你们丢人？两位大布店的'先生'，有一个卖果子的老爹，不好看？"

儿子连忙解释：

"不是的。你老人家岁数大了，老在外面跑，风里雨里，水路旱路，做儿子的心里不安。"

"我跑惯了。我给这些人家送惯了果子。就为了季四太爷一个人，我也得卖果子。"

季四太爷即季匋民。他大排行是老四，城里人都称之为四太爷。

"你们也不用给我做什么寿。你们要是有孝心，把四太爷送我的画拿出去裱了，再给我打一口寿材。"这里有这样一种风俗，早早就把寿材准备下了，为的讨个吉利：添福添寿。于是就都依了他。

叶三还是卖果子。

他真是为了季匋民一个人卖果子的。他给别人家送果子是为了挣钱，他给季匋民送果子是为了爱他的画。

季匋民有一个脾气，一边画画，一边喝酒。"喝酒不就菜，就水果。画两笔，凑着壶嘴喝一大口酒，左手拈一片水果，右手执笔接着画。画一张画要喝二斤花雕，吃斤半水果。

叶三搜罗到最好的水果，总是首先给季匋民送去。

季匋民每天一起来就走进他的小书房——画室。叶三不须通报，由一个小六角门进去，走过一条碎石铺成的冰花曲径，隔窗看见季匋民，就提着、捧着他的鲜果走进去。

"四太爷，枇杷，白沙的！"

"四太爷，东墩的西瓜，三白！——这种三白瓜有点梨花香味，别处没有！"

他给季匋民送果子，一来就是半天。他给季匋民磨墨、漂朱膘、研石青石绿、抻纸。季匋民画的时候，他站在旁边很入神地看，专心致意，连大气都不出。有时看到精彩处，就情不自禁地深深吸一口气，甚至小声地惊呼起来。凡是叶三吸气、惊呼的地方，也正是季匋民的得意之笔。季匋民从不当众作画，他画画有时是把书房门锁起来的。对叶三可例外，他很愿意有这样一个人在旁边看着，他认为叶三真懂,叶三的赞赏是出于肺腑,不是假充内行,也不是谀媚。

季匋民最讨厌听人谈画。他很少到亲戚家应酬。实在不得不去的,他也是到一到,喝半盏茶就道别。因为席间必有一些假名士高谈阔论。因为季匋民是大画家,这些名士就特别爱在他面前评书论画,借以卖弄自己高雅博学。这种议论全都是道听途说,似通不通。季匋民听了,实在难受。他还知道,他如果随声答音,应付几句,某一名士就会在别的应酬场所重贩他的高论,且说:"兄弟此言,季匋民亦深为首肯。"

但是他对叶三另眼相看。

季匋民最佩服李复堂[1]。他认为扬州八怪里复堂功力最深,大幅小品都好,有笔有墨,也奔放,也严谨,也浑厚,也秀润,而且不装模作样,没有江湖气。有一天叶三给他送来四开李复堂的册页,使季匋民大吃一惊:这四开册页是真的!季匋民问他是多少钱买的,叶三说没花钱。他到三垛贩果子,看见一家的柜橱的玻璃里镶了四幅画,——他在四太爷这里看过不少李复堂的画,能辨认,

[1] 李复堂,名鳝,字宗扬,复堂是他的号,又号懊道人。他是康熙年间的举人,当过滕县知县,因为得罪上级,功名和官都被革掉了,终年只做画师。他作画有时要向郑板桥去借纸,大概是相当穷困的。他本画工笔,是宫廷画家蒋廷锡的高足。后到扬州,改画写意,师法高其佩,受徐青藤、八大、石涛的影响,风度大变,自成一家。

他用四张"苏州片"[1]跟那家换了。"苏州片"花花绿绿的，又是簇新的，那家还很高兴。

叶三只是从心里喜欢画，他从不瞎评论。季匋民画完了画，钉在壁上，自己负手远看，有时会问叶三：

"好不好？"

"好！"

"好在哪里？"

叶三大多能一句话说出好在何处。

季匋民画了一幅紫藤，问叶三。

叶三说："紫藤里有风。"

"唔！你怎么知道？"

"花是乱的。"

"对极了！"

季匋民提笔题了两句词：

深院悄无人，风拂紫藤花乱。

季匋民画了一张小品，老鼠上灯台。叶三说："这是一只小老鼠。"

"何以见得。"

---

[1] 仿旧的画，多为工笔花鸟，设色娇艳，旧时多为苏州画工所作，行销各地，故称"苏州片"。苏州片也有仿制得很好的，并不俗气。

"老鼠把尾巴卷在灯台柱上。它很顽皮。"

"对!"

季匋民最爱画荷花。他画的都是墨荷。他佩服李复堂,但是画风和复堂不似。李画多凝重,季匋民飘逸。李画多用中锋,季匋民微用侧笔,——他写字写的是章草。李复堂有时水墨淋漓,粗头乱服,意在笔先;季匋民没有那样的恣悍,他的画是大写意,但总是笔意俱到,收拾得很干净,而且笔致疏朗,善于利用空白。他的墨荷参用了张大千,但更为舒展。他画的荷叶不匀筋,荷梗不点刺,且喜作长幅,荷梗甚长,一笔到底。

有一天,叶三送了一大把莲蓬来,季匋民一高兴,画了一幅墨荷,好些莲蓬。画完了,问叶三:"如何?"

叶三说:"四太爷,你这画不对。"

"不对?"

"'红花莲子白花藕'。你画的是白荷花,莲蓬却这样大,莲子饱,墨色也深,这是红荷花的莲子。"

"是吗?我头一回听见!"

季匋民于是展开一张八尺生宣,画了一张红莲花,题了一首诗:

红花莲子白花藕,

果贩叶三是我师。

惭愧画家少见识，

为君破例著胭脂。

季匋民送了叶三很多画。——有时季匋民画了一张画，不满意，团掉了。叶三捡起来，过些日子送给季匋民看看，季匋民觉得也还不错，就略改改，加了题，又送给了叶三。季匋民送给叶三的画都是题了上款的。叶三也有个学名。他五行缺水，起名润生。季匋民给他起了个字，叫泽之。送给叶三的画上，常题"泽之三兄雅正"。有时径题"画与叶三"。季匋民还向他解释：以排行称呼，是古人风气，不是看不起他。

有时季匋民给叶三画了画，说："这张不题上款吧，你可以拿去卖钱，——有上款不好卖。"

叶三说："题不题上款都行。不过您的画我不卖！"

"不卖？"

"一张也不卖！"

他把季匋民送他的画都放在他的棺材里。

十多年过去了。

季匋民死了。叶三已经不卖果子，但是他四季八节，还四处寻觅鲜果，到季匋民坟上供一供。

季匋民死后，他的画价大增。日本有人专门收藏他的画。大家知道叶三手里有很多季匋民的画，都是精品。很多人想买叶三的藏画。叶三说：

"不卖。"

有一天有一个外地人来拜望叶三，叶三看了他的名片，这人的姓很奇怪。姓"辻"，叫"辻听涛"。一问，是日本人。辻听涛说他是专程来看他收藏的季匋民的画的。

因为是远道来的，叶三只得把画拿出来。辻听涛非常虔诚，要了清水洗了手，焚了一炷香，还先对画轴拜了三拜，然后才展开。他一边看，一边不停地赞叹：

"喔！喔！真好！真是神品！"

辻听涛要买这些画，要多少钱都行。

叶三说：

"不卖。"

辻听涛只好怅然而去。

叶三死了。他的儿子遵照父亲的遗嘱，把季匋民的画和父亲一起装在棺材里，埋了。

一九八二年二月二十八日

职 业

文林街一年四季，从早到晚，有各种吆喝叫卖的声音。街上的居民铺户、大人小孩、大学生、中学生、小学生、小教堂的牧师，和这些叫卖的人自己，都听得很熟了。

有旧衣烂衫找来卖！

我一辈子也没有听见过这么脆的嗓子，就像一个牙口极好的人咬着一个脆萝卜似的。这是一个中年的女人，专收旧衣烂衫。她这一声真能喝得千门万户开，声音很高，拉得很长，一口气。她把"有"字切成了"一——尤"，破空而来，传得很远（她的声音能传半条街）。"旧衣烂衫"稍稍延长，"卖"字有余不尽：

一——尤旧衣烂衫……找来卖……
有人买贵州遵义板桥的化风丹……？

我从此人的吆喝中知道了一个一般地理书上所不载的地名：板桥，而且永远也忘不了，因为我每天要听好几次。板桥大概是一个镇吧，想来还不小。不过它之出名可能就因为出一种叫化风丹的东西。化风丹大概是一种药吧？这药是治什么病的？我无端地觉得这大概是治小儿惊风的。昆明这地方一年能销多少化风丹？我好像只看见这人走来走去，吆喝着，没有见有人买过他的化风丹。当然会有人买的，否则他吆喝干什么。这位贵州老乡，你想必是板桥的人了，你为什么总在昆明待着呢？你有时也回老家看看么？

　　黄昏以后，直至夜深，就有一个极其低沉苍老的声音，很悲凉地喊着：

　　　壁虱药！蚤虱药！

　　壁虱即臭虫。昆明的跳蚤也是真多。他这时候出来吆卖是有道理的。白天大家都忙着，不到快挨咬，或已经挨咬的时候，想不起买壁虱药、蚤虱药。

　　有时有苗族的少女卖杨梅、卖玉麦粑粑。

　　　卖杨梅——！
　　　玉麦粑粑——！

她们都是苗家打扮，戴一个绣花小帽子，头发梳得光光的，衣服干干净净的，都长得很秀气。她们卖的杨梅很大，颜色红得发黑，叫作"火炭梅"，放在竹篮里，下面衬着新鲜的绿叶。玉麦粑粑是嫩玉米磨制成的粑粑（昆明人叫玉米为苞谷，苗人叫玉麦），下一点盐，蒸熟（蒸出后粑粑上还明显地保留着拍制时的手指印痕），包在玉米的嫩皮里，味道清香清香的。这些苗族女孩子把山里的夏天和初秋带到了昆明的街头了。

　　……

　　在这些耳熟的叫卖声中，还有一种，是：

椒盐饼子西洋糕！

　　椒盐饼子，名副其实：发面饼，里面和了一点椒盐，一边稍厚，一边稍薄，形状像一把老式的木梳，是在铛上烙出来的，有一点油性，颜色黄黄的。西洋糕即发糕，米面蒸成，状如莲蓬，大小亦如之，有一点淡淡的甜味。放的是糖精，不是糖。这东西和"西洋"可以说是毫无瓜葛，不知道何以命名曰"西洋糕"。这两种食品都不怎么诱人。淡而无味，虚泡不实。买椒盐饼子的多半是老头，他们穿着土布衣裳，喝着大叶清茶，抽金堂叶子烟，泛览周王传，流观山海图，一边嚼着这种古式的点心，自得其乐。西洋糕则多是老太太叫住，买给她的小孙子吃。这玩意儿好消化，不伤人，下肚没多少东西。当然也有其他的人买了充饥，比如拉车的，赶马的马锅头[1]，在茶馆里打扬琴说书的瞎子……

卖椒盐饼子西洋糕的是一个孩子。他斜挎着一个腰圆形的扁浅木盆，饼子和糕分别放在木盆两侧，上面盖一层白布，白布上放一饼一糕作为幌子，从早到晚，穿街过巷，吆喝着：

椒盐饼子西洋糕！

这孩子也就是十一二岁，如果上学，该是小学五六年级。但是他没有上过学。

我从侧面约略知道这孩子的身世。非常简单。他是个孤儿，父亲死得早。母亲给人家洗衣服。他还有个外婆，在大西门外摆一个茶摊卖茶，卖葵花子，他外婆还会给人刮痧、放血、拔罐子，这也能得一点钱。他长大了，得自己挣饭吃。母亲托人求了糕点铺的杨老板，他就做了糕点铺的小伙计。晚上发面，天一亮就起来烧火。帮师傅蒸糕、打饼，白天挎着木盆去卖。

---

[1] 马锅头是马帮的赶马人。不知道为什么叫马锅头。

椒盐饼子西洋糕！

这孩子是个小大人！他非常尽职，毫不贪玩。遇有唱花灯的、耍猴的、耍木脑壳戏的，他从不挤进人群去看，只是找一个有荫凉、引人注意的地方站着，高声吆喝：

椒盐饼子西洋糕！

每天下午，在华山西路、逼死坡前要过龙云的马。这些马每天由马夫牵到郊外去遛，放了青，饮了水，再牵回来。他每天都是这时经过逼死坡（据说这是明建文帝被逼死的地方），他很爱看这些马。黑马、青马、枣红马。有一匹白马，真是一条龙，高腿狭面，长腰秀颈，雪白雪白。它总不好好走路。马夫拽着它的嚼子，它总是骙骙骡骡的，钉了蹄铁的马蹄踏在石板上，郭嗒郭嗒。他站在路边看不厌，但是他没有忘记吆喝：

椒盐饼子西洋糕！

饼子和糕卖给谁呢？卖给这些马吗？

他吆喝得很好听，有腔有调。若是谱出来，就是：

‖ #5 5　6 -- | 5 3 2 -- ‖

椒盐　饼子　西洋　糕

放了学的孩子（他们背着书包），也觉得他吆喝得好听，爱学他。但是他们把字眼改了，变成了：

‖ #5 5　6 -- | 5 3 2 -- ‖

捏着　鼻子—吹洋　号

昆明人读"饼"字不走鼻音，"饼子"和"鼻子"很相近。他在前面吆喝，孩子们在他身后模仿：

捏着鼻子吹洋号！

这又不含什么恶意，他并不发急生气，爱学就学吧。这些上学的孩子比卖糕饼的孩子要小两三岁，他们大都吃过他的椒盐饼子西洋糕。他们长大了，还会想起这个"捏着鼻子吹洋号"，俨然这就是卖糕饼的小大人的名字。

这一天，上午十一点钟光景，我在一条巷子里看见他在前面走。这是一条很长的、僻静的巷子。穿过这条巷子，便是城墙，往左一拐，不远就是大西门了。我知道今天是他外婆的生日，他是上外婆家吃饭去的（外婆大概炖了肉）。他妈已经先去了。他跟杨老板请了几个小时的假，把卖剩的糕饼交回到柜上，才去。虽然只是背影，但看得出他新剃了头（这孩子长得不难看，大眼睛，样子挺聪明），换了一身干净衣裳。我第一次看到这孩子没有挎着浅盆，散着手走着，觉得很新鲜。他高高兴兴，大摇大摆地走着。忽然回过头来看看。他看到巷子里没有人（他没有看见我，我去看一个朋友，正在倚门站着），忽然大声地、清清楚楚地吆喝了一声：

　　捏着鼻子吹洋号！……

　　（这是三十多年前在昆明写过的一篇旧作，原稿已失去。前年和去年都改写过，这一次是第三次重写了。一九八二年六月二十九日记）

八千岁

据说他是靠八千钱起家的，所以大家背后叫他八千岁。八千钱是八千个制钱，即八百枚当十的铜元。当地以一百铜元为一吊，八千钱也就是八吊钱。按当时银钱市价，三吊钱兑换一块银元，八吊钱还不到两块七角钱。两块七角钱怎么就能起了家呢？为什么整整是八千钱，不是七千九，不是八千一？这些，谁也不去追究，然而死死地认定了他就是八千钱起家的，他就是八千岁！

他如果不是一年到头穿了那样一身衣裳，也许大家就不会叫他八千岁了。他这身衣裳，全城无二。无冬历夏，总是一身老蓝布。这种老蓝布是本地土织，本地的染坊用蓝靛染的。染得了，还要由一个师傅双脚分叉，站在一个 U 字形的石碾上，来回晃动，加以碾砑，然后摊在河边空场上晒干。自从有了阴丹士林，这种老蓝布已经不再生产，乡下还有时能够见到，城里几乎没有人穿了。

蓝布长衫，蓝布夹袍，蓝布棉袍，他似乎做得了这几套衣服，就没有再添置过。年复一年，老是这几套。有些地方已经洗得露了白色的经纬，而且打了许多补丁。衣服的款式也很特别，长度一律离脚面一尺。这种才能盖住膝盖的长衫，从前倒是有过，叫作"二马裾"。这些年长衫兴长，穿着拖齐脚面的铁灰洋绉时式长衫的年轻的"油儿"，看了八千岁的这身二马裾，觉得太奇怪了。八千岁有八千岁的道理，衣取蔽体，下面的一截没有用处，要那么长干什么？八千岁生得大头大脸，大鼻子大嘴，大手大脚，终年穿着二马裾，任人观看，心安理得。

他的儿子跟他长得一模一样，只是比他小一号，也穿着一身老蓝布的二马裾，只是老蓝布的颜色深一些，补丁少一些。父子二人在店堂里一站，活脱是大小两个八千岁。这就更引人注意了。八千岁这个名字也就更被人叫得死死的。

大家都知道八千岁现在很有钱。

八千岁的米店看起来不大，门面也很黯淡。店堂里一边是几个米囤子，囤里依次分别堆积着"头糙"、"二糙"、"三糙"、"高尖"。头糙是只碾一道，才脱糠皮的糙米，颜色紫红。二糙较白。三糙更白。高尖则是雪白发亮几乎是透明的上好精米。四个米囤，由红到白，各有不同的买主。头糙卖给挑箩把担卖力气的，二糙三糙卖给住家铺户，高尖只少数高门大户才用。一般人家不是吃不起，只是觉得吃这样的米有点"作孽"。另外还有两个小米囤，一囤糯米；一囤晚稻香粳——这种米是专门煮粥用的。煮出粥来，米长半寸，颜色浅碧如碧螺春茶，香味浓厚，是东乡三垛特产，产量低，价极昂。这两种米平常是没有人买的，只是既是米店，不能不备。另外一边是柜台，里面有一张账桌，几把椅子。柜台一头，有一块竖匾，白地子，上漆四个黑字，道是："食为民天"。竖匾两侧，贴着两个字条，是八千岁的手笔。年深日久，字条的毛边纸已经发黄，墨色分外浓黑。一边写的是"僧道无缘"，一边是"概不作保"。这地方每年总有一些和尚来化缘（道士似无化缘一说），背负一面长一尺、宽五寸的木牌，上画护法韦驮，敲着木鱼，走到较大铺户之前，总可得到一点布施。这些和尚走到八千岁门前，一看"僧道无缘"四个字，也就很知趣地走开了。不但僧道无缘，连叫花子也"概不打发"。叫花子知道不管怎样软磨硬泡，也不能从八千岁身上拔下一根毛来，也就都"别处发财"，省得白费工夫。中国不知从什么时候兴了铺保制度。领营业执照，向银行贷款，取一张"仰沿路军警一体放行，妥加保护"的出门护照，甚至有些私立学校填写入学志愿书，都要有两家"殷实铺保"。吃了官司，结案时要"取保释放"。因此一般"殷实"一些的店铺就有为人作保的义务。铺保不过是个名义，但也有时惹下一些麻烦。有的被保的人出了问题，官方警方不急于追究本人，却跟作保的店铺纠缠不休，目的无非是敲一笔竹杠。八千岁可不愿惹这种麻烦。"僧道无缘"、"概不作保"的店铺不止八千岁一家，然而八千岁如此，就不免引起路人侧目，同行议论。

八千岁米店的门面虽然极不起眼，"后身"可是很大。这后身本是夏家祠堂。夏家原是望族。他们聚族而居的大宅子的后面有很多大树，有合抱的大桂花，还有一湾流水，景色幽静，现在还被人称为夏家花园，但房屋已经残破不堪了。夏家败落之后，就把祠堂租给了八千岁。朝南的正屋里一长溜祭桌上还有许多夏家的显考显妣的牌位。正屋前有两棵柏树。起初逢清明，夏家的子孙还来祭祖，这几年来都不来了，那些刻字涂金的牌位东倒西歪，上面落了好多鸽子粪。这个大祠堂的好处是房屋都很高大，还有两个极大的天井，都是青砖铺的。那些高大房屋，正好当作积放稻子的仓廒，天井正好翻晒稻子。祠堂的侧门临河，出门就是码头。这条河四通八达，运粮极为方便。稻船一到，侧门打开，稻子可以由船上直接挑进仓里，这可以省去许多长途挑运的脚钱。

本地的米店实际是个粮行。单靠门市卖米，油水不大。一多半是靠做稻子生意，秋冬买进，春夏卖出，贱入贵出，从中取利。稻子的来源有二。有的是城中地主寄存的。这些人家收了租稻，并不过目，直接送到一家熟识的米店，由他们代为经营保管。要吃米时派个人去叫几担，要用钱时随时到柜上支取，年终结账，净余若干，报一总数。剩下的钱，大都仍存柜上。这些人家的大少爷，是连粮价也不知道的，一切全由米店店东经手。粮钱数目，只是一本良心账。另一来源，是店东自己收购的。八千岁每年过手到底有多少稻子，他是从来不说的，但是这瞒不住人。瞒不住同行，瞒不住邻居，尤其瞒不住挑夫的眼睛。这些挑夫给各家米店挑稻子，一眼估得出哪家的底子有多厚。他们说：八千岁是一只螃蟹，有肉都在壳儿里。他家仓廒里的堆稻的"窝积"挤得轧满，每一积都堆到屋顶。

另一件瞒不住人的事，是他有一副大碾子，五匹大骡子。这五匹骡子，单是那两匹大黑骡子，就是头三年花了八百现大洋从宋侉子手里一次买下来的。

宋侉子是个怪人。他并不侉。他是本城土生土长，说的也是地地道道的本地话。本地人把行为乖谬，悖乎常理，而又身材高大的人，都叫作侉子（若是身材瘦小，就叫作蛮子）。宋侉子不到二十岁就被人称为侉子。他也是个世家子弟，从小爱胡闹，吃喝嫖赌，无所不为；花鸟虫鱼，无所不好，还特别爱养骡子养马。父母在日，没有几年，他就把一点祖产挥霍得去了一半。父母一死，就更没人管他了，他干脆把剩下的一半田产卖了，做起了骡马生意。每年出门一两次。到北边去买骡马。近则徐州、山东，远到关东、口外。一半是寻钱，一半是看看北边的风景，吃吃黄羊肉、狍子肉、鹿肉、狗肉。他真也养成了一派侉子脾气。爱吃面食。最爱吃山东的锅盔，牛杂碎，喝高粱酒。酒量很大，一顿能喝一斤。他买骡子买马，不多买，一次只买几匹，但要是好的，花很大的价钱买来，又以很大的价钱卖出。

他相骡子相马有一绝，看中了一匹，敲敲牙齿，捏捏后胯，然后拉着缰绳领起走三圈，突然用力把嚼子往下一拽。他力气很大，一般的骡马禁不起他这一拽，当时就会打一个趔趄。像这样的，他不要。若是纹丝不动，稳若泰山，当面成交，立刻付钱，二话不说，拉了就走。由于他这种独特的选牲口的办法和豪爽性格，使他在几个骡马市上很有点名气。他选中的牲口也的确有劲，耐使，里下河一带的碾坊磨坊很愿意买他的牲口。虽然价钱贵些，细算下来，还是划得来。

那一年，他在徐州用这办法买了两匹大黑骡子，心里很高兴，下到店里，自个儿蹲在炕上喝酒。门帘一掀，进来个人：

"你是宋老大？"

"不敢，贱姓宋。请教？"

"甭打听。你喝酒？"

"哎哎。"

"你心里高兴？"

"哎哎。"

"你买了两匹好骡子？"

"哎哎。就在后面槽上拴着。你老看来是个行家，你给看看。"

"甭看，好牲口！这两匹骡子我认得！——可是你带得回去吗？"

宋侉子一听话里有话，忙问：

"莫非这两匹骡子有什么弊病？"

"你给我倒一碗酒。出去看看外头有没有人。"

原来这是一个骗局。这两匹黑骡子已经转了好几个骡马市，谁看了谁爱，可是没有一个人能把它们带走。这两匹骡子是它们的主人驯熟了的，走出二百里地，它们会突然挣脱缰绳，撒开蹄子就往家奔，没有人追得上，没有人截得住。谁买的，这笔钱算白扔。上当的已经不止一个人。进来的这位，就是其中的一个。

"不能叫这个家伙再坑人！我教你个法子：你连夜打

四副铁镣，把它们镣起来。过了清江浦，就没事了，再给它砸开。"

"多谢你老！"

"甭谢！我这是给受害的众人报仇！"

宋侉子把两匹骡子牵回来，来看的人不断。碾坊、磨坊、油坊、糟坊，都想买。一问价钱，就不禁吐了舌头："乖乖！"八千岁带着儿子小千岁到宋家看了看，心里打了一阵算盘。他知道宋侉子的脾气，一口价，当时就叫小千岁回去取了八百现大洋，一手交钱，一手交货，父子二人，一人牵了一匹，沿着大街，呱嗒呱嗒，走回米店。

这件事哄动全城。一连几个月，宋侉子贩骡子历险记和八千岁买骡子的壮举，成了大家茶余酒后的话题。谈论间自然要提及宋侉子荒唐怪诞的侉脾气和八千岁的二马裾。

每天黄昏，八千岁米店的碾米师傅要把骡子牵到河边草地上遛遛。骡子牵出来，就有一些人围在旁边看。这两匹黑骡子，真够"身高八尺，头尾丈二有余"。有一老者，捋须赞道："我活这么大，没见过这样高大的牲口！"个子稍矮一点的，得伸手才能够着它的脊梁。浑身黑得像一匹黑缎子。一走动，身上亮光一闪一闪。去看八千岁的骡子，竟成了附近一些居民在晚饭之前的一件赏心乐事。

因为两匹骡子都是黑的，碾米师傅就给它们取了名字，一匹叫大黑子，一匹叫二黑子。这两个名字街坊的小孩子都知道，叫得出。

宋侉子每年挣的钱不少。有了钱，就都花在虞小兰的家里。

虞小兰的母亲虞芝兰是一个姓关的旗人的姨太太。这旗人做过一任盐务道，辛亥革命后在本县买田享福。这位关老爷本城不少人还记得。他的特点是说得一口京片子，走起路来一摇一摆，有点像戏台上的方巾丑，是真正的"方步"。他们家规矩特别大，礼节特别多，男人见人打千儿，女人见人行蹲安，本地人觉得很可笑。虞芝兰是他用四百两银子从北京西河沿南堂子买来的。关老爷死后，大妇不容，虞芝兰就带了随身细软，两箱子字画，领着女儿搬出来住，租的是挨着宜园的一所小四合院。宜园原是个私人花园，后来改成公园。园子不大，但北面是一片池塘，种着不少荷花，池心有一小岛，上面有几间水榭，本地人不大懂得什么叫水榭，叫它"荷花亭子"，——其实这几间房子不是亭子。南面有一带假山，沿山种了很多梅花，叫作"梅岭"。冬末春初，梅花盛开，是很好看的。园中竹木繁茂，园外也颇有野趣，地方虽在城中，却是尘飞不到。虞芝兰就是看中它的幽静，才搬来的。

带出来的首饰字画变卖得差不多了，关家一家人已经搬到上海租界去住，没有人再来管她，虞芝兰不免重操旧业。

过了几年，虞芝兰揽镜自照，觉得年华已老，不好意思再扫榻留宾，就洗妆谢客，由女儿小兰接替了她。怕关家人来寻事，女儿随了妈的姓。

宋佾子每年要在虞小兰家住一两个月，朝朝寒食，夜夜元宵。他老婆死了，也不续弦，这里就是他的家。他有个孩子，有时也带了孩子来玩。他和关家算起来有点远亲，小兰叫他宋大哥。到钱花得差不多了，就说一声："我明天有事，不来了"，跨上他的踢雪乌骓骏马，一扬鞭子，没影儿了。在一起时，恩恩义义；分开时，潇潇洒洒。

虞小兰有时出来走走，逛逛宜园。夏天的傍晚，穿了一身剪裁合体的白绸衫裤，拿一柄生丝白团扇，站在柳树下面，或倚定红桥栏杆，看人捕鱼踩藕。她长得像一颗水蜜桃，皮肤非常白嫩，腰身、手、脚都好看。路上行人看见，就不禁放慢了脚步，或者停下来装作看天上的晚霞，好好地看她几眼。他们在心里想：这样的人，这样的命，深深为她惋惜；有人不免想到家中洗衣做饭的黄脸老婆，为自己感到一点不平；或在心里轻轻吟道："牡丹绝色三春暖，不是梅花处士妻"，情绪相当复杂。

虞小兰，八千岁也曾看过，也曾经放慢了脚步。他想：长得是真好看，难怪宋佾子在她身上花了那么多钱。不过为一个姑娘花那么多钱，这值得么？他赶快迈动他的大脚，一气跑回米店。

八千岁每天的生活非常单调。量米。买米的都是熟人，买什么米，一次买多少，他都清楚。一见有人进店，就站起身，拿起量米升子。这地方米店量米兴报数，一边量，一边唱："一来，二来，三来——三升！"量完了，拍拍手，——手上沾了米灰，接过钱，摊平了，看看数，回身走进柜台，一扬手，把铜钱丢在钱柜里，在"流水"簿里写上一笔，入头糙三升，钱若干文。看稻样。替人卖稻的客人到店，先要送上货样。店东或洽谈生意的"先生"，抓起一把，放在手心里看看，然后两手合拢搓碾，开米店的手上都有功夫，嚓嚓嚓三下，稻壳就全搓开了；然后吹去糠皮，看看米色，撮起几粒米，放在嘴里嚼嚼，品品米的成色味道。做米店的都很有经验，这是什么品种，三十子，六十子，矮脚籼，吓一跳，一看就看出来。在米店里学生意，学的也就是这些。然后谈价钱，这是好说的，早晚市价，相差无几。卖米的客人知道八千岁在这上头很精，并不跟他多磨嘴。

"前头"没有什么事的时候，他就到后面看看。进了隔开前后的屏门，一边是拴骡子的牲口槽，一边是一副巨大的石碾子。碾坊没有窗户，光线很暗，他欢喜这种暗暗的光。一近牲口槽，就闻到一股骡子粪的味道，他喜欢这种味道。他喜欢看碾米师傅把大黑子或二黑子牵出来。骡子上碾之前照例要撒一泡很长的尿，他喜欢看它撒尿。骡子上了套，石碾子就呼呼地转起来，他喜欢看碾子转，喜欢这种不紧不慢的呼呼的声音。

这二年，大部分米店都已经不用碾子，改用机器轧米了，八千岁却还用这种古典的方法生产。他舍不得这副碾子，舍不得这五匹大骡子。本县也还有些人家不爱吃机器轧的米，说是不香，有人家专门上八千岁家来买米的，他的生意不坏。

然后，去看看师傅筛米。那是一面很大的筛子，筛子有梁，用一根粗麻绳吊在房檩上，筛子齐肩高，筛米师傅就扶着筛子边框，一簸一侧地慢慢地筛。筛米的屋里浮动着细细的米糠，太阳照进来，空中像挂着一匹一匹白布。八千岁成天和米和糠打交道，还是很喜欢细糠的香味。

然后，去看看仓里的稻积子，看看两个大天井里晒的稻，或拿起"揉子"把稻子翻一遍，——他身体结实，翻一遍不觉得累，连师傅们都佩服；或轰一会儿麻雀。米店稻仓里照例有许多麻雀，叽叽喳喳叫成一片。宋侉子有时在天快黑的时候，拿一把竹枝扫帚拦空一扑，一扫帚能扑下十几只来。宋侉子说这是下酒的好东西，卤熟了还给八千岁拿来过。八千岁可不吃这种东西，这有什么吃头！

八千岁的食谱非常简单。他家开米店，放着高尖米不吃，顿顿都是头糙红米饭。菜是一成不变的熬青菜，——有时放两块豆腐。初二、十六打牙祭，有一碗肉或一盘咸菜煮小鲫鱼。他、小千岁和碾米师傅都一样。有肉时一人可得切得方方的两块。有鱼时一人一条，——咸菜可不少，也够下饭了。有卖稻的客人时，单加一个荤菜，也还有一壶酒。客人照例要举杯让一让，八千岁总是举起碗来说："我饭陪，饭陪！"客菜他不动一筷子，仍是低头吃自己的青菜豆腐。

　　八千岁的米店的左邻右舍都是制造食品的。左边是一家厨房。这地方有这么一种厨房，专门包办酒席，不设客座。客家先期预订，说明规格，或鸭翅席，或海参席，要几桌。只需点明"头菜"，其余冷盘热菜都有定规，不需吩咐。除了热炒，都是先在家做成半成品，用圆盒挑到，开席前再加汤回锅煮沸。八千岁隔壁这家厨房姓赵，人称赵厨房，连开厨房的也被人叫作赵厨房，——不叫赵厨子却叫赵厨房，有点不合文法。赵厨房的手艺很好，能做满汉全席。这满汉全席前清时也只有接官送官时才用，入了民国，再也没有人来订，赵厨房祖传的一套五福拱寿釉红彩的满堂红的细瓷器皿，已经锁在箱子里好多年了。右边是一家烧饼店。这家专做"草炉烧饼"。这种烧饼是一箩到底的粗面做的，做蒂子只涂很少一点油，没有什么层，因为是贴在吊炉里用一把稻草烘熟的，故名草炉烧饼，以别于在桶状的炭炉中烤出的加料插酥的"桶炉烧饼"。这种烧饼便宜，也实在，乡下人进城，爱买了当饭。几个草炉烧饼，一碗宽汤饺面，有吃有喝，就饱了。八千岁坐在店堂里每天听得见左边煎炒烹炸的声音，闻得到鸡鸭鱼肉的香味，也闻得见右边传来的一阵一阵烧饼出炉时的香味，听得见打烧饼的槌子击案的有节奏的声音：定定郭，定定郭，定郭定郭定定郭，定，定，定……

八千岁和赵厨房从来不打交道，和烧饼店每天打交道，这地方有个"吃晚茶"的习惯，每天下午五点来钟要吃一次点心。钱庄、布店，概莫能外。米店因为有出力气的碾米师傅，这一顿"晚茶"万不能省。"晚茶"大都是一碗干拌面，——葱花、猪油、酱油、虾子、虾米为料，面下在里面；或几个麻团、"油墩子"，——白铁敲成浅模，浇入稀面，以萝卜丝为馅，入油炸熟。八千岁家的晚茶，一年三百六十日，都是草炉烧饼，一人两个。这里的店铺，有"客人"，照例早上要请上茶馆。"上茶馆"是喝茶，吃包子、蒸饺、烧麦。照例由店里的"先生"或东家作陪。一般都是叫一笼"杂花色"（即各样包点都有），陪客的照例只吃三只，喝茶，其余的都是客人吃。这有个名堂，叫作"一壶三点"。八千岁也循例待客，但是他自己并不吃包点，还是从隔壁烧饼店买两个烧饼带去。所以他不是

"一壶三点"。而是"一壶两饼"。他这辈子吃了多少草炉烧饼，真是难以计数了。

他不看戏，不打牌，不吃烟，不喝酒。喝茶，但是从来不买"雨前"、"雀舌"，泡了慢慢地品啜。他的账桌上有一个"茶壶桶"，里面焙着一壶茶叶棒子泡的颜色混浊的酽茶。吃了烧饼，渴了，就用一个特大的茶缸子，倒出一缸，骨嘟骨嘟一口气喝了下去，然后打一个很响的饱嗝。

他的令郎也跟他一样。这孩子才十六七岁，已经很老成。孩子的那点天真爱好，放风筝、掏蛐蛐、逮蝈蝈、养金铃子，都已经叫严厉的父亲的沉重的巴掌收拾得一干二净。八千岁到底还是允许他养了几只鸽子。这还是宋侉子求的情。宋侉子拿来几只鸽子，说："孩子哪儿也不去，你就让他喂几只鸽子玩玩吧。这吃不了多少稻子。你们不养，别人家的鸽子也会来。自己有鸽子，别家的鸽子不就不来了？"米店养鸽子，几乎成为通例，八千岁想了想，说："好，叫他养！"鸽子逐渐发展成一大群，点子、瓦灰、铁青子、霞白、麒麟，都有。从此夏氏宗祠的屋顶上就热闹起来，雄鸽子围着雌鸽子求爱，一面转圈儿，一面鼓着个嗓子不停地叫着："咯咯咕，咯咯咯咕……"夏家的显考显妣的头上于是就着了好些鸽子粪。小千岁一有空，就去鼓捣他的鸽子。八千岁有时也去看看，看看小千岁捉住一只宝石眼的鸽子，翻过来，正过去，鸽子眼里的"沙子"就随着慢慢地来回流动，他觉得这很有趣，而且想：这是怎么回事呢？父子二人，此时此刻，都表现了一点童心。

八千岁那样有钱，又那样俭省，这使许多人很生气。

八千岁万万没有想到，他会碰上一个八舅太爷。

这里的人不知为什么对舅舅那么有意见。把不讲理的人叫作"舅舅"，讲一种胡搅蛮缠的歪理，叫作"讲舅舅理"。

八舅太爷是个无赖浪子，从小就不安分。小学五年级就穿起皮袍子，里面下身却只穿了一条纺绸单裤。上初中的时候，代数不及格，篮球却打得很漂亮，球衣球鞋都非常出众，经常代表校队、县队，到处出风头。初中三年级时曾用这地方出名的土匪徐大文的名义写信恐吓一个土财主，限他几天之内交一百块钱放在土地庙后第七棵柳树的树洞里，如若不然，就要绑他的票。这土财主吓得坐立不安，几天睡不着觉，又不敢去报案，竟然乖乖地照办了。这土财主原来是他的一个同班同学的父亲，常见面的。他知道这老头儿胆小，所以才敲他一下。初中毕业后，他读了一年体育师范，又上了一年美专，都没上完，却在上海入了青帮，门里排行是通字辈，从此就更加放浪形骸，无所不至。他居然拉过几天黄包车。他这车没有人敢坐，——他穿了一套铁机纺绸裤褂在拉车！他把车放在会芳里弄堂口或丽都舞厅门外，专拉长三堂子的妓女和舞女。这些妓女和舞女可不在乎，她们心想：侬弗是要白相相吗？格么好，大家白相白相！又不是阎瑞生，怕点啥！后来又进了一个什么训练班，混进了军队，"安清不分远和近，三祖流传到如今"，因为青红帮的关系，结交很多朋友，虽不是黄埔出身，却在军队中很"兜得转"，和冷欣、顾祝同都能拉上关系。

抗战军兴，他随着所在部队调到江北，在里下河几个县轮流转。他手下部队有四营人，名义却是一个独立混成旅。

"八一三"以后，日本人打到扬州，就停下来，暂时不再北进。日本人不来，"国军"自然不会反攻，这局面竟维持了相当长的时间。起初人心惶惶，一夕数惊，到后来大家有点麻木了；竟好像不知道有日本兵就在一二百里之外这回事，大家该做什么还是做什么。种田的种田，做生意的做生意。长江为界，南北货源虽不那么畅通，很多人还可以通过封锁线走私贩运，虽然担点风险，获利却倍于以前。一时间，几个县竟呈现出一种畸形的繁荣，茶馆、酒馆、赌场、妓院，无不生意兴隆。

八舅太爷在这一带真是得其所哉。非常时期，军事第一，见官大一级，他到了哪里就成了这地方的最高军政长官，县长、区长，一传就到。军装给养，小事一桩。什么时候要用钱，通知当地商会一声就是。来了，要接风，叫作"驻防费"；走了，要送行，叫作"开拔费"。间三岔五的，还要现金实物"劳军"。当地人觉得有一支军队驻着，可以壮壮胆，军队不走，就说明日本人不会来，也似乎心甘情愿地孝敬他。他有时也并不麻烦商会，可以随意抓几个人来罚款。他的旅部的小牢房里经常客满。只要他一拍桌子，骂一声"汉奸"，就可以军法从事，把一个人拉出去枪毙。他一到哪里，就把当地的名花包下来，接到公馆里去住。一出来，就是五辆摩托车，他自己骑一辆，前后左右四辆，风驰电掣，穿街过市。城里和乡下的狗一见他的车队来了，赶紧夹着尾巴躲开。他是个霸王，没人敢惹他。他行八，小名叫小八子，大家当面叫他旅长、旅座，背后里叫他八舅太爷。

他这回来，公馆安在宜园。一见虞小兰，相见恨晚。他有时住在虞家，有时把虞小兰接到公馆里去。后来干脆把宜园的墙打通了，——虞家和宜园本只一墙之隔，这样进出方便。

他把全城的名厨都叫来，轮流给他做饭。座上客常满，杯中酒不空。他爱唱京戏，时常把县里的名票名媛约来，吹拉弹唱一整天。他还很风雅，爱字画。谁家有好字画古董，他就派人去，说是借去看两天。有借无还。他也不白要你的，会送一张他自己画的画跟你换，他不是上过一年美专么？他的画宗法吴昌硕，大刀阔斧，很有点霸悍之气。他请人刻了两方押角图章，一方是阴文："戎马书生"，一方是阳文："富贵英雄美丈夫"——这是《紫钗记·折柳阳关》里的词句，他认为这是中国文学里最好的词句。他也有一匹乌骓马，他请宋侉子来给他看看，嘱咐宋侉子把自己的踢雪乌骓也带来。千不该万不该，宋侉子不该褒贬了八舅太爷的马。他说："旅长，你这不是真正的踢雪乌骓。真正的踢雪乌骓是只有四个蹄子的前面有一小块白；你这匹，四蹄以上一圈都是白的，这是踏雪乌骓。"八舅太爷听了很高兴，说："有道理！"接着又问："你那匹是多少钱买的？"宋侉子是个外场人，他知道八舅太爷不是要他来相马，是叫他来进马了，反正这匹马保不住了，就顺水推舟，很慷慨地说："旅长喜欢，留着骑吧！"——"那，我怎么谢你呢？我给你画一张画吧！"

宋侉子拿了这张画，到八千岁米店里坐下，喝了一碗茶叶棒泡的酽茶，说不出话来。八千岁劝他："算了，是儿不死，是财不散，看开一点，你就当又在虞小兰家花了一笔钱吧！"宋侉子只好苦笑。

没想到，过了两天，八舅太爷派了两个兵把八千岁"请"去了。当这两个兵把八千岁铐上，推出店门时，八千岁只来得及跟儿子说一句："赶快找宋大伯去要主意！"

宋侉子找到八舅太爷的秘书了解一下，案情相当严重，是"资敌"。八千岁有几船稻子，运到仙女庙去卖，被八舅太爷的部下查获了。仙女庙是敌占区。"资敌"就是汉奸，汉奸是要枪毙的。宋侉子知道罪不至此。仙女庙是粮食集散中心，本地贩粮至仙女庙，乃是常例，"抗战军兴"，未尝中断。不过别的粮商都是事前运动，打通关节，拿到"准予放行"的执照的，八千岁没有花这笔钱，八舅太爷存心找他的碴，所以他就触犯了军法。宋侉子知道这是非花钱不能了事的，就转弯抹角地问秘书，若是罚款，该罚多少。秘书说："旅座的意思，至少得罚一千现大洋。"宋侉子说："他拿不出来。你看看他穿的这身二马裾！"秘书说："包子有肉，不在褶儿上。他拿得出，我们了解。你可以见他本人谈谈！"

宋侉子见了八千岁，劝他不要舍命不舍财，这个血是非出不可的。八千岁问："能不能少拿一点？"宋侉子叫他拿出一百块钱送给虞芝兰，托虞小兰跟八舅太爷说说。八千岁说："你做主吧。我一辈子就你这么个信得过的朋友！"说着就落了两滴眼泪。宋侉子心里也酸酸的。

虞小兰替八千岁说了两句好话："这个人一辈子省

吃俭用，也怪可怜的。"八舅太爷说："那好！看你的面子，少要他二百！他叫八千岁，要他八百不算多。他肯花八百块钱买两匹骡子，还不能花八百块钱买一条命吗！叫他找两个铺保，带了钱，到旅部领人。少一个，不行！"

宋侉子说了好多好话，请了八千岁的两个同行，米店的张老板、李老板出面作保，带了八百现大洋，签字画押，把八千岁保了出来。张老板、李老板陪着八千岁出来，劝他：

"算了，是儿不死，是财不散。不就是八百块钱吗？看开一点。破财免灾，只当生了一场夹气伤寒。"

八千岁心里想：不是八百，是九百！不过回头想想，毕竟少花了一百，又觉得有些欣慰，好像他凭空捡到一百块钱似的。

八舅太爷敲了八千岁一杠子，是有精神上和物质上两方面理由的。精神上，他说："我平生最恨俭省的人，这种人都该杀！"物质上，他已经接到命令，要调防，和另外一位舅太爷换换地方，他要"别姬"了，需要用一笔钱。这八百块钱，六百要给虞小兰买一件西狐肷的斗篷，好让她冬天穿了在宜园梅岭踏雪赏梅；二百，他要办一桌满汉全席，在水榭即荷花亭子里吃它一整天，上午十点钟开席，一直吃到半夜！

八舅太爷要办满汉全席的消息传遍全城，大家都很感兴趣，因为这是多年没有的事了。八千岁证实这消息可靠，因为办席的就是他的紧邻赵厨房。赵厨房到他的米店买糯米，他知道这是做火腿烧麦馅子用的；还买香粳米，这他就不解了。问赵厨房："这满汉全席还上稀粥？"赵厨房说："满汉全席实际上满点汉菜，除了烧烤，有好几道满洲饽饽，还要上几道粥，旗人讲究喝粥，莲子粥、薏米粥、芸豆粥……""有多少道菜？"——"可多可少，八舅太爷这回是一百二十道。"——"啊？！"——"你没事过来瞧瞧。"

八千岁真还过去看了看：烧乳猪、叉子烤鸭、八宝鱼翅、鸽蛋燕窝……赵厨房说："买不到鸽子蛋，就这几个，太少了！"八千岁说："你要鸽子蛋，我那里有！"八千岁真是开了眼了，一面看，一面又掉了几滴泪，他想：这是吃我哪！

八千岁用一盆水把"食为民天"旁边的"概不作保"的字条闷了闷，刮下来。他这回是别人保出来的，以后再拒绝给别人作保，这说不过去。刮掉了，觉得还留着一条"僧道无缘"也没多少意思，而且单独一条，也不好看，就把"僧道无缘"也刮掉了。

八千岁做了一身阴丹士林的长袍，长短与常人等，把他的老蓝布二马裾换了下来。他的儿子也一同换了装。

吃晚茶的时候，儿子又给他拿了两个草炉烧饼来，八千岁把烧饼往账桌上一拍，大声说：

"给我去叫一碗三鲜面！"

小说三篇

求　雨

　　昆明栽秧时节通常是不缺雨的。雨季已经来了，三天两头地下着。停停，下下；下下，停停。空气是潮湿的，洗的衣服当天干不了。草长得很旺盛。各种菌子都出来了。青头菌、牛肝菌、鸡油菌……稻田里的泥土被雨水浸得透透的，每块田都显得很膏腴，很细腻。积盖着的薄薄的水面上停留着云影。人们戴着斗笠，把新拔下的秧苗插进稀软的泥里……

　　但是偶尔也有那样的年月，雨季来晚了，缺水，栽不下秧。今年就是这样。因为通常不缺雨水，这里的农民都不预备龙骨水车。他们用一个戽斗，扯动着两边的绳子，从小河里把浑浊的泥浆一点一点地浇进育苗的秧田里。但是这一点点水，只能保住秧苗不枯死，不能靠它插秧。秧苗已经长得过长了，再不插就不行了。然而稻田里却是干干的。整得平平的田面，晒得结了一层薄壳，裂成一道一道细缝。多少人仰起头来看天，一天看多少次。然而天蓝得要命。天的颜色把人的眼睛都映蓝了。雨呀，你怎么还不下呀！雨呀，雨呀！

望儿也抬头望天。望儿看看爸爸和妈妈，他看见他们的眼睛是蓝的。望儿的眼睛也是蓝的。他低头看地，他看见稻田里的泥面上有一道一道螺蛳爬过的痕迹。望儿想了一个主意：求雨。望儿昨天看见邻村的孩子求雨，他就想过：我们也求雨。

他把村里的孩子都叫在一起，找出一套小锣小鼓，就出发了。

一共十几个孩子，大的十来岁，最小的一个才六岁。这是一个枯瘦、褴褛、有些污脏的，然而却是神圣的队伍。他们头上戴着柳条编成的帽圈，敲着不成节拍的、单调的小锣小鼓：冬冬当，冬冬当……他们走得很慢。走一段，敲锣的望儿把锣槌一举，他们就唱起来：

> 小小儿童哭哀哀，
> 撒下秧苗不得栽。
> 巴望老天下大雨，
> 乌风暴雨一起来。

调子是非常简单的，只是按照昆明话把字音拉长了念出来。他们的声音是凄苦的，虔诚的。这些孩子都没有读过书。他们有人模模糊糊地听说过有个玉皇大帝，还有个龙王，龙王是管下雨的。但是大部分孩子连玉皇大帝和龙王也不知道。他们只知道天，天是无常的。它有时对人很好，有时却是无情的，它的心很狠。他们要用他们的声音感动天，让它下雨。

（这地方求雨和别处不大一样，都是利用孩子求雨。所以望儿他们能找出一套小锣小鼓。大概大人们以为天也会疼惜孩子，会因孩子的哀求而心软。）

他们戴着柳条圈，敲着小锣小鼓，歌唱着，走在昆明的街上。

    小小儿童哭哀哀，
    撒下秧苗不得栽。
    巴望老天下大雨，
    乌风暴雨一起来。

过路的行人放慢了脚步，或者干脆停下来，看着这支幼小的、褴褛的队伍。他们的眼睛也是蓝的。

望儿的村子在白马庙的北边。他们从大西门，一直走过华山西路、金碧路，又从城东的公路上走回来。

他们走得很累了。他们都还很小。就着泡辣子，吃了两碗苞谷饭，就都爬到床上睡了。一睡就睡着了。

半夜里，望儿叫一个炸雷惊醒了。接着，他听见屋瓦上劈劈啪啪的声音。过了一会儿，他才意识过来：下雨了！他大声喊起来："爸！妈！下雨啦！"

他爸他妈都已经起来了，他们到外面去看雨去了。他们进屋来了。他们披着蓑衣，戴着斗笠。斗笠和蓑衣上滴着水。

"下雨了！"

"下雨了！"

妈妈把油灯点起来，一屋子都是灯光。灯光映在妈妈的眼睛里。妈妈的眼睛好黑，好亮。爸爸烧了一杆叶子烟，叶子烟的火光映在爸爸的脸上，也映在他的眼睛里。

第二天，插秧了！

全村的男女老少都出来了，到处都是人。

望儿相信，这雨是他们求下来的。

迷　路

我不善于认路。有时到一个朋友家去，或者是朋友自己带了我去，或者是随了别人一同去，第二次我一个人去，常常找不着。在城市里好办，手里捏着地址，顶多是多问问人，走一些冤枉路，最后总还是会找到的。一敲门，朋友第一句话常常是："啊呀！你怎么才来！"在乡下可麻烦。我住在一个村子里，比如说是王庄吧，到城里去办一点事，再回来，我记得清清楚楚是怎么走的，回来时走进一个样子也有点像王庄的村子，一问，却是李庄！还得李庄派一个人把我送到王庄。有一个心理学家说不善于认路的人，大都是意志薄弱的人。唉，有什么办法呢！

一九五一年，我参加土改，地点在江西进贤。这是最后一批土改，也是规模最大的一次土改。参加的人数很多，各色各样的人都有。有干部、民主人士、大学教授、宗教界的信徒、诗人、画家、作家……相当一部分是统战对象。让这些人参加，一方面是工作需要，一方面是让这些人参加一次阶级斗争，在实际工作中锻炼锻炼，改造世界观。

工作队的队部设在夏家庄，我们小组的工作点在王家梁。小组的成员除了我，还有一个从美国回来不久的花腔女高音歌唱家，一个法师。工作队指定，由我负责。王家梁来了一个小伙子接我们。

进贤是丘陵地带，处处是小山包。土质是红壤土，紫红紫红的。有的山是茶山，种的都是油茶，在潮湿多雨的冬天开着一朵一朵白花。有的山是柴山，长满了马尾松。当地人都烧松柴。还有一种树，长得很高大，是梓树。我第一次认识"桑梓之乡"的梓。梓树籽榨成的油叫梓油，虽是植物油，却是凝结的，颜色雪白，看起来很像猪油。梓油炒菜极香，比茶油好吃。田里有油菜花，有紫云英。我们随着小伙子走着。这小伙子常常行不由径，抄近从油茶和马尾松丛中钻过去。但是我还是暗暗地记住了从夏家庄走过来的一条小路。南方的路不像北方的大车路那样平直而清楚，大都是弯弯曲曲的，有时简直似有若无。我们一路走着，对这片陌生的土地觉得很新鲜，为我们将要开展的斗争觉得很兴奋，又有点觉得茫茫然，——我们都没有搞过土改，有一点像是在做梦。不知不觉的，王家梁就到了。据小伙子说，夏家庄到王家梁有二十里。

法师法号静溶。参加土改工作团学习政策时还穿着灰色的棉直裰，好容易才说服他换了一身干部服。大家叫他静溶或静溶同志。他笃信佛法，严守戒律，绝对吃素，但是斗起地主来却毫不手软。我不知道他是怎样把我佛慈悲的教义和阶级斗争调和起来的。花腔女高音姓周，老乡都叫她老周，她当然一点都不老。她身上看不到什么洋气，很能吃苦，只是有点不切实际的幻想。她总以为土改应该像大歌剧那样充满激情。事实上真正工作起来，却是相当平淡的。

我们的工作开展得还算顺利。阶级情况摸清楚了，群众不难发动。也不是十分紧张。每天晚上常常有农民来请我们去喝水。这里的农民有"喝水"的习惯。一把瓦壶，用一根棕绳把壶梁吊在橡子上，下面烧着稻草，大家围火而坐。水开了，就一碗一碗喝起来。同时嚼着和辣椒、柚子皮腌在一起的鬼子姜，或者生番薯片。女歌家非常爱吃番薯，这使农民都有点觉得奇怪。喝水的时候，我们除了了解情况，也听听他们说说闲话，说说黄鼠狼，说说果子狸，也说说老虎。他们说这一带出过一只老虎，王家梁有一个农民叫老虎在脑袋上拍了一掌，至今头皮上还留着一个虎爪的印子……

到了预定该到队部汇报的日子了，当然应该是我去。我背了挎包，就走了，一个人，准确无误地走到了夏家庄。

回来，离开夏家庄时，已经是黄昏了。不过我很有把握。我记得清清楚楚，从夏家庄一直往北，到了一排长得齐齐的，像一堵墙似的梓树前面，转弯向右，往西北方向走一截，过了一片长满杂树的较高的山包，就望见王家梁了。队部同志本来要留我住一晚，第二天早上再走，我说不行，我和静溶、老周说好了的，今天回去。

一路上没有遇见一个人。太阳已经完全落下去了，青苍苍的暮色，悄悄地却又迅速地掩盖了下来。不过，好了，前面已经看到那一堵高墙似的一排梓树了。

然而，当我沿梓树向右，走上一个较高的山包，向西北一望，却看不到王家梁。前面一无所有，只有无尽的山丘。

我走错了，不是该向右，是该向左？我回到梓树前面，向左走了一截，到高处看看：没有村庄。

是我走过了头，应该在前面就转弯了？我从梓树墙前面折了回去，走了好长一段，仍然没有发现可资记认的东西。我又沿原路走向梓树。

我从梓树出发，向不同方向各走了一截，仍然找不到王家梁。

我对自己说，我迷路了。

天已经完全黑下来了。除了极远的天际有一点暧昧的余光，什么也辨认不清了。

怎么办呢？

我倒还挺有主意：看来只好等到明天早上再说。我攀上一个山包，选了一棵树（不知道是什么树），爬了上去，找到一个可以倚靠的枝杈，准备就在这里过夜了。我掏出烟来，抽了一支。借着火柴的微光，看了看四周，榛莽丛杂，落叶满山。不到一会儿，只听见树下面悉悉悉悉……，索索索索索……，不知是什么兽物窜来窜去。听声音，是一些小野兽，可能是黄鼠狼、果子狸，不是什么凶猛的大家伙。我头一次知道山野的黑夜是很不平静的。这些小兽物是不会伤害我的。但我开始感觉在这里过夜不是个事情。而且天也越来越冷了。江西的冬夜虽不似北方一样酷寒，但是早起看宿草上结着的高高的霜花，便知夜间不会很暖和。不行。我想到呼救了。

我爬下树来，两手拢在嘴边，大声地呼喊：

"喂——有人吗——？"

"喂——有人吗——？"

我听见自己的声音传得很远。

然而没有人答应。

我又喊：

"喂——有人吗——？"

我听见几声狗叫。

我大踏步地，笔直地向狗叫的方向走去。

我不知道脚下走过的是什么样的树丛、山包，我走过一大片农田，田里一撮一撮干得发脆的稻桩，我跳过一条小河，笔直地，大踏步地走去。我一遇到事，没有一次像这样不慌张，这样冷静，这样有决断。我看见灯光了！

狗激烈地叫起来。

一盏马灯。马灯照出两个人。一个手里拿着梭镖（我明白，这是值夜的民兵），另一个，是把我们从夏家庄领到王家梁的小伙子！

"老汪！你！"

这是距王家梁约有五里的另一个小村子，叫顾家梁，小伙子是因事到这里来的。他正好陪我一同回去。

"走！老汪！"

到了王家梁，几个积极分子正聚在一家喝水。静溶和老周一见我进门，腾地一下子站了起来。他们的眼睛分明写着两个字：老虎。

卖蚯蚓的人

我每天到玉渊潭散步。

玉渊潭有很多钓鱼的人。他们坐在水边，瞅着水面上的漂子。难得看到有人钓到一条二三寸长的鲫瓜子。很多人一坐半天，一无所得。等人、钓鱼、坐牛车，这是世间"三大慢"。这些人真有耐性。各有一好。这也是一种生活。

在钓鱼的旺季，常常可以碰见一个卖蚯蚓的人。他慢慢地蹬着一辆二六的旧自行车，有时扶着车慢慢地走着。走一截，扬声吆唤：

"蚯蚓——蚯蚓来——"

"蚯蚓——蚯蚓来——"

有的钓鱼的就从水边走上堤岸，向他买。

"怎么卖？"

"一毛钱三十条。"

来买的掏出一毛钱，他就从一个原来是装油漆的小铁桶里，用手抓出三十来条，放在一小块旧报纸里，交过去。

钓鱼人有时带点解嘲意味，说：

"一毛钱，玩一上午！"

有些钓鱼的人只买五分钱。

也有人要求再添几条。

"添几条就添几条，一个这东西！"

蚯蚓这东西，泥里咕叽，原也难一条一条地数得清，用北京话说，"大概其"，就得了。

这人长得很敦实，五短身材，腹背都很宽厚。这人看起来是不会头疼脑热、感冒伤风的，而且不会有什么病能轻易地把他一下子打倒。他穿的衣服都是宽宽大大的，旧的，褪了色，而且带着泥渍，但都还整齐，并不褴褛，而且单夹皮棉，按季换衣。——皮，是说他入冬以后的早晨有时穿一件出锋毛的山羊皮背心。按照老北京人的习惯，也可能是为了便于骑车，他总是用带子扎着裤腿。脸上说不清是什么颜色，只看到风、太阳和尘土。只有有时他剃了头，刮了脸，才看到本来的肤色。新剃的头皮是雪白的，下边是一张红脸。看起来就像是一件旧铜器在盐酸水里刷洗了一通，刚刚拿出来一样。

因为天天见，面熟了，我们碰到了总要点点头，招呼招呼，寒暄两句。

"吃啦？"

"您遛弯儿！"

有时他在钓鱼人多的岸上把车子停下来，我们就说会子话。他说他自己："我这人——爱聊。"

我问他一天能卖多少钱。

"一毛钱三十条，能卖多少！块数来钱，两块，闹好了有时能卖四块钱。"

"不少！"

"凑合吧。"

我问他这蚯蚓是哪里来的，"是挖的？"

旁边有一位钓鱼的行家说：

"是烹的。"

这个"烹"字我不知道该怎么写，只能记音。这位行家给我解释，是用蚯蚓的卵人工孵化的意思。

"蚯蚓还能'烹'？"

卖蚯蚓的人说：

"有'烹'的，我这不是，是挖的。'烹'的看得出来，身上有小毛，都是一般长。瞧我的：有长有短，有大有小，是挖的。"

我不知道蚯蚓还有这么大的学问。

"在哪儿挖的，就在这玉渊潭？"

"不！这儿没有。——不多。丰台。"

他还告诉我丰台附近的一个什么山，山根底下，那儿出蚯蚓，这座山名我没有记住。

"丰台？一趟不得三十里地？"

"我一早起蹬车去一趟，回来卖一上午。下午再去
一趟。"

"那您一天得骑百十里地的车？"

"七十四了，不活动活动成吗！"

他都七十四了！真不像。不过他看起来像多少岁，我
也说不上来。这人好像是没有岁数。

"您一直就是卖蚯蚓？"

"不是！我原来在建筑上，——当壮工。退休了。退
休金四十几块，不够花的。"

我算了算，连退休金加卖蚯蚓的钱，有百十块钱，断
定他一定爱喝两盅。我把手圈成一个酒杯形，问：

"喝两盅？"

"不喝。——烟酒不动！"

那他一个月的钱一个人花不完，大概还会贴补儿女
一点。

"我原先也不是卖蚯蚓的。我是挖药材的。后来药材
公司不收购，才改了干这个。"

他指给我看：

"这是益母草，这是车前草，这是红苋草，这是地黄，
这是豨莶……这玉渊潭到处是钱！"

他说他能认识北京的七百多种药材。

"您怎么会认药材的？是家传？学的？"

"不是家传。有个街坊，他挖药材，我跟着他，用用心，就学会了。——这北京城，饿不死人，你只要肯动弹，肯学！你就拿晒槐米来说吧——"

"槐米？"我不知道槐米是什么，真是孤陋寡闻。

"就是没有开开的槐花骨朵，才米粒大。晒一季槐米能闹个百儿八十的。这东西外国要，不知道是干什么用，听说是酿酒。不过得会晒。晒好了，碧绿的！晒不好，只好倒进垃圾堆。——蚯蚓！——蚯蚓来！"

我在玉渊潭散步，经常遇见的还有两位，一位姓乌，一位姓莫。乌先生在大学当讲师，莫先生是一个研究所的助理研究员。我跟他们见面也点头寒暄。他们常常发一些很有学问的议论，很深奥，至少好像是很深奥，我听不大懂。他们都是好人，不是造反派，不打人，但是我觉得他们的议论有点不着边际。他们好像是为议论而议论，不是要解决什么问题，就像那些钓鱼的人，意不在鱼，而在钓。

乌先生听了我和卖蚯蚓人的闲谈，问我：

"你为什么对这样的人那样有兴趣？"

我有点奇怪了。

"为什么不能有兴趣？"

"从价值哲学的观点来看，这样的人属于低级价值。"

莫先生不同意乌先生的意见。

"不能这样说。他的存在就是他的价值。你不能否认他的存在。"

"他存在。但是充其量，他只是我们这个社会的填充物。"

"就算是填充物，填充物也是需要的。'填充'，就说明他的存在的意义。社会结构是很复杂的，你不能否认他也是社会结构的组成部分，哪怕是极不重要的一部分。就像自然界的需要维持生态平衡，我们这个社会也需要有生态平衡。从某种意义来说，这种人也是不可缺少的。"

"我们需要的是走在时代前面的人，呼啸着前进的，身上带电的人！而这样的人是历史的遗留物。这样的人生活在现在，和生活在汉代没有什么区别，——他长得就像一个汉俑。"

我不得不承认，他对这个卖蚯蚓人的形象描绘是很准确且生动的。

乌先生接着说：

"他就像一具石磨。从出土的明器看，汉代的石磨和现在的没有什么不同。现在已经是原子时代——"

莫先生抢过话来，说：

"原子时代也还容许有汉代的石磨，石磨可以磨豆浆，——你今天早上就喝了豆浆！"

他们争执不下，转过来问我对卖蚯蚓的人的"价值"、"存在"有什么看法。

我说：

"我只是想了解了解他。我对所有的人都有兴趣，包括站在时代的前列的人和这个汉俑一样的卖蚯蚓的人。这样的人在北京还不少。他们的成分大概可以说是城市贫民。糊火柴盒的、捡破烂的、捞鱼虫的、晒槐米的……我对他们都有兴趣，都想了解。我要了解他们吃什么和想什么。用你们的话说，是他们的物质生活和精神生活。吃什么，我知道一点。比如这个卖蚯蚓的老人，我知道他的胃口很好，吃什么都香。他一嘴牙只有一个活动的。他的牙很短、微黄，这种牙最结实，北方叫作'碎米牙'，他说：'牙好是口里的福。'我知道他今天早上吃了四个炸油饼。他中午和晚上大概常吃炸酱面，一顿能吃半斤，就着一把小水萝卜。他大概不爱吃鱼。至于他想些什么，我就不知道了，或者知道得很少。我是个写小说的人，对于人，我只能想了解、欣赏，并对他进行描绘，我不想对任何人做出论断。像我的一位老师一样，对于这个世界，我所倾心的是现象。我不善于做抽象的思维。我对人，更多地注意的是他的审美意义。你们可以称我是一个生活现象的美食家。这个卖蚯蚓的粗壮的老人，骑着车，吆喝着'蚯蚓——蚯蚓来！'不是一个丑的形象。——当然，我还觉得他是个善良的，有古风的自食其力的劳动者，他至少不是社会的蛀虫。"

这时忽然有一个也常在玉渊潭散步的学者模样的中年人插了进来，他自我介绍：

"我是一个生物学家。——我听了你们的谈话。从生物学的角度，是不应鼓励挖蚯蚓的。蚯蚓对农业生产是有益的。"

我们全都傻了眼了。

一九八三年四月一日写成

尾 巴

人事顾问老黄是个很有意思的人。工厂里本来没有"人事顾问"这种奇怪的职务，只是因为他曾经做过多年人事工作，肚子里有一部活档案；近二年岁数大了，身体也不太好，时常闹一点腰酸腿疼，血压偏高，就自己要求当了顾问，所顾的也还多半是人事方面的问题，因此大家叫他人事顾问。这本是个外号，但是听起来倒像是个正式职称似的。有关人事工作的会议，只要他能来，他是都来的。来了，有时也发言，有时不发言。他的发言有人爱听，有人不爱听。他看的杂书很多，爱讲故事。在很严肃的会上有时也讲故事。下面就是他讲的故事之一。

厂里准备把一个姓林的工程师提升为总工程师，领导层意见不一，有赞成的，有反对的，已经开了多次会，定不下来。赞成的意见不必说了，反对的意见，归纳起来，有以下几条：

一、他家庭出身不好，是资本家；

二、社会关系复杂，有海外关系；有个堂兄还在台湾；

三、反右时有右派言论；

四、群众关系不太好，说话有时很尖刻……

其中反对最力的是一个姓董的人事科长，此人爱激动，他又说不出什么理由，只是每次都是满脸通红地说："知识分子！哼！知识分子！"翻来覆去，只是这一句话。

人事顾问听了几次会，没有表态。党委书记说："老黄，你也说两句！"老黄慢条斯理地说：

"我讲一个故事吧——

"从前，有一个人，叫作艾子。艾子有一回坐船，船停在江边。半夜里，艾子听见江底下一片哭声。仔细一听，是一群水族在哭。艾子问：'你们哭什么？'水族们说：'龙王有令，水族中凡是有尾巴的都要杀掉，我们都是有尾巴的，所以在这里哭。'艾子听了，深表同情。艾子看看，有一只蛤蟆也在哭，艾子很奇怪，问这蛤蟆：'你哭什么呢？你又没有尾巴！'蛤蟆说：'我怕龙王要追查起我当蝌蚪时候的事儿呀！'"

故里三陈

陈小手

我们那地方，过去极少有产科医生。一般人家生孩子，都是请老娘。什么人家请哪位老娘，差不多都是固定的。一家宅门的大少奶奶、二少奶奶、三少奶奶，生的少爷、小姐，差不多都是一个老娘接生的。老娘要穿房入户，生人怎么行？老娘也熟知各家的情况，哪个年长的女用人可以当她的助手，当"抱腰的"，不需临时现找。而且，一般人家都迷信哪个老娘"吉祥"，接生顺当。——老娘家都供着送子娘娘，天天烧香。谁家会请一个男性的医生来接生呢？——我们那里学医的都是男人，只有李花脸的女儿传其父业，成了全城仅有的一位女医人。她也不会接生，只会看内科，是个老姑娘。男人学医，谁会去学产科呢？都觉得这是一桩丢人没出息的事，不屑为之。但也不是绝对没有。陈小手就是一位出名的男性的产科医生。

陈小手的得名是因为他的手特别小，比女人的手还小，比一般女人的手还更柔软细嫩。他专能治难产。横生、倒生，都能接下来（他当然也要借助于药物和器械）。据说因为他的手小，动作细腻，可以减少产妇很多痛苦。大户人家，非到万不得已，是不会请他的。中小户人家，忌讳较少，遇到产妇胎位不正，老娘束手，老娘就会建议："去请陈小手吧。"

陈小手当然是有个大名的，但是都叫他陈小手。

接生，耽误不得，这是两条人命的事。陈小手喂着一匹马。这匹马浑身雪白，无一根杂毛，是一匹走马。据懂马的行家说，这马走的脚步是"野鸡柳子"，又快又细又匀。我们那里是水乡，很少人家养马。每逢有军队的骑兵过境，大家就争着跑到运河堤上去看"马队"，觉得非常好看。陈小手常常骑着白马赶着到各处去接生，大家就把白马和他的名字联系起来，称之为"白马陈小手"。

同行的医生，看内科的、外科的，都看不起陈小手，认为他不是医生，只是一个男性的老娘。陈小手不在乎这些，只要有人来请，立刻跨上他的白走马，飞奔而去。正在呻吟惨叫的产妇听到他的马脖子上的銮铃的声音，立刻就安定了一些。他下了马，即刻进产房。过了一会儿（有时时间颇长），听到哇的一声，孩子落地了。陈小手满头大汗，走了出来，对这家的男主人拱拱手："恭喜恭喜！
母子平安！"男主人满面笑容，把封在红纸里的酬金递过
去。陈小手接过来，看也不看，装进口袋里，洗洗手，喝
一杯热茶，道一声"得罪"，出门上马。只听见他的马的
銮铃声"哗棱哗棱"……走远了。

陈小手活人多矣。

有一年，来了联军。我们那里那几年打来打去的，是
两支军队。一支是国民革命军，当地称之为"党军"；相
对的一支是孙传芳的军队。孙传芳自称"五省联军总司
令"，他的部队就被称为"联军"。联军驻扎在天王庙，
有一团人。团长的太太（谁知道是正太太还是姨太太），
要生了，生不下来。叫来几个老娘，还是弄不出来。这
太太杀猪也似的乱叫。团长派人去叫陈小手。

陈小手进了天王庙。团长正在产房外面不停地"走
柳"。见了陈小手，说：

"大人，孩子，都得给我保住！保不住要你的脑袋！
进去吧！"

这女人身上的脂油太多了，陈小手费了九牛二虎之
力，总算把孩子掏出来了。和这个胖女人较了半天劲，累
得他筋疲力尽。他迤里歪斜走出来，对团长拱拱手：

"团长！恭喜您，是个男伢子，少爷！"

团长龇牙笑了一下，说："难为你了！——请！"

外边已经摆好了一桌酒席。副官陪着。陈小手喝了两盅。团长拿出二十块现大洋，往陈小手面前一送：

"这是给你的！——别嫌少哇！"

"太重了！太重了！"

喝了酒，揣上二十块现大洋，陈小手告辞了："得罪！得罪！"

"不送你了！"

陈小手出了天王庙，跨上马。团长掏出枪来，从后面，一枪就把他打下来了。

团长说："我的女人，怎么能让他摸来摸去！她身上，除了我，任何男人都不许碰！这小子，太欺负人了！日他奶奶！"

团长觉得怪委屈。

陈　四

陈四是个瓦匠，外号"向大人"。

我们那个城里，没有多少娱乐。除了听书，瞧戏，大家最有兴趣的便是看会，看迎神赛会，——我们那里叫作"迎会"。

所迎的神，一是城隍，一是都土地。城隍老爷是阴间的一县之主，但是他的爵位比阳间的县知事要高得多，敕封"灵应侯"。他的气派也比县知事要大得多。县知事出巡,哪有这样威严,这样多的仪仗队伍,还有各种杂耍玩艺的呢?再说打我记事起,就没见过县知事出巡过,他们只是坐了一顶小轿或坐了自备的黄包车到处去拜客。都土地东西南北四城都有,保佑境内的黎民,地位相当于一个区长。他比活着的区长要神气得多,但比城隍菩萨可就差了一大截了。他的爵位是"灵显伯"。都土地都是有名有姓的。我所居住的东城的都土地是张巡。张巡为什么会到我的家乡来当都土地呢,他又不是战死在我们那里的,这一点我始终没有弄明白。张巡是太守,死后为什么倒降职成了区长了呢?我也不明白。

都土地出巡是没有什么看头的。短簇簇的一群人,打着一些稀稀落落的仪仗,把都天菩萨(都土地为什么被称为"都天菩萨",这一点我也不明白)抬出来转一圈,无声无息地,一会儿就过完了。所谓"看会",实际上指的是看赛城隍。

我记得的赛城隍是在夏秋之交,阴历的七月半,正是大热的时候。不过好像也有在十月初出会的。

那真是万人空巷,倾城出观。到那天,凡城隍所经的耍闹之处的店铺就都做好了准备:燃香烛,挂宫灯,在店堂前面和临街的柜台里面放好了长凳,有楼的则把楼窗全部打开,烧好了茶水,等着东家和熟主顾人家的眷属光临。这时正是各种瓜果下来的时候，牛角酥、奶奶哼（一种很"面"的香瓜）、红瓤西瓜、三白西瓜、鸭梨、槟子、海棠、石榴，都已上市，瓜香果味，飘满一街。各种卖吃食的都出动了，争奇斗胜，吟叫百端。到了八九点钟，看会的都来了。老太太、大小姐、小少爷。老太太手里拿着檀香佛珠，大小姐衣襟上挂着一串白兰花。用人手里提着食盒，里面是兴化饼子、绿豆糕，各种精细点心。

远远听见鞭炮声、锣鼓声，"来了，来了！"于是各自坐好，等着。

我们那里的赛会和鲁迅先生所描写的绍兴的赛会不尽相同。前面并无所谓"塘报"。打头的是"拜香的"。都是一些十六七岁的小伙子，光头净脸，头上系一条黑布带，前额缀一朵红绒球，青布衣衫，赤脚草鞋，手端一个红漆的小板凳，板凳一头钉着一个铁管，上插一支安息香。他们合着节拍，依次走着，每走十步，一齐回头，把板凳放到地上，算是一拜，随即转身再走。这都是为了父母生病到城隍庙许了愿的，"拜香"是还愿。后面是"挂香"的，则都是壮汉，用一个小铁钩勾进左右手臂的肉里，下系一个带链子的锡香炉，炉里烧着檀香。挂香多的可至香炉三对。这也是还愿的。后面就是各种玩艺了。

十番锣鼓音乐篷子。一个长方形的布篷，四面绣花篷檐，下缀走水流苏。四角支竹竿，有人撑着。里面是吹手，一律是笙箫细乐，边走边吹奏。锣鼓篷悉有五七篷，每隔一段玩艺有一篷。

茶担子。金漆木桶，桶口翻出，上置一圈细瓷茶杯，桶内和杯内都装了香茶。

花担子。鲜花装饰的担子。

挑茶担子、花担子的扁担都极软，一步一颤。脚步要匀，三进一退，各依节拍，不得错步。茶担子、花担子虽无很难的技巧，但几十副担子同时进退，整整齐齐，亦颇婀娜有致。

舞龙。

舞狮子。

跳大头和尚戏柳翠。[1]

跑旱船。

跑小车。

最清雅好看的是"站高肩"。下面一个高大结实的男人，挺胸调息，稳稳地走着，肩上站着一个孩子，也就是五六岁，都扮着戏，青蛇、白蛇、法海、许仙，关、张、赵、马、黄、李三娘、刘知远、咬脐郎、火公窦老……他们并无动作，只是在大人的肩上站着，但是衣饰鲜丽，

---

[1] 即唐宋杂戏里的《月明和尚戏柳翠》，演和尚的戴一个纸浆做成的很大的和尚脑袋，白色的脑袋，淡青的头皮，嘻嘻地笑着。我们那里已不知和尚法名月明，只是叫他"大头和尚"。

孩子都长得清秀伶俐，惹人疼爱。"高肩"不是本城所有，是花了大钱从扬州请来的。

后面是高跷。

再后面是跳判的。判有两种，一种是"地判"，一文一武，手执朝笏，边走边跳。一种是"抬判"。两根杉篙，上面绑着一个特制的圈椅，由四个人抬着。圈椅上蹲着一个判官。下面有人举着一个扎在一根细长且薄的竹片上的红绸做的蝙蝠，逗着判官。竹片极软，有弹性，忽上忽下，判官就追着蝙蝠，做出各种带舞蹈性的动作。他有时会跳到椅背上，甚至能在上面打飞脚。抬判不像地判只是在地面做一些滑稽的动作，这是要会一点"轻功"的。有一年看会，发现跳抬判的竟是我的小学的一个同班同学，不禁哑然。

迎会的玩艺到此就结束了。这些玩艺的班子，到了一些大店铺的门前，店铺就放鞭炮欢迎，他们就会停下来表演一会儿，或绕两个圈子。店铺常有犒赏。南货店送几大包蜜枣，茶食店送糕饼，药店送凉药洋参，绸缎店给各班挂红，钱庄则干脆扛出一钱板一钱板的铜元，俵散众人。

后面才真正是城隍老爷（叫城隍为"老爷"或"菩萨"都可以，随便的）自己的仪仗。

前面是开道锣。几十面大筛同时敲动。筛极大，得吊在一根杆子上，前面担在一个人的肩上，后面的人担着杆子的另一头，敲。大筛的节奏是非常单调的：哐（锣槌头一击）定定（槌柄两击筛面）哐定定哐，哐定定哐定定哐……如此反复，绝无变化。唯其单调，所以显得很庄严。

后面是虎头牌。长方形的木牌，白漆，上画虎头，黑漆扁宋体黑字，大书"肃静"、"回避"、"敕封灵应侯"、"保国佑民"。

后面是伞，——万民伞。伞有多柄，都是各行同业公会所献，彩缎绣花，缂丝平金，各有特色。我们县里最讲究的几柄伞却是纸伞。硃石所出。白宣纸上扎出芥子大的细孔，利用细孔的虚实，衬出虫鱼花鸟。这几柄宣纸伞后来被城隍庙的道士偷出来拆开一扇一扇地卖了，我父亲曾收得几扇。我曾看过纸伞的残片，真是精细绝伦。

最后是城隍老爷的"大驾"。八抬大轿，抬轿的都是全城最好的轿夫。他们踏着细步，稳稳地走着。轿顶四面鹅黄色的流苏均匀地起伏摆动着。城隍老爷一张油白大脸，疏眉细眼，五绺长须，蟒袍玉带，手里捧着一柄很大的折扇，端端地坐在轿子里。这时，人们的脸上都严肃起来了，正如鲁迅先生所说：诚惶诚恐，不胜屏营待命之至。

城隍老爷要在行宫（也是一座庙里）待半天，到傍晚时才"回宫"。回宫时就只剩下少许人扛着仪仗执事，抬着轿子，飞跑着从街上走过，没有人看了。

且说高跷。

我见过几个地方的高跷，都不如我们那里的。我们那里的高跷，一是高，高至丈二。踩高跷的中途休息，都是坐在人家的房檐口。我们县的踩高跷的都是瓦匠，无一例外。瓦匠不怕高。二是能玩出许多花样。

高跷队前面有两个"开路"的，一个手执两个棒槌，不停地"郭郭，郭郭"地敲着。一个手执小铜锣，敲着"光光，光光"。他们的声音合在一起，就是"郭郭，光光；郭郭，光光"。我总觉得这"开路"的来源是颇久远的。老远地听见"郭郭，光光"，就知道高跷来了，人们就振奋起来。

高跷队打头的是渔、樵、耕、读。就中以渔公、渔婆最逗。他们要矮身蹲在高跷上横步跳来跳去做钓鱼撒网各种动作，重心很不好掌握。后面是几出戏文。戏文以《小上坟》最动人。小丑和旦角都要能踩"花梆子"碎步。这一出是带唱的。唱的腔调是柳枝腔。当中有一出"贾大老爷"。这贾大老爷不知是何许人，只是一个衙役在戏弄他，贾大老爷不时对着一个夜壶口喝酒。他的颠顸总是引得看的人大笑。垫底的是"火烧向大人"。三个角色：一个铁公鸡，一个张嘉祥，一个向大人。向大人名荣，是清末的大将，以镇压太平天国有功，后死于任。看会的人是不管他究竟是谁的，也不论其是非功过，只是看扮演向大人的"演员"的功夫。那是很难的。向大人要在高跷上蹬马，在高跷上坐轿，——两只手抄在前面，"存"着身子，两只脚（两只跷）一蹽一蹽地走，有点像戏台上"走矮子"。他还要能在高跷上做"探海"、"射雁"这些在平地上也不好做的高难动作（这可真是"高难"，又高又难）。到了挨火烧的时候，还要左右躲闪，簸脑袋，甩胡须，连连转圈。到了这时，两旁店铺里的看会人就会炸雷也似的大声叫起"好"来。

擅长表演向大人的，只有陈四，别人都不如。

到了会期，陈四除了在县城表演一回，还要到三垛去赶一场。县城到三垛，四十五里。陈四不卸装，就登在高跷上沿着澄子河堤赶了去。赶到那里，准不误事。三垛的会，不见陈四的影子，菩萨的大驾不起。

有一年，城里的会刚散，下了一阵雷暴雨，河堤上不好走，他一路赶去，差点没摔死。到了三垛，已经误了。

三垛的会首乔三太爷抽了陈四一个嘴巴，还罚他当众跪了一炷香。

陈四气得大病了一场。他发誓从此再也不踩高跷。

陈四还是当他的瓦匠。

到冬天，卖灯。

冬天没有什么瓦匠活，我们那里的瓦匠冬天大都以糊纸灯为副业，到了灯节前，摆摊售卖。陈四的灯摊就摆在保全堂廊檐下。他糊的灯很精致。荷花灯、绣球灯、兔子灯。他糊的蛤蟆灯，绿背白腹，背上用白粉点出花点，四只爪子是活的，提在手里，来回划动，极其灵巧。我每年要买他一盏蛤蟆灯，接连买了好几年。

陈泥鳅

邻近几个县的人都说我们县的人是黑屁股。气得我的一个姓孙的同学，有一次当着很多人褪下了裤子让人看："你们看！黑吗？"我们当然都不是黑屁股，黑屁股指的是一种救生船。这种船专在大风大浪的湖水中救人、救船，因为船尾涂成黑色，所以叫作黑屁股。说的是船，不是人。

陈泥鳅就是这种救生船上的一个水手。

他水性极好，不愧是条泥鳅。运河有一段叫清水潭。因为民国十年、民国二十年都曾在这里决口，把河底淘成了一个大潭。据说这里的水深，三篙子都打不到底。行船到这里，不能撑篙，只能荡桨。水流也很急，水面上拧着一个一个漩涡。从来没有人敢在这里游水。陈泥鳅有一次和人打赌，一气游了个来回。当中有一截，他半天不露脑袋，半天半天，岸上的人以为他沉了底，想不到一会儿，他笑嘻嘻地爬上岸来了！

他在通湖桥下住。非遇风浪险恶时，救生船一般是不出动的。他看看天色，知道湖里不会出什么事，就待在家里。

他也好义，也好利。湖里大船出事，下水救人，这时是不能计较报酬的。有一次一只装豆子的船在琵琶闸炸了，炸得粉碎。事后知道，是因为船底有一道小缝漏水，水把豆子浸湿了，豆子吃了水，突然间一齐膨胀起来，"砰"的一声把船撑炸了——那力量是非常之大的。船碎了，人掉在水里。这时跳下水救人，能要钱么？民国二十年，运河决口，陈泥鳅在激浪里救起了很多人。被救起的都已经是家破人亡，一无所有了，陈泥鳅连人家的姓名都没有问，更谈不上要什么酬谢了。在活人身上，他不能讨价；在死人身上，他却是不少要钱的。

人淹死了，尸首找不着。事主家里一不愿等尸首泡胀漂上来，二不愿尸首被"四水捞子"[1]钩得稀烂八糟，这时就会来找陈泥鳅。陈泥鳅不但水性好，且在水中能开眼见物。他就在出事地点附近，察看水流风向，然后一个猛子扎下去，潜入水底，伸手摸触。几个猛子之后，他准能把一个死尸托上来。不过得事先讲明，捞上来给多少酒钱，他才下去。有时讨价还价，得磨半天。陈泥鳅不着急，人反正已经死了，让他在水底多待一会儿没事。

陈泥鳅一辈子没少挣钱，但是他不置产业，一个积蓄

---

[1] "四水捞子"是一种在水中打捞东西的用具，四面有弯钩，状如一小铁锚，而钩尖极锐利。

也没有。他花钱很散漫，有钱就喝酒尿了，赌钱输了。有的时候，也偷偷地周济一些孤寡老人，但嘱咐千万不要说出去。他也不娶老婆。有人劝他成个家，他说："瓦罐不离井上破，大将难免阵头亡。淹死会水的。我见天跟水闹着玩，不定哪天龙王爷就把我请了去。留下孤儿寡妇，我死在阴间也不踏实。这样多好，吃饱了一家子不饥，无牵无挂！"

通湖桥桥洞里发现了一具女尸。怎么知道是女尸？她的长头发在洞口外飘动着。行人报了乡约，乡约报了保长，保长报到地方公益会。桥上桥下，围了一些人看。通湖桥是直通运河大闸的一道桥，运河的水由桥下流进澄子河。这座桥的桥洞很高，洞身也很长，但是很狭窄，只有人的肩膀那样宽。桥以西，桥以东，水面落差很大，水势很急，翻花卷浪，老远就听见訇訇的水声，像打雷一样。大家研究，这女尸一定是从大闸闸口冲下来的，不知怎么会卡在桥洞里了。不能就让她这么在桥洞里堵着。可是谁也想不出办法，谁也不敢下去。

去找陈泥鳅。

陈泥鳅来了，看了看。他知道桥洞里有一块石头，突出一个尖角（他小时候老在洞里钻来钻去，对洞里每一块石头都熟悉）。这女人大概是身上衣服在这个尖角上绊住了。这也是个巧劲儿，要不，这样猛的水流，早把她冲出来了。

"十块现大洋，我把她弄出来。"

"十块？"公益会的人吃了一惊，"你要得太多了！"

"是多了点。我有急用。这是玩命的事！我得从桥洞西口顺水窜进桥洞，一下子把她拨拉动了，就算成了。就这一下。一下子拨拉不动，我就会塞在桥洞里，再也出不来了！你们也都知道，桥洞只有肩膀宽，没法转身。水流这样急，退不出来。那我就只好陪着她了。"

大家都说："十块就十块吧！这是砂锅捣蒜，一锤子！"

陈泥鳅把浑身衣服脱得光光的，道了一声"对不起了！"纵身入水，顺着水流，笔直地窜进了桥洞。大家都捏着一把汗。只听见欻地一声，女尸冲出来了。接着陈泥鳅从东面洞口凌空窜出了水面。大家伙发了一声喊："好水性！"

陈泥鳅跳上岸来，穿了衣服，拿了十块钱，说了声"得罪得罪！"转身就走。

大家以为他又是进赌场、进酒店了。没有，他径直地走进陈五奶奶家里。

陈五奶奶守寡多年。她有个儿子，去年死了，儿媳妇改了嫁，留下一个孩子。陈五奶奶就守着小孙子过，日子很折皱^[1]。这孩子得了急惊风，浑身滚烫，鼻翅扇动，四肢抽搐，陈五奶奶正急得两眼发直。陈泥鳅把十块钱交在她手里，说："赶紧先到万全堂，磨一点羚羊角，给孩子喝了，再抱到王淡人那里看看！"

说着抱了孩子，拉了陈五奶奶就走。

陈五奶奶也不知哪里来的劲，跟着他一同走得飞快。

一九八三年八月一日急就

---

[1] 这是我的家乡话，意思是很困难，很不顺利。

云致秋行状

　　云致秋是个乐天派，凡事看得开，生死荣辱都不太往心里去，要不他活不到他那个岁数。

　　我认识致秋时，他差不多已经死过一次。肺病。很严重了。医院通知了剧团，剧团的办公室主任上他家给他送了一百块钱。云致秋明白啦：这是让我想叫点什么吃点什么呀！——吃！涮牛肉，一天涮二斤。那阵牛肉便宜，也好买。卖牛肉的和致秋是老街坊，"发孩"，又是个戏迷，致秋常给他找票看戏。他知道致秋得的这个病，就每天给他留二斤嫩的，切得跟纸片儿似的，拿荷叶包着，等着致秋来拿。致秋把一百块钱牛肉涮完了，上医院一检查，你猜怎么着：好啦！大夫直纳闷：这是怎么回事呢？致秋说："我的火炉子好！"他说的"火炉子"指的是消化器官。当然他的病也不完全是涮牛肉涮好了的，组织上还让他上小汤山疗养了一阵。致秋说："还是共产党好啊！要不，就凭我，一个唱戏的，上小汤山，疗养——姥姥！"

肺病是好了，但是肺活量小了。他说："我这肺里好些地方都是死膛儿，存不了多少气！"上一趟四楼，到了二楼，他总得停下来，摆摆手，意思是告诉和他一起走的人先走，他缓一缓，一会儿就来。就是这样，他还照样到楼梓庄参加劳动，到番字牌搞四清，上井冈山去体验生活，什么也没有落下。

除了肺不好，他还有个"犯肝阳"的毛病。"肝阳"一上来，两眼一黑，什么都看不见了。他从口袋里摸出一个干辣椒（他口袋里随时都带几个干辣椒）放到嘴里嚼嚼，闭闭眼，一会儿就好了。他说他平时不吃辣，"肝阳"一犯，多辣的辣椒嚼起来也不辣。这病我没听说过，不知是一种什么怪病。说来就来，一会儿又没事了。原来在起草一个什么材料，戴上花镜接茬儿下笔千言离题万里地写下去；原来在给人拉胡琴说戏，把合上的弓子抽开，定定弦，接茬儿说；原来在聊天，接茬儿往下聊。海聊穷逗，谈笑风生，一点不像刚刚犯过病。

致秋家贫，少孤。他家原先开一个小杂货铺，不是唱戏的，是外行。——梨园行把本行以外的人和人家都称为"外行"。"外行"就是不是唱戏的，并无褒贬之意。谁家说了一门亲事，俩老太太遇见了，聊起来。一个问："姑娘家里是干什么的？"另一个回答是干嘛干嘛的，完了还得找补一句："是外行。"为什么要找补一句呢？因为梨园行的嫁娶，大都在本行之内选择。门当户对，知根知底。因此剧团的演员大都沾点亲，"论"得上，"私底下"都按亲戚辈分称呼。这自然会影响到剧团内部人跟人的关系。剧团领导曾召开大会反过这种习气，但是到了还是没有改过来。

致秋上过学，读到初中，还在青年会学了两年英文。他文笔通顺，字也写得很清秀，而且写得很快。照戏班里的说法是写得很"溜"。他有一桩本事，听报告的时候能把报告人讲的话一字不落地记下来。他曾在邮局当过一年练习生，后来才改了学戏。因此他和一般出身于梨园世家的演员有些不同，有点"书卷气"。

原先在致兴成科班。致兴成散了，他拜了于连萱。于先生原先也是"好角"，后来塌了中[1]，就不再登台，在家教戏为生。

那阵拜师学戏，有三种。一种是按月致送束脩的。先生按时到学生家去，或隔日一次，或一个月去个十来次。一种本来已经坐了科，能唱了，拜师是图个名，借先生一点"仙气"，到哪儿搭班，一说是谁谁谁的徒弟，"那没错！"台上台下都有个照应。这就说不上固定报酬了，只

---

[1] 中年嗓子失音，谓之"塌中"。

是三节两寿——五月节，八月节，年下，师父、师娘生日，送一笔礼。另一种，是"写"给先生的。拜师时立了字据。教戏期间，分文不取。学成之后，给先生效几年力。搭了班，唱戏了，头天晚上开了戏份——那阵都是当天开份，戏没有打住，后台管事都把各人的戏份封好了，第二天，原封交给先生。先生留下若干，下剩的给学生。也有的时候，班里为了照顾学生，会单开一个"小份"，另外封一封，这就不必交先生了。先生教这样的学生，是实授的，真教给东西。这种学生叫作"把手"的徒弟。师徒之间，情义很深。学生在先生家早晚出入，如一家人。

　　云致秋很聪明，模仿能力很强，他又有文化，能抄本子，这比口传心授自然学得快得多，于先生很喜欢他。没学几年，就搭班了。他是学"二旦"的，但是他能唱青衣，——一般二旦都只会花旦戏，而且文的武的都能来，《得意缘》的郎霞玉，《银空山》的代战公主，都行。《四郎探母》，他的太后。——那阵班里派戏，都有规矩。比如《探母》，班里的旦角，除了铁镜公主，下来便是萧太后，再下来是四夫人，再下来才是八姐、九妹。谁来什么，都有一定。所开戏份，自有差别。致秋唱了几年戏，不管搭什么班，只要唱《探母》，太后都是他的。

　　致秋有一条好嗓子。据说年轻时扮相不错，——我有点怀疑。他是一副窄长脸，眼睛不大，鼻子挺长，鼻子尖还有点翘。我认识他时，他已经是干部，除了主演忙或领导上安排布置，他不再粉墨登场了。我一共看过他两出戏：《得意缘》和《探母》。他那很多地方是死膛肺里的氧气实在不够使，我看他扮着郎霞玉，拿着大枪在台上一通折腾，不停地呼嗤呼嗤喘气，真够他一呛！不过他还是把一出《得意缘》唱下来了。《探母》那回是"大合作"，在京的有名的须生、青衣都参加了，在中山公园音乐堂。那么多的"好角"，可是他的萧太后还真能压得住，一出场就来个碰头好。观众也有点起哄。一来，他确实有个太后的气派，"身上"，穿着花盆底那两步走，都是样儿；再则，他那扮相实在太绝了。京剧演员扮戏，早就改了用油彩。梅兰芳、程砚秋、尚小云，后来都是用油彩。他可还是用粉彩，鹅蛋粉、胭脂，眉毛描得笔直，樱桃小口一点红，活脱是一幅"同光十三绝"，俨然陈德霖再世。

云致秋到底为什么要用粉彩化妆，这是出于一种什么心理，我一直没有捉摸透。问他，他说："粉彩好看！油彩哪有粉彩精神呀！"这是真话么？这是标新（旧）立异？玩世不恭？都不太像。致秋说："粉彩怎么啦，公安局管吗？"公安局不管，领导上不提意见，就许他用粉彩扮戏。致秋是个凡事从众随俗的人，有的时候，在无害于人，无损于事的情况下，也应该容许他发一点小小的狂。这会使他得到一点快乐，一点满足："这就是我——云致秋！"

致秋有个习惯，说着说着话，会忽然把眉毛、眼睛、鼻子"纵"在一起，嘴唇紧闭；然后又用力把嘴张开，把眼睛鼻子挣回原处。这是用粉彩落下的毛病，小时在科班里，化妆，哪儿给你准备蜜呀，用一大块冰糖，拿开水一沏，师父给你抹一脸冰糖水，就往上扑粉。冰糖水干了，脸上绷得难受，老想活动活动肌肉，好松快些，久而久之，成了习惯，几十年也改不了。看惯了，不觉得。生人见面，一定很奇怪。我曾跟致秋说过："你当不了外交部长！——接见外宾，正说着世界大事，你来这么一下，那怎么行？"致秋说："对对对，我当不了外交部长！——我会当外交部长吗？"

致秋一辈子走南闯北，跑了不少码头，搭过不少班，"傍"过不少名角。他给金少山、叶盛章、唐韵笙都挎过刀[1]。他会的戏多，见过的也多，记性又好，甭管是谁家的私房秘本，什么四大名旦，哪叫麒派、马派，什么戏缺人，他都来顶一角，而且不用对戏，拿起来就唱。他很有戏德，在台上保管能把主角傍得严严实实，不撒汤，不漏水，叫你唱得舒舒服服。该你得好的地方，他事前

---

[1] 当主要配角，叫作"挎刀"。

给你垫足了，主角略微一使劲，"好儿"就下来了；主角今天嗓音有点失润，他也能想法帮你"遮"过去，不特别"卯上"，存心"啃"你一下。临时有个演员，或是病了，或是家里出了点事，上不去，戏都开了，后台管事急得乱转："云老板，您来一个！""救场如救火"，甭管什么大小角色，致秋二话不说，包上头就扮戏。他好说话。后台嘱咐"马前"，他就可以掐掉几句；"马后"，他能在台上多"绷"一会儿。有一次唱《桑园会》，老生误了场，他的罗敷，愣在台上多唱出四句大慢板！——临时旋编词儿。一边唱，一边想，唱了上句，想下句。打鼓佬和拉胡琴的直纳闷：他怎还唱呀！下来了，问他："您这是哪一派？"——"云派！"他聪明，脑子快，能"钻锅"，没唱过的戏，说说，就上去了，还保管不会出错。他台下人缘也好。从来不"拿糖"、"吊腰子"。为了戏份、包银不合适，临时把戏"砍"下啦，这种事他从来没干过。戏班里的事，也挺复杂，三叔二大爷，师兄，师弟，你厚啦，我薄啦，你鼓啦，我瘪啦，仨一群，俩一伙，你踩和我，我挤兑你，又合啦，又"咧"啦……经常闹纠纷。常言说："宁带千军，不带一班。"这种事，致秋从来不往里掺和。戏班里流传两句"名贤集"式的处世格言，一是"小心干活，大胆拿钱"，一是"不多说，不少道"，致秋是身体力行的。他爱说，但都是海聊穷逗，从不钩心斗角，播弄是非。因此，从南到北，都愿意用他，来约的人不少，他在家赋闲当"散仙"的时候不多。

他给言菊朋挂过二牌，有时在头里唱一出，也有时陪着言菊朋唱唱《汾河湾》一类的"对儿戏"。这大概是云致秋的艺术生涯登峰造极的时候了。

我曾问过致秋："你为什么不自己挑班？"致秋说："有人撺掇过我。我也想过。不成，我就这半碗。唱二路，我有富裕，挑大梁，我不够。不要小鸡吃绿豆，强努。挑班，来钱多，事儿还多哪。挑班，约人，处好了，火炉子，热烘烘的；处不好，'虱子皮袄'，还得穿它，又咬得慌。还得到处请客、应酬、拜门子，我淘不了这份神。这样多好，我一个唱二旦的，不招风，不惹事。黄金荣、杜月笙、袁良、日本宪兵队，都找寻不到我头上。得，有碗醋卤面吃就行啦！"

致秋在外码头搭班唱戏了，所得包银，就归自己了。不过到哪儿，回北京，总得给于先生带回点什么。于先生病故，他出钱买了口好棺材，披麻戴孝，致礼尽哀。

攒了点钱，成了家。媳妇相貌平常，但是性情温厚，待致秋很好，净变法子给他做点好吃的，好让他的"火炉子"烧得旺旺的。

跟云致秋在一起，待一天，你也不会闷得慌。他爱聊天，也会聊，他的聊天没有什么目的。聊天还有什么目的？有。有人爱聊，是在显示他的多知多懂。剧团有一位就是这样，他聊完了一段，往往要来这么几句："这种事你们哪知道啊！爷们，学着点吧！"致秋的爱聊，只是反映出他对生活，对人，充满了近于童心的兴趣。致秋聊天，极少臧否人物。"闲谈莫论人非"，他从不发人阴私，传播别人一点不大见得人的秘闻，以博大家一笑。有时说到某人某事，也会发一点善意的嘲笑，但都很有分寸，绝不流于挖苦刻薄。他的嘴不损。他的语言很生动，但不装腔作势，故弄玄虚。有些话说得很逗，但不是"膈肢"人，不"贫"。他走南闯北，知道的事情很多，而且每个细节都记得非常清楚，——这真是一种少有的才能，一个小说家必备的才能！这事发生在哪一年，那年洋面多少钱一袋；是樱桃、桑葚下来的时候，还是韭花开的时候，一点错不了。我写过一个关于裘盛戎的剧本，把初稿送给他看过，为了核对一些事实，主要是盛戎到底跟杨小楼合唱过《阳平关》没有。他那时正在生病，给我写了一个字条：

　　盛戎和杨老板合演《阳平关》实有其事。

　　那是一九三五年，盛戎二十，我十七。在华乐。

　　那天杨老板的三出。头里一出是朱琴心的《采花赶府》（我的丫鬟）。盛戎那时就有观众，一个引子满堂好。……

这大概是致秋留在我这里的唯一的一张"遗墨"了。头些日子我翻出来看过，不胜感慨。

致秋是北京解放后戏曲界第一批入党的党员。在第一届戏曲演员讲习会的时候就入党了。他在讲习会表现好，他有文化，接受新事物快。许多闻所未闻的革命道理，他听来很新鲜，但是立刻就明白了，"是这么个理儿！"许多老艺人对"猴变人"，怎么也想不通。在学习"谁养活谁"时，很多底包演员一死儿认定了是"角儿"养活了底包。他就掰开揉碎地给他们讲，他成了一个实际上的学习辅导员，——虽然讲了半天，很多老艺人还是似通不通。解放，对于云致秋，真正是一次解放，他的翻身感是很强烈的。唱戏的不再是"唱戏低"了，不是下九流了。他一辈子傍角儿。他和挑班的角儿关系处得不错，但他毕竟是个唱二旦的，不能和角儿平起平坐。"是龙有性"，角儿都有角儿的脾气。角儿今天脸色不好，全班都像顶着个雷。入了党，致秋觉得精神上长了一块，打心眼儿里痛快。"从今往后，我不再傍角儿！我傍领导！傍组织！"

他回剧团办过扫盲班。这个"盲"真不好扫呀。

舞台工作队有个跟包打杂的，名叫赵旺。他本叫赵旺财。《荷珠配》里有个家人，叫赵旺，专门伺候员外吃饭。员外后来穷了，还是一来就叫"赵旺！——我要吃饭了"。"赵旺"和"吃饭"变成了同义语。剧团有时开会快到中午了，有人就提出："咱们该赵旺了吧！"这就是说：该吃饭。大家就把赵旺财的财字省了，上上下下都叫他赵旺。赵旺出身很苦（他是个流浪孤儿，连自己的出生年月都不知道），又是"工人阶级"，"文化大革命"中就成了几个战斗组争相罗致的招牌，响当当的造反派。

就是这位赵旺老兄，曾经上过扫盲班。那时扫盲没有新课本，还是沿用"人手足刀尺"。云致秋在黑板上写了个"足"字，叫赵旺读。赵旺对着它相了半天面。旁边有个演员把脚伸出来，提醒他。赵旺读出来了："鞋！"云致秋摇摇头。那位把鞋脱了，赵旺又读出来了："哦，袜子。"云致秋又摇摇头。那位把袜子也脱了，赵旺大声地读了出来："脚巴丫子！"

（云致秋想：你真行！一个字会读成四个字！）

扫盲班结束了，除了赵旺，其余的大都认识了不少字，后来大都能看《北京晚报》了。

后来，又办了一期学员班。

学员班只有三个人是脱产的，都是从演员里抽出来的，一个贾世荣，是唱里子老生的，一个云致秋，算是正副主任。还有一个看功的老师马四喜。

马四喜原是唱武花脸的，台上不是样儿，看功却有经验。他父亲就是在科班里抄功的。他有几个特点。一是抽关东烟，闻鼻烟，绝对不抽纸烟。二是肚子里很宽，能读《三列国》，《永庆升平》《三侠剑》，倒背如流。另一个特点是讲话爱用成语，又把成语的最后一个字甚至几个字"歇"掉。他在学员练功前总要讲几句话：

"同志们，你们可都是含苞待，大家都有绵绣前！这练功，一定要硬砍实，可不能偷工减！千万不要少壮不，将来可就要老大徒啦！——踢腿！走！"

贾世荣是个慢性子，什么都慢。台上一场戏，他一上去，总要比别人长出三五分钟。他说话又喜欢咬文嚼字，引经据典。所据经典，都是戏。他跟一个学员谈话，告诫他不要骄傲："可记得关云长败走麦城之故耳？……"下面就讲开了《走麦城》。从科班到戏班，除此以外，他哪儿也没去过。不知道谁的主意，学员班要军事化。他带操，"立正！报数！齐步走！"这都不错。队伍走到墙根了，他不叫"左转弯走"或"右转弯走"，也不知道叫"立定"，一下子慌了，就大声叫："吁……！"云致秋和马四喜也跟在队后面走。马四喜炸了："怎么碴！把我们全当成牲口啦！"

贾世荣和马四喜各执其事，不负全面责任，学员班的一切行政事务，全面由云致秋一个人操持。借房子，招生，考试，政审，请教员。谁的五音不全，谁的上下身不合。谁正在倒仓，能倒过来不能。谁的半月板扭伤了，谁撕裂了韧带，请大夫，上医院。男生干架，女生斗嘴……事无巨细，都得要管。每天还要说戏。凡是小嗓的，他全包了，青衣、花旦、刀马，唱做念打，手眼身法步，一招一式地教。

学员班结业，举行了汇报演出。剧团的负责人，主要演员都到场看了，——一半是冲着云致秋的面子去的。"咱们捧捧致秋！办个学员班，不易！"——"捧捧！"党委书记讲话，说学员班办得很有成绩，为剧团输送了新的血液。实际上是输送了一些"院子过道"、宫女丫鬟。真能唱一出的，没有两个。当初办学员班，目的就在招"院子过道"，宫女丫鬟，没打算让他们唱一出。这一期学员，后来在"文化大革命"中可没少热闹。

致秋后来又当了一任排练科长。排练科是剧团最敏感的部门。演员们说，剧团只有两件事是"过真格"的。一是"拿顶"。"拿顶"就是领工资，——剧团叫"开支"。过去领工资不兴签字，都要盖戳。戳子都是字朝下，如拿顶，故名"戳子拿顶"。一简化，就光剩下"拿顶"了。"嗨，快去，拿顶来！"另一件，是排戏。一个演员接连排出几出戏，观众认可了，嘈嘈嘈，就许能红了。几年不演戏，

· 256 ·

本来有两下子的，就许窝了回去。给谁排啦，不给谁排啦；派谁什么角色啦，讨俏不讨俏，费力不费力，广告上登不登，戏单上有没有名字……剧团到处喊喊喳喳，交头接耳，咬牙跺脚，两眼发直，整天就是这些事儿。排练科长，官不大，权不小。权这个东西是个古怪东西。人手里有它，就要变人性。说话调门儿也高啦，用的字眼儿也不同啦，神气也变啦。谁跟我不错，"好，有在那里！"谁得罪过我，"小子，你等着吧，只要我当一天科长，你就甭打算痛快！"因此，两任排练科长，没有不招恨的。有人甚至在死后还挨骂："×××，真他妈不是个东西！"云致秋当了两年排练科长，风平浪静。他排出来的戏码，定下的"人位"（戏班把分派角色叫作"定人位"），一碗水端平，谁也挑不出什么来。有人给他家装了一条好烟，提了两瓶酒，几斤苹果，致秋一概婉词拒绝："哥们！咱们不兴这个！我要不想抽您那条大中华，喝您那两瓶西凤，我是孙子！可我现在在这个位置上，不能让人戳我的脊梁骨。您拿回去！咱们天知地知，你知我知，就当没有这回事！"

后来致秋调任了办公室副主任，——主任是贾世荣。

他这个副主任没地儿办公。办公室里会计、出纳、总务、打字员，还有贾主任独据一张演《林则徐》时候特制的维多利亚时代硬木雕花的大写字台（剧团很多家具都是舞台上撤下来的大道具），都满了。党委办公室还有一张空桌子，"得来，我就这儿就乎就乎吧！"我们很欢迎他来，他来了热闹。他不把我们看成"外行"，对于从老解放区来的，部队下来的，老郭、老吴、小冯、小梁，还有像我这样的"秀才"，天生来有一种好感。我们很谈得来。他事实上成了党委会的一名秘书。党委和办公室的工作原也不大划得清。在党委会工作的几个人，没有十分明确的分工。有了事，大家一齐动手；没事，也可以瞎聊。致秋给自己的工作概括成为四句话：跑跑颠颠，上传下达，送往迎来，喜庆堂会。

　　党委会经常要派人出去开会。有的会，谁也不愿去，就说："嗨，致秋，你去吧！""好，我去！"市里或区里布置春季卫生运动大检查、植树、"交通安全宣传周"，以及参加刑事杀人犯公审（公审后立即枪决）……这都是他的事。回来，传达。他的笔记记得非常详细，有闻必录。让他念念笔记，他开始念了："张主任主持会议。张主任说：'老王，你的糖尿病好了一点没有？'……"问他会议的主要精神是什么，什么是张主任讲话的要点，答曰："不知道。"他经常起草一些向上面汇报的材料，翻翻笔记本，摊开横格纸就写，一写就是十来张。写到后来，写不下去了，就叫我："老汪，你给我瞧瞧，我这写的是什么呀？"我一看：逦逦啦啦，噜苏重复，不知所云。他写东西还有个特点，不分段，从第一个字到末一个句号，一气到底，一大篇！经常得由我给他"归置归置"，重新整理一遍。他看了说："行！你真有两下。"我说："你写之前得先想想，想清楚再写呀。李笠翁说，要袖手于前，才能疾书于后哪！"——"对对对！我这是疾书于前，袖手于后！写到后来，没了辙了！"

他的主要任务，实际是两件。一是做上层演员的统战工作。剧团的党委书记曾有一句名言：剧团的工作，只要把几大头牌的工作做好，就算搞好了一半（这句话不能算是全无道理，可是在"文化大革命"中成为群众演员最为痛恨的一条罪状）。云致秋就是搞这种工作的工具。另一件，是搞保卫工作。

致秋经常出入于头牌之门，所要解决的都是些难题。主要演员彼此常为一些事情争，争剧场（谁都愿上工人俱乐部、长安、吉祥，谁也不愿去海淀，去圆恩寺……），争日子口（争节假日，争星期六、星期天），争配角，争胡琴，争打鼓的。致秋得去说服其中的一个顾全大局，让一让。最近"业务"不好，希望哪位头牌把本来预订的"歇工戏"改成重头戏；为了提拔后进，要请哪位头牌"捧捧"一个青年演员，跟她合唱一出"对儿戏"；领导上决定，让哪几个青年演员"拜"哪几位头牌，希望头牌能"收"他们……这些等等，都得致秋去说。致秋的工作方法是进门先不说正事，三叔二舅地叫一气，插科打诨，嘻嘻哈哈，然后才说："我今儿来，一来是瞧瞧您，再，还有这么档事……"他还有一个偏方，是走内线。不找团长（头牌都是团长、副团长），却找"团太"。这是戏班里兴出来的特殊称呼，管团长的太太叫"团太"。团太知道他无事不登三宝殿，有时绷着脸："三婶今儿不高兴，给三婶学一个！"致秋有一手绝活：学人。甭管是台上、台下，几个动作，神情毕肖。凡熟悉梨园行的，一看就知道是谁。他经常学的是四大须生出场报名，四人的台步各有特色，音色各异，对比鲜明。"漾（杨）抱（宝）森"（声音浑厚，有气无力）；"谭富音（英）"（又高又急又快，"英"字抵腭不穿鼻，读成"鬼音"）；"奚啸伯"（嗓音很细，"奚"、"啸"皆读尖字，"伯"字读为入声）；"马——连——良呃！"（吊儿郎当，满不在乎）。逗得三婶哈哈一乐："什么事？说吧！"致秋把事情一说。"就这么点事儿呀？嘻！没什么大不了的！行了，等老头子回来，我跟他说说！"事情就算办成了。

党委会的同志对他这种做法很有意见。有时小冯或小梁跟他一同去，出了门就跟他发作："云致秋！你这是干什么！——小丑！"——"是小丑！咱们不是为把这点事办圆全了吗？这是党委交给我的任务，我有什么办法？你当我愿意哪！"

云致秋上班有两个专用的包。一个是普通双梁人造革黑提包，一个是带拉链、有一把小锁的公文包。他一出门，只要看他的自行车把上挂的是什么包，就知道大概是上哪里去。如果是双梁提包，就不外是到区里去，到文化局或市委宣传部去。如果是拉锁公文包，就一定是到公安局去。大家还知道公文包里有一个蓝皮的笔记本。这笔记本是编了号的，并且每一页都用打号机打了页码。这里记的都是有关治安保卫的材料。材料有的是公安局传达的，有的是他向公安局汇报的。这些笔记本是绝对保密的。他从公安局开完会，立刻回家，把笔记本锁在一口小皮箱里。云致秋那么爱说，可是这些笔记本里的材料，他绝对守口如瓶，没有跟任何人谈过。谁也不知道这里面写的是什么，不少人都很想知道。因为他们知道这些材料关系到很多人的命运。出国或赴港演出，谁能去，谁不能去；谁不能进人民大会堂，谁不能到小礼堂演出；到中南海给毛主席演戏，名单是怎么定的……这些等等，云致秋的小本本都起着作用。因为那只拉锁公文包和包里的蓝皮笔记本，使很多人暗暗地对云致秋另眼相看，一看见他蹬上车，车把上挂着那个包，就彼此努努嘴，暗使眼色。这些笔记本，在云致秋心里，是很有分量的。他感到党对自己的信任，也为此觉得骄傲，有时甚至有点心潮澎湃，壮怀激烈。

因为工作关系，致秋不但和党委书记、团长随时联系，和文化局的几位局长也都常有联系。主管戏曲的、主管演出的和主管外事的副局长，经常来电话找他。这几位局长的办公室、家里，他都是推门就进。找他，有时是谈工作，有时是托他办点私事，——在全聚德订两只烤鸭，到前门饭店买点好烟、好酒……有时甚至什么也不为，只是找他来瞎聊，解解闷（少不得要喝两盅）。他和局长们虽未到了称兄道弟的程度，但也可以说是"忘形到尔汝"了。他对局长，从来不称官衔，人前人后，都是直呼其名。他在局长们面前这种自由随便的态度很为剧团许多演员所羡慕，甚至嫉妒。他们很纳闷：云致秋怎么能和头儿们混得这样熟呢？

　　致秋自己说的"四大任务"之一的"喜庆堂会"，不是真的张罗唱堂会——现在还有谁家唱堂会呢？第一是张罗拜师。有一阵戏曲界大兴拜师之风。领导上提倡，剧团出钱。只要是看来有点出息的演员，剧团都会由一个老演员把他（她）们带着，到北京来拜一个名师。名演员哪有工夫教戏呀？他们大都有一个没有嗓子可是戏很熟的大徒弟当助教。外地的青年演员来了，在北京住个把月，跟着大师哥学一两出本门的戏，由名演员的琴师说说唱腔，临了，走给老师看看，老师略加指点，说是"不错！"这就高高兴兴地回去，在海报上印上"×××老师亲授"

字样，顿时身价十倍，提级加薪。到北京来，必须有人"引见"。剧团的老演员很多都是先投云致秋，因为北京的名演员的家里，致秋哪家都能推门就进。拜师照例要请客。文化局的局长、科长，剧团的主要演员、琴师、鼓师，都得请到。云致秋自然少不了。致秋这辈子经手操办过的拜师仪式，真是不计其数了。如果你愿意听，他可以给你报一笔总账，保管落不下一笔。

致秋忙乎的另一件事是帮着名角办生日。办生日不过是借名请一次客。致秋是每请必到，大都是头一个。他既是客人，也一半是主人，——负责招待。他是不会忘记去吃这一顿的，名角们的生辰他都记得烂熟。谁今年多大，属什么的，问他，张口就能给你报出来。

我们对致秋这种到处吃喝的作风提过意见。他说："他们愿意请，不吃白不吃！"

致秋火炉子好，爱吃喝，但平常家里的饭食也很简单。有一小包天福号的酱肘子，一碟炒麻豆腐，就酒菜、饭菜全齐了。他特别爱吃醋卤面。跟我吹过几次，他一做醋卤，半条胡同都闻见香。直到他死后，我才弄清楚醋卤面是一种什么面。这是山西"吃儿"（致秋原籍山西）。我问过山西人，山西人告诉我："嘻！茄子打卤，搁上醋！"这能好吃到哪里去么？然而我没能吃上致秋亲手做的醋卤面，想想还是有些怅然，因为他是诚心请我的。

"文化大革命"一来，什么全乱了。

京剧团是个凡事落后的地方，这回可是跑到前面去了。一夜之间，剧团变了模样。成立了各色各样，名称奇奇怪怪的战斗组。所有的办公室、练功厅、会议室、传达室，甚至堆煤的屋子、烧暖气的锅炉间、做刀枪靶子的作坊……全都给瓜分占领了。不管是什么人，找一个地方，打扫一番，搬来一些箱箱柜柜，都贴了封条，在门口挂出一块牌子，这就是他们的领地了。——只有会计办公室留下了，因为大家知道每个月月初还得"拿顶"，得有个地方让会计算账。大标语，大字报，高音喇叭，语录歌，五颜六色，乱七八糟。所有的人都变了人性。"小心干活，大胆拿钱"，"不多说，不少道"，全都不时兴了。平常挺斯文的小姑娘，会站在板凳上跳着脚跟人辩论，口沫横飞，满嘴脏字，完全成了一个泼妇。连贾世荣也上台发言搞大批判了。不过他批远不批近，不批团领导、局领导，他批刘少奇，批彭真。他说的都是报上的话，但到了他嘴里都有点"上韵"的味道。他批判这些大头头，不用"反革命修正主义"之类的帽子，他一律称之为"×× 老儿"！云致秋在下面听着，心想：真有你的！大家听着他满口"×× 老儿"，都绷着。一个从音乐学院附中调来的弹琵琶的女孩终于忍不住噗嗤一声笑出来了。有一回，他又批了半天"×× 老儿"，下面忽然有人大声嚷嚷："去你的'××老儿'吧！你给他们捧的臭脚还少哇！——下去啵你！"这是马四喜。从此，贾世荣就不再出头露面。他自动地走进了牛棚。进来跟"黑帮"们抱拳打招呼，说："我还是这儿好。"

从学员班毕业出来的这帮小爷可真是神仙一样的快活。他们这辈子没有这样自由过，没有这样随心所欲，想干什么就干什么过。他们跟社会上的造反团体挂钩，跟"三司"，跟"西纠"，跟"全艺造"，到处拉关系。他们学得很快。社会上有什么，剧团里有什么。不过什么事到了他们手里，就都还有所发明，有所创造，有所前进，就都带上了京剧团的特点，也更加闹剧化。京剧团真是藏龙卧虎哇！一下子出了那么多司令、副司令，出了那么多理论家，出了那么多笔杆子（他们被称为刀笔）和那么多"糨子手"。——这称谓是京剧团以外所没有的，即专门刷大字报糨糊的。戏台上有"牢子手"、"刽子手"，专刷糨子的于是被称为"糨子手"。赵旺就是一名"糨子手"。外面兴给黑帮挂牌子了，他们也挂！可是他们给黑帮挂的牌子却是外面见不到的：《拿高登》里的石锁，《空城计》诸葛亮抚的瑶琴，《女起解》苏三戴的鱼枷。——这些"砌末"上自然都写了黑帮的姓名过犯。外面兴游街，他们也得让黑帮游。几个战斗组开了联席会议，会上决定，给黑帮"扮上"：给这些"敌人"勾上阴阳脸，戴上反王盔，插一根翎子，穿上各色各样古怪戏装，让黑帮打着锣，自己大声报名，谁声音小了，就从后腰眼狠狠地杵一锣槌。

马四喜跟这些小将不一样。他一个人成立一个战斗组。他这个战斗组随时改换名称，这些名称多半与"独"字有关，一会儿叫"独立寒秋战斗组"，一会儿叫"风景这边独好战斗组"。用得较久的是"不顺南不顺北战士"（北京有一句俗话："骑着城墙骂鞑子，不顺南不顺北"）。团里分为两大派，他哪一派不参加，所以叫"不顺南不顺北"。他上午睡觉。下午写大字报。天天写，谁都骂，逮谁骂谁。晚上是他最来精神的时候。他自愿值夜，看守黑帮。看黑帮，他并不闲着，每天找一名黑帮"单个教练"。他喝完了酒，沏上一壶酽茶，抽上关东烟，就开始"单个教练"了。所谓"单个教练"，是他给黑帮上课，讲马列主义。黑帮站着，他坐着。一教练就是两个小时，从十二点到次日凌晨两点，准时不误。

（不知道为什么，他没有把我叫去"教练"过，因此，我不知道他讲马列主义时是不是也是满口的歇后成语。要是那样，那可真受不了！）

云致秋完全懵了。他从旧社会到新社会形成的、维持他的心理平衡的为人处世哲学彻底崩溃了。他不但不知道怎么说话，怎么待人，甚至也不知道怎么思想。他习惯了依靠组织，依靠领导，现在组织砸烂了，领导都被揪了出来。他习惯于有事和同志们商量商量，现在同志们一个个都难于自保，谁也怕担干系，谁也不给谁拿什么主意。他想和老伴谈谈，老伴吓得犯了心脏病躺在床上，他什么也不敢跟她说。他发现他是孤孤仃仃一个人活在这个乱糟糟的世界上，这可真是难哪！每天都听到熟人横死的消息。言慧珠上吊了（他是看着她长大的）。叶盛章投了河（他和他合演过《酒丐》）。侯喜瑞一对爱如性命的翎子叫红卫兵撅了（他知道这对翎子有多长）。裘盛戎演《姚期》的白满叫人给铰了（他知道那是多少块现大洋买的）。……"今夜脱了鞋，不知明天来不来"。谁也保不齐今天会发生什么事。过一天，算一日！云致秋倒不太担心被打死，他担心被打残废了，那可就恶心了！每天他还得上团里去。老伴每天都嘱咐："早点回来！"——"晚不了！"每天回家，老伴都得问一句："回来了？——没什么事？"——"没事。全须全尾！——吃饭！"好像一吃饭，他今天就胜利了，这会儿至少不会有人把他手里的这杯二锅头夺过去泼在地上！不过，他喝着喝着酒，又不禁重重地叹气："唉！这乱到多会儿算一站？"

云致秋在"文化大革命"中做了三件他在平时绝不会做的事。这三件事对致秋以后的生活产生了相当深远的影响。

一件是揭发批判剧团的党委书记。他是书记的亲信，书记有些直送某某首长"亲启"的机密信件都是由致秋用毛笔抄写出的。他不揭发，就成了保皇派。他揭发了半天，下面倒都没有太强烈的反应，有一个地方，忽然爆发出哄堂的笑声。致秋说："你还叫我保你！——我保你，谁保我呀！"这本来是一句大实话，这不仅是云致秋的真实思想，也是许多人灵魂深处的秘密，很多人"造反"其实都是为了保住自己。不过这种话怎么可以公开地，在大庭广众之前说出来呢？于是大家觉得可笑，就大声地笑了，笑得非常高兴。他们不是笑自己的自私，而是笑云致秋的老实。

第二件，是他把有关治安保卫工作的材料，就是他到公安局开会时记了本团有关人事的蓝皮笔记本，交出去了。那天他下班回家，正吃饭，突然来了十几个红卫兵："云致秋！你他妈的还喝酒！跪下！"红卫兵随即展读了一道"勒令"，大意谓：云致秋平日专与人民为敌，向反动的公检法多次提供诬陷危害革命群众的黑材料。是可忍熟（原文如此）不可忍。云致秋必须立即将该项黑材料交出，否则后果自负。"后果自负"是具有很大威力的恐吓性的词句，云致秋糊里糊涂地把放这些材料的皮箱的钥匙交给了革命群众。革命群众拿到材料，点点数目，几个人分别装在挎包里，登上自行车，呼啸而去。

第二天上班，几个党员就批评他。"这种材料怎么可以交出去？"——"他们说这是黑材料。"——"这是黑材料吗？你太软弱了！如果国民党来了，你怎么办！你还算个党员吗？"——"我怕他们把我媳妇吓死。"这也是一句实情话，可是别人是不会因此而原谅他的。当时事情也就过去了，后来到整党时，他为这件事多次通不过，他痛哭流涕地检查了好多回。他为这件事后悔了一辈子。他知道，以后他再也不适合干带机要性质的工作了。

第三件，是写了不少揭发材料，关于局领导的，团领导的。这些材料大都不是什么重大政治问题，都是些鸡毛蒜皮的生活小事。但是这些材料都成了斗争会上的炮弹，虽然打不中要害，但是经过添油加醋，对"搞臭"一个人却有作用。被批判的人心里明白，这些材料是云致秋提供的，只有他能把时间、地点、事情的经过记得那样清楚。

除了陪着黑帮游了两回街，听了几次马四喜的"单个教练"，云致秋在"文化大革命"中没有受太大的罪。他是旧党委的"黑班底"，但够不上是走资派，他没有进牛棚，只是由革命群众把他和一些中层干部集中在"干部学习班"学习，学毛选，写材料。后来两派群众热衷于打派仗，也不大管他们，他觉得心里踏实下来，在没人注意他们时，他又悄悄传播一些外面的传闻，而且又开始学人、逗乐了。干部学习班的空气有时相当活跃。

云致秋"解放"得比较早。

成立了革委会。上面指示：要恢复演出。团里的几出样板戏，原来都是云致秋领着到样板团去"刻模子"刻出来的，他记性好，能把原剧复排出来。剧中有几个角色有政治问题，得由别人顶替，这得有人给说。还有几个红五类的青年演员要培养出来接班。军代表、工宣队和革委会的委员们一起研究：还得把云致秋"请"出来。说是排戏，实际上是教戏。

云致秋爱教戏，教戏有瘾，也会教。有的在北京、天津、南京已经颇有名气的演员，有时还特意来找云致秋请教，不管哪一出，他都能说出个么二三，官中大路是怎样的，梅在哪里改了改，程在哪里走的是什么，简明扼要，如数家珍。单是《长坂坡》的"抓帔"，我就见他给不下七八个演员说过。只要高盛麟来北京演出《长坂坡》，给盛麟配戏的旦角都得来找致秋。他教戏还是有教无类，什么人都给说。连在党委会工作的小梁，他都愣给她说了一出《玉堂春》，一出《思凡》。

不过培养这几个红五类接班人，可把云致秋给累苦了。这几个接班人完全是"小老斗"[1]，连脚步都不会走，

---

[1] 未经过严格训练，一举一动都不是样儿，叫作"老斗"。

致秋等于给她们重新开蒙。他给她们"掰扯"嘴里,"抠喔"身上,得给她们说"范儿"。"要先有身上,后有手","劲儿在腰里,不在肩膀上","先出左脚,重心在右脚,再出右脚,把重心移过来"……他帮她们找共鸣,纠正发音位置,哪些字要用丹田,哪些字"嘴里唱"就行了。有一个演员嗓音缺乏弹性,唱不出"擞音",声音老是直的,他恨不得钻进她的嗓子,提搂着她的声带让它颤动。好不容易,有一天,这个演员有了一点"擞",云致秋大叫了一声:"我的妈呀,你总算找着了!"致秋一天三班,轮番给这几位接班人说戏,每说一个"工时",得喝一壶开水。

致秋教学生不收礼,不受学生一杯茶。剧团有这么一个不成文的规矩,老师来教戏,学生得给预备一包好茶叶。先生把保温杯拿出来,学生立刻把茶叶折在里面,给沏上,闷着。有的老师就有一个杯子由学生保存,由学生在提兜里装着,老师来到,茶已沏好。致秋从不如此,他从来是自己带着一个"瓶杯"——玻璃水果罐头改制的,里面装好了茶叶。他倒有几个很好看的杯套,是女生用玻璃丝编了送他的。

于是云致秋又成了受人尊敬的"云老师","云老师"长,"云老师"短,叫得很亲热。因为他教学有功,几出样板戏都已上演,有时有关部门招待外国文化名人的宴会,他也收到请柬。他的名字偶尔在报上出现,放在"知名人士"类的最后一名。"还有知名人士×××、×××、云致秋。"干部学习班的"同学"有时遇见他，便叫他"知名人士"，云致秋："别逗啦！我是'还有'！"

在云致秋又"走正字"的时候，他得了一次中风，口眼歪斜。他找了小孔。孔家世代给梨园行瞧病，演员们都很信服。致秋跟小孔大夫很熟。小孔说："你去找两丸安宫牛黄来，你这病，我包治！"两丸安宫牛黄下去，吃了几剂药，真好了。致秋拄了几天拐棍，后来拐棍也扔了，他又来上班了。

"致秋，又活啦！"

"又活啦。我寻思这回该上八宝山了，没想到，到了五棵松，我又回来啦！"

"还喝吗？"

"还喝！——少点。"

打倒"四人帮"，百废俱兴，政策落实，没想到云致秋倒成了闲人。

原来的党委书记兼团长调走了。新由别的剧团调来一位党委书记兼团长。辛团长（他姓辛）和云致秋原来也是老熟人，但是他带来了全部班底，从副书记到办公室，政工、行政各部门的主任、会计出纳、医务室的大夫，直到扫楼道的工人、看传达室的……他没有给云致秋安排工作。局里的几位副局长全都"起复"了，原来分工干什么的还干什么。有人劝致秋去找找他们，致秋说："没意思。"这几位头头，原来三天不见云致秋，就有点想他。现在，他们想不起他来了。局长们的胸怀不会那样狭窄，他们不会因为致秋曾经揭发过他们的问题而耿耿于怀，只是他们对云致秋的感情已经很薄了。有时有人在他们面前提起致秋，他们只是淡淡地说："云致秋，还是那么爱逗吗？"

致秋是个热闹惯了、忙活惯了的人，他闲不住。闲着闲着，就闲出病来了。病走熟路，他那些老毛病挨着个儿来找他，他于是就在家里歇病假，哪儿也不去。他的工资还是团里领，每月月初，由他的女儿来"拿顶"，他连团里大门也不想迈。

他的老伴忽然死了，死于急性心肌梗死。这对于致秋的打击是难以想象的。他整个地垮了。在他老伴的追悼会上，他站不起来，只是瘫坐在一张椅子里，不停地流泪。熟人走过，跟他握手，他反复地说："我完了！我完了！"老伴火化了，他也就被送进了医院。

他出院后，我和小冯、小梁去看他。他精神还好，见了我们挺高兴。

"哎呀，你们几位还来呀！——我这儿现在没有什么人来了！"

我们给他带了一点水果，一只烧鸡，还有一瓶酒。他用手把烧鸡撕开，喝起来。

喝着酒，他说："老汪，小冯，小梁，我告诉你们，我活不了多久了。"

我们都说："别瞎说！你现在挺好的。"

"不骗你们！这一阵我老是做梦，梦见我媳妇。昨儿夜里还梦见。我出外，她送我。跟真事一模一样。那年，李世芳坐飞机摔死那年，我要上青岛去。下大雨。前门火车站前面水深没脚脖子。她蹚着水送我。火车快开了，她说：'咱们别去了！咱们不挣那份钱！'那回她是这么说来着。一样！清清楚楚，说话的声音，神气！快了，我们就要见面了。"

小冯说："你是一个人在家里闷的，胡思乱想！身体再好些，外边走走，找找熟人，聊聊！"

"我原说我走在她头里，没想到她倒走在我头里。一辈子的夫妻，没红过脸。现在我要换衣服，得自己找了。——我女儿她们不知道在哪儿。这是怎么话说的，就那么走了！"

又喝了两杯酒，他说，像是问我们，又像是自言自语：

"我这也是一辈子。我算个什么人呢？"

小冯调到戏校管人事，她和戏校的石校长说：

"云致秋为什么老让他闲着？他还能发挥作用。咱们还缺教员，是不是把他调过来？"

石校长一听，立刻同意："这个人很有用！他们不要，我们要！你就去办这件事！"

小冯找到致秋，致秋欣然同意。他说："过了冬天，等我身体好一点，不太喘了，就去上班。"

我因事到南方去转了一圈，回来时，听小梁说："云致秋死了。"

"什么病？"

"他的病多了！前一阵他觉得身体好了些，想到戏校上班。别人劝他再休息休息。他弄了一架录音机，对着录音机说戏，想拿到戏校给学生先听着。接连说了五天，第六天，不行了。家里没有人。邻居老关发现了，赶紧叫了几个人，弄了一辆车，把他送到医院，到了医院，已经没有脉了。他在车上人还清楚，还说了一句话：'给我一条手绢'。车上人很急乱，他的声音很小，谁也没注意，只老关听见了。"

这时候，他要一条手绢干什么？"给我一条手绢"是他最后说的一句话，但是这大概不能算是"遗言"。

要给致秋开追悼会。我们几个人算是他的老战友了，大家都说："去，一定去！别人的追悼会可以不去，致秋的追悼会一定得去！"

我们商量着要给致秋送一副挽联。我想了想，拟了两句。小梁到荣宝斋买了两张云南宣，粘接好了，我试了试笔，就写起来：

跟着谁，傍着谁，立志甘当二路角；

会几出，教几出，课徒不受一杯茶。

大家看了，都说："贴切。"

论演员，不过是二路；论职务，只是办公室副主任和戏校教员，我们知道，致秋的追悼会的规格是不会高的，——追悼会也讲规格，真是叫人丧气！但是没有想到会是这样凄惨。来的人很少。一个小礼堂，稀稀落落地站了不满半堂人。戏曲界的名人，致秋的"生前友好"，甚至他教过的学生，很多都没有来。来的都是剧团的一些老熟人：贾世荣、马四喜、赵旺……花圈倒不少，把两边墙壁都摆满了。这是向火葬场一总租来的。落款的人名好些是操办追悼会的人自作主张地写上去的，本人都未必知道。挽联却只有我们送的一副，孤零零的，看起来颇有点嘲笑的味道。石校长致悼词。上面供着致秋的遗像。致秋大概第一次把照片放得这样大。小冯入神地看着致秋的像，轻轻地说："致秋这张像拍得很像。"小梁点点头："很像！"

我们到后面去向致秋的遗体告别。我参加追悼会，向来不向遗体告别，这次是破例。致秋和生前一样，只是好像瘦小了些。头发发干了，干得像草。脸上很平静。一个平日爱跟致秋逗的演员对着致秋的脸端详了很久，好像在想什么。他在想什么呢？该不会是想：你再也不能把眉毛眼睛鼻子纵在一起了吧？

天很晴朗。

我坐在回去的汽车里，听见一个演员说了一句什么笑话，车里一半人都笑了起来。我不禁想起陶渊明的《拟挽歌辞》："向来相送人，各自还其家。亲戚或余悲，他人亦已歌。"不过，在云致秋的追悼会后说说笑话，似乎是无可非议的，甚至是很自然的。

致秋死后，偶尔还有人谈起他：

"致秋人不错。"

"致秋教戏有瘾。他也会教，说的都是地方，能说到点子上。——他会得多，见得也多。"

最近剧团要到香港演出，还有人念叨：

"这会要是有云致秋这样一个又懂业务，又能做保卫工作的党员，就好了！"

一个人死了，还会有人想起他，就算不错。

一九八三年七月二日写完，为纪念一位亡友而作

注：这是小说，不是报告文学。

文中所写，并不都是真事。

星期天

　　这是一所私立中学，很小，只有三个初中班。地点很好，在福煦路。往南不远是霞飞路；往北，穿过两条横马路，便是静安寺路、南京路。因此，学生不少。学生多半是附近商人家的子女。

　　"校舍"很简单。靠马路是一带水泥围墙。有一座铁门。进门左手是一幢两层的楼房。很旧了，但看起来还结实。楼下东侧是校长办公室。往里去是一个像是会议室似的狭长的房间，里面放了一张乒乓球台子。西侧有一间房间，靠南有窗的一面凸出呈半圆形，形状有点像一个船舱，是教导主任沈先生的宿舍。当中，外屋是教员休息室；里面是一间大教室。楼上还有两个教室。

　　"教学楼"的后面有一座后楼，三层。上面两层是校长的住家。底层有两间不见天日的小房间，是没有家的单身教员的宿舍。

　　此外，在主楼的对面，紧挨围墙，有一座铁皮顶的木板棚子。后楼的旁边也有一座板棚。

如此而已。

学校人事清简。全体教职员工，共有如下数人：

一、校长。姓赵名宗浚，大夏大学毕业，何系，未详。他大学毕业后就从事教育事业。他为什么不在银行或海关找个事做，却来办这样一个中学，道理不知何在。想来是因为开一个学堂，进项不少，又不需要上班下班，一天工作八小时，守家在地，下了楼，几步就到他的小王国——校长办公室，下雨连伞都不用打；又不用受谁的管，每天可以享清福，安闲自在，乐在其中。他这个学校不知道是怎样"办"的，学校连个会计都没有。每学期收了学杂费，全部归他处理。除了开销教员的薪水、油墨纸张、粉笔板擦、电灯自来水、笤帚簸箕、拖把抹布，他净落多少，谁也不知道，物价飞涨，一日数变，收了学费，他当然不会把钞票存在银行里，瞧着它损耗跌落，少不得要换成黄鱼（金条）或美钞。另外他大概还经营一点五金电料生意。他有个弟弟在一家五金行做事，行情熟悉。

他每天生活得蛮"写意"。每天早起到办公室，坐在他的黑皮转椅里看报。《文汇报》《大公报》《新民报》，和隔夜的《大晚报》，逐版浏览一遍。他很少看书。他身后的书架上只有两套书，一套《辞海》；还有一套——不知道他怎么会有这样一套书：吴其濬的《植物名实图考长编》。看完报，就从抽屉里拿出几件小工具，修理一些小玩意儿，一个带八音盒的小座钟，或是一个西门子的弹簧弹子锁。他爱逛拍卖行、旧货店，喜欢搜罗这类不费什么钱而又没有多大用处的玩意儿。或者用一个指甲锉修指甲。他其实就在家里待着，不到办公室来也可以。到办公室，主要是为了打电话或接电话。他接电话有个习惯。电话铃响了，他拿起听筒，照例是先用上海话说："侬找啥人？"对方找的就是他，他不马上跟对方通话，总要说："请侬等一等"，过了一会儿，才改用普通话说："您找赵宗浚吗？我就是……"他为什么每次接电话都要这样，我一直没有弄明白。是显得他有一个秘书，第一次接电话的不是他本人，是秘书，好有一点派头？还是先"缓冲"一下，好有时间容他考虑一下，对方是谁，打电话来多半是为什么事，胸有成竹，有所准备，以便答复？从他接电话的这个习惯，可以断定：这是一个精明的人。他很精明，但并不俗气。

他看起来很有文化修养。说话高雅，声音甜润。上海市井间流行的口头语，如"操那起来"，"斜其盎赛"，在他嘴里绝对找不到。他在大学时就在学校的剧团演过话剧，毕业后偶尔还参加职业剧团客串（因此他的普通话说得很好），现在还和上海的影剧界的许多人保持联系。我就是因为到上海找不到职业，由一位文学戏剧界的前辈介绍到他的学校里来教书的。他虽然是学校的业主，但是对待教员并不刻薄，为人很"漂亮"，很讲"朋友"，身上还保留着一些大学生和演员的洒脱风度。每年冬至，他必要把全体教职员请到后楼他的家里吃一顿"冬至夜饭"，以尽东道之谊。平常也不时请几个教员出去来一顿小吃。离学校不远，马路边上有一个泉州人摆的鱼糕米粉摊子，他经常在晚上拉我去吃一碗米粉。他知道我爱喝酒，每次总还要特地为我叫几两七宝大曲。到了星期天，他还忘不了把几个他乡作客或有家不归的单身教员拉到外面去玩玩。逛逛兆丰公园、法国公园，或到老城隍庙去走走九曲桥，坐坐茶馆，吃两块油汆鱿鱼，喝一碗鸡鸭血汤。凡有这种活动，多半都是由他花钱请客。这种地方，他是一点也不小气吝啬的。

他已经三十五岁，还是单身。他曾和一个女演员在外面租了房子同居了几年，女演员名叫许曼诺。因为他母亲坚决反对他和这个女人结婚，所以一直拖着（他父亲已死，他对母亲是很孝顺的）。有一天一清早他去找这个演员，敲了半天房门，门才开。里面有一个男人（这人他也认识）。他发现许曼诺的晨衣里面什么也没穿！他一气之下，再也不去了。但是许曼诺有时还会打电话来，约他到 DDS 或卡夫卡司 [1] 去见面。那大概是许曼诺生活上遇到了困难，来求他给她一点帮助的。这个女人我见过，颇有丰韵，但是神情憔悴，显然长期过着放纵而不安定的生活。她抽烟，喝烈性酒。

他发胖了。才三十五岁就已经一百六十斤。他很知道，再发展下去会是什么样子，他的父亲就是一个大胖子（我们见过他的遗像）。因此，他节食，并且注意锻炼。每天中午由英文教员小沈先生或他的弟弟陪他打乒乓球。会议室那张乒乓球台子就是为此而特意买来的。

二、教导主任沈先生。名裕藻，也是大夏大学毕业。他到这所私立中学来教书，自然是因为老同学赵宗浚的关系。他到这所中学有年头了，从学校开办，他就是教导主任。他教代数、几何、物理、化学。授课量相当于两个教员，所拿薪水也比两个教员还多。而且他可以独占一间相当宽敞明亮的宿舍，蛮适意。这种条件在上海并不是很容易得到的。因此，他也不必动脑筋另谋高就。大概这所中学办到哪一天，他这个教导主任就会当到哪一天。

他一辈子不吃任何蔬菜。他的每天的中午饭都是由他的弟弟（他弟弟在这个学校读书）用一个三层的提梁

---

[1] 旧上海两家俄国咖啡馆。

饭盒从家里给他送来（晚饭他回家吃）。菜，大都是红烧肉、煎带鱼、荷包蛋、香肠……。每顿他都吃得一点不剩。因此，他长得像一个牛犊子，呼吸粗短，举动稍欠灵活。他当然有一对金鱼眼睛。

他也不大看书，但有两种"书"是必读的。一是"方块报"[1]，他见到必买；一是还珠楼主的《蜀山剑侠传》。学校隔壁两三家，有一家小书店，每到《蜀山剑侠传》新出一集，就在门口立出一块广告牌："好消息，《蜀山剑侠传》第××集已到！"沈裕藻走进店里，老板立即起身迎接："沈先生，老早替侬留好勒嗨！"除了读"书"，他拉拉胡琴。他有一把很好的胡琴，凤眼竹的担子，声音极好。这把胡琴是他的骄傲。虽然在他手里实在拉不出多大名堂。

他没有什么朋友，却认识不少有名的票友。主要是通过他的同学李文鑫认识的，也可以说是通过这把胡琴认识的。

李文鑫也是大夏毕业的。毕业以后，啥事也不做。他家里开着一爿旅馆，他就在家当"小开"。这是那种老式

----

[1]　上海一度流行。十六开，八页或十二页，订成薄薄的一本，图文并茂。开头两页，为了向国民党的检查机关交账，大都登中央社的电讯，要人行踪。以下是各种社会新闻，影星名伶艳事，武侠小说和海上文人所写的色情小说。此外还有大量的裸体和半裸体的照片。

的旅馆，在南市、十六铺一带还可见到。一座回字形的楼房，四面都有房间，当中一个天井。楼是纯粹木结构的，扶梯、栏杆、地板，全都是木头的，涂了紫红色的油漆。住在楼上，走起路来，地板会格吱格吱地响。一男一女，在房间里做点什么勾当，隔壁可以听得清清楚楚。客人是三教九流，什么人都有。李文鑫就住在账房间后面的一间洁净的房间里，听唱片，拉程派胡琴。他是上海专拉程派的名琴票。他还培养了一个弹月琴的搭档。这弹月琴的是个流浪汉，生病困在他的旅馆里，付不出房钱。李文鑫踱到他房间里，问他会点什么，——啥都不会！李文鑫不知怎么会忽然心血来潮，异想天开，拿了一把月琴："侬弹！"这流浪汉就使劲弹起来，——单弦绷。李文鑫不让他闲着，三九天，弄一盆冰水，让这流浪汉把手指头弹得发烫了，放在冰水里泡泡——再弹！在李文鑫的苦教之下，这流浪汉竟成了上海滩票界的一把数一数二的月琴。这流浪汉一个大字不识，挺大个脑袋，见人连话都不会说，只会傻笑，可是弹得一手好月琴。使起"窜儿"来，真是"大珠小珠落玉盘"。而且尺寸稳当，板槽瓷实，和李文鑫的胡琴严丝合缝，"一眼"不差，为李文鑫的琴艺生色不少。票友们都说李文鑫能教出这样一个下手来，真是独具慧眼。李文鑫就养着他，带着他到处"走票"，很受欢迎。

李文鑫有时带了几个票友来看沈裕藻，因为这所学校有一间会议室，正好调嗓子清唱。那大都是星期天。沈裕藻星期天偶尔也同我们一起去逛逛公园，逛逛城隍庙，陪赵宗浚去遛拍卖行，平常大都是读"书"，等着这些唱戏朋友。李文鑫认识的票友都是"有一号"的。像古森柏这样的名票也让李文鑫拉来过。古森柏除了偶尔唱一段《监酒令》，让大家欣赏欣赏徐小香的古调绝响外，不大唱。他来了，大都是聊。盛兰如何，盛戎如何，世海如何，君秋如何。他聊的时候，别的票友都洗耳恭听，连连颔首。沈裕藻更是听得发呆。有一次，古森柏和李文鑫还把南京的程派名票包华请来过。包华那天唱了全出《桑园会》(这是他的代表作，曾灌唱片)。李文鑫操琴，用的就是老沈的那把凤眼竹担子的胡琴(这是一把适于拉西皮的琴)。流浪汉闭着眼睛弹月琴。李文鑫叫沈裕藻来把二胡托着。沈裕藻只敢轻轻地蹭，他怕拉重了"出去"了。包华的程派真是格高韵雅，懂戏不懂戏的，全都听得出了神，鸦雀无声。

沈裕藻的这把胡琴给包华拉过，他给包华托过二胡，他觉得非常光荣。

三、英文教员沈福根。因为他年纪轻，大家叫他小沈，以区别于老沈——沈裕藻。学生叫他"小沈先生"。他是本校的毕业生。毕业以后卖了两年小黄鱼，同时在青年会补习英文。以后跟校长赵先生讲讲，就来教英文了。他的英文教得怎么样？——不晓得。

四、史地教员史先生。史先生原是首饰店出身。他有一桩艳遇。在他还在首饰店学徒的时候，有一天店里接到一个电话，叫给一家送几件首饰去看看，要一个学徒送去。店里叫小史去。小史拿了几件首饰，按电话里所说的地址送去了。地方很远。送到了，是一座很幽静的别墅，没有什么人。女主人接见了他，把他留下了。住了三天（据他后来估计，这女主人大概是一个军阀的姨太太）。他现在已经四十多岁了，还常常津津乐道地谈起这件事。一谈起这件事，就说："毕生难忘！"我看看他的模样（他的脸有一点像一张拉长了的猴子的脸），实在很难想象他曾有过这样的艳遇。不过据他自己说，年轻时他是蛮漂亮的。至于他怎么由一个首饰店的学徒变成了一个教史地的中学教员，那谁知道呢。上海的许多事情，都是蛮难讲的。

五、体育教员谢霈。这个学校没有操场，也没有任何体育设备（除了那张乒乓球台子），却有一个体育教员。谢先生上体育课只有一种办法，把学生带出去，到霞飞路的几条车辆行人都较少的横马路上跑一圈。学生们很愿意上体育课，因为可以不在教室里坐着，回来还可以买一点甜咸"支卜"、檀香橄榄、蜜饯嘉应子、苔菜小麻花，一路走，一路吃着，三三两两地走进学校的铁门。谢先生没有什么学历，他当过兵，要过饭。他是个愤世嫉俗派，什么事情都看透了。他常说："什么都是假的。爷娘、老婆、儿女，都是假的。只有铜钿，铜钿是真的！"他看到人谈恋爱就反感："恋爱。没有的。没有恋爱，只有操×！"他生活非常俭省，连茶叶都不买。只在一件事上却舍得花钱：请人下棋。他是个棋迷。他的棋下得很臭，但是爱看人下棋。一到星期天，他就请两个人来下棋，他看。有时能把上海的两位围棋国手请来。这两位国手，都穿着纺绸衫裤，长衫折得整整齐齐地搭在肘臂上。国手之一的长衫是熟罗的，国手之二的是香云纱。国手之一手执棕竹挂杖，国手之二手执湘妃竹骨子的折扇。国手之一留着小胡子，国手之二不留。他们都用长长的象牙烟嘴吸烟，都很潇洒。他们来了，稍事休息，见到人都欠起身来，彬彬有礼，然后就在校长办公室的写字台上摆开棋局，对弈起来。他们来了，谢先生不仅预备了好茶好烟，还一定在不远一家广东馆订几个菜，等一局下完，请他们去小酌。这二位都是好酒量，都能喝二斤加饭或善酿。谢先生为了看国手下棋，花起钱不觉得肉痛。

六、李维廉。这是一个在复旦大学教书的诗人的侄子，高中毕业后，从北平到上海来，准备在上海考大学。他的叔父和介绍我来的那位文学戏剧前辈是老朋友，请这位前辈把他介绍到这所学校来，教一年级算术，好解决他的食宿。这个年轻人很腼腆，不爱说话，神情有点忧郁。星期天，他有时到叔叔家去，有时不去，躲在屋里温习功课，写信。

七、胡凤英。女，本校毕业，管注册、收费、收发、油印、接电话。

八、校工老左。住在后楼房边的板棚里。

九、我。我教三个班的国文。课余或看看电影，或到一位老作家家里坐坐，或陪一个天才画家无尽无休地逛霞飞路，说一些海阔天空，才华迸发的废话。吃了一碗加了很多辣椒的咖喱牛肉面后，就回到学校里来，在"教学楼"对面的铁皮顶木棚里批改学生的作文，写小说，直到深夜。我很喜欢这间棚子，因为只有我一个人。除了我，谁也不来。下雨天，雨点落在铁皮顶上，乒乒乓乓，很好听。听着雨声，我往往会想起一些很遥远的往事。但是我又很清楚地知道：我现在在上海。雨已经停了，分明听到一声："白糖莲心粥——！"

星期天，除非有约会，我大都随帮唱影，和赵宗浚、沈裕藻、沈福根、胡凤英……去逛兆丰公园、法国公园，逛城隍庙。或听票友唱戏，看国手下棋。不想听也不想看的时候，就翻《辞海》，看《植物名实图考长编》——这是一本很有趣的著作，文笔极好。我对这本书一直很有感情，因为它曾经在喧嚣历碌的上海，陪伴我度过许多闲适安静的辰光。

这所中学里，忽然兴起一阵跳舞风，几乎每个星期天都要举办舞会。这是校长赵宗浚所倡导的。原因是：

一、赵宗浚正在追求一位女朋友。这女朋友有两个妹妹，都是刚刚学会跳舞，瘾头很大。举办舞会，可以把这两个妹妹和她们的姐姐都吸引了来。

赵宗浚新认识的女朋友姓王，名静仪。史先生、沈福根、胡凤英都称呼她为王小姐。她人如其名，态度文静，见人握手，落落大方。脸上薄施脂粉，身材很苗条。衣服鞋子都很讲究，是经过精心挑选的，但乍一看看不出来，因为款式高雅，色调谐和，不趋时髦，毫不扎眼。她是学音乐的，在一个教会学校教音乐课。她父亲早故，一家生活全由她负担。因为要培养两个妹妹上学，靠三十岁了，还没有嫁人。赵宗浚在一个老一辈的导演家里认识了她，很倾心。他已经厌倦了和许曼诺的那种叫人心烦意乱的恋爱，他需要一个安静平和的家庭，王静仪正是他所向往的伴侣。他曾经给王静仪写过几封信，约她到公园里谈过几次。赵宗浚表示愿意帮助她的两个妹妹读书；还表示他已经是这样的岁数了，不可能再有那种火辣辣的、罗曼蒂克的感情，但是他是懂得怎样体贴照顾别人的。王静仪客客气气地表示对赵先生的为人很钦佩，对他的好意很感谢。

她的两个妹妹，一个叫婉仪，一个叫淑仪，长得可一点也不像姐姐，她们的脸都很宽，眼睛分得很开，体型也是宽宽扁扁的。稚气未脱，不大解事，吃起点心糖果来，声音很响。王静仪带她们出来参加这一类的舞会，只是想让她们见见世面，有一点社交生活。这在她那样比较寒素的人家，是不大容易有的。因此这两个妹妹随时都显得有点兴奋。

二、赵宗浚觉得自己太胖了，需要运动。

三、他新从拍卖行买了一套调制鸡尾酒的酒具，一个赛银的酒海，一个曲颈长柄的酒勺，和几十只高脚玻璃酒杯，他要拿出来派派用场。

四、现有一个非常出色的跳舞教师。

这人名叫赫连都。他不是这个学校里的人，只是住在这个学校里。他是电影演员，也是介绍我到这个学校里来的那位文学戏剧前辈把他介绍给赵宗浚，住到这个学校里来的，因为他在上海找不到地方住。他就住在后楼底层，和谢霈、李维廉一个房间。——我和一个在《大晚报》当夜班编辑的姓江的老兄住另一间。姓江的老兄也不是学校里的人，和赵宗浚是同学，故得寄住在这里，这两个房间黑暗而潮湿，白天也得开灯。我临离开上海时，打行李，发现垫在小铁床上的席子的背面竟长了一寸多长的白毛！房间前面有一个狭小的天井，后楼的二三层和隔壁人家楼上随时会把用过的水从高空泼在天井里，哗啦一声，惊心动魄。我因此给这两间屋起了一个室名：听水斋。

赫连都有点神秘。他是个电影演员，可是一直没有见他主演过什么片子。他长得高大、挺拔、英俊，很有男子气。虽然住在一间暗无天日的房子里，睡在一张破旧的小铁床上，出门时却总是西装笔挺，容光焕发，像个大明星。他忙得很。一早出门，很晚才回来。他到一个白俄家里去学发声，到另一个白俄家里去学舞蹈，到健身房练拳击，到马场去学骑马，到剧专去旁听表演课，到处找电影看，除了美国片、英国片、苏联片，还到光陆这样的小电影院去看乌发公司的德国片，研究却尔斯劳顿和里昂·巴里摩尔……

他星期天有时也在学校里待半天，听票友唱戏，看国手下棋，跟大家聊聊天。聊电影，聊内战，聊沈崇事件，聊美国兵开吉普车撞人、在马路上酗酒胡闹。他说话富于表情，手势有力。他的笑声常使人受到感染。

他的舞跳得很好。探戈跳得尤其好，曾应邀在跑狗场举办的探戈舞表演晚会上表演过。

赵宗浚于是邀请他来参加舞会，教大家跳舞。他欣然同意，说：

"好啊！"

他在这里寄居，不交房钱，这点义务是应该尽的，否则就太不近人情了。

于是到了星期天，我们就哪儿也不去了。胡凤英在家吃了早饭就到学校里来，和老左、沈福根把楼下大教室的课桌课椅都搬开，然后搬来一匣子钢丝毛，一团一团地撒在地板上，用脚踩着，顺着木纹，使劲地擦。赵宗浚和我有时也参加这种有趣的劳动。把地板擦去一层皮，露出了白茬，就上蜡。然后换了几个大灯泡，蒙上红蓝玻璃纸。有时还挂上一些绉纸彩条，纸灯笼。

到了晚上，这所学校就成了一个俱乐部。下棋的下棋，唱戏的唱戏，跳舞的跳舞。

红蓝灯泡一亮，电唱机的音乐一响，彩条纸灯被电风扇吹得摇摇晃晃，很有点舞会的气氛。胡凤英从后楼搬来十来只果盘，装着点心糖果。赵宗浚捧着赛银酒海进来，着手调制鸡尾酒。他这鸡尾酒是中西合璧。十几瓶汽水，十几瓶可口可乐，兑上一点白酒。但是用曲颈长柄的酒勺倾注在高脚酒杯里，晶莹透亮，你能说这不是鸡尾酒？

音乐（唱片）也是中西并蓄，雅俗杂陈。萧邦、华格那、斯特劳斯；黑人的爵士乐、南美的伦巴舞曲、夏威夷情歌；李香兰唱的《支那之夜》《卖糖歌》；广东音乐《彩云追月》《节节高》；上海的流行歌曲《三轮车上的小姐》《你是一个坏东西》；还有跳舞场里大家一起跳的《香槟酒气满场飞》。

参加舞会的，除了本校教员，王家三姊妹，还有本校毕业出去现已就业的女生，还有胡凤英约来的一些男女朋友。她的这些朋友都有点不三不四，男的穿着全套美国大兵的服装，大概是飞机场的机械士；女的打扮得像吉普女郎。不过他们到这里参加舞会，还比较收敛，甚至很拘谨。他们畏畏缩缩地和人握手。跳舞的时候也只是他们几个人来回配搭着跳，跳伦摆。

赫连都几乎整场都不空。女孩子都爱找他跳。他的舞跳得非常的"帅"（她们都很能体会这个北京字眼的全部含义了）。脚步清楚，所给的暗示非常肯定。跟他跳舞，自己觉得轻得像一朵云，交关舒服。

这一天，华灯初上，舞乐轻扬。李文鑫因为晚上要拉一场戏，带着弹月琴的下手走了。票友们有的告辞，有的被沈裕藻留下来跳舞。下棋的吃了老酒，喝着新泡的龙井茶，准备再战。参加舞会的来宾陆续到了，赫连都却还没有出现——他平常都是和赵宗浚一同张罗着迎接客人的。

大家正盼望着他，忽然听到铁门外人声杂乱，不知出了什么事。赶到门口一看，只见一群人簇拥着赫连都。赫连都头发散乱，衬衫碎成了好几片。李维廉在他旁边，夹着他的上衣。赫连都连连向人群拱手：

"谢谢大家！谢谢大家！"

"呒不啥，呒不啥！大家全是中国人！"

"侬为中国人吐出一口气，应该谢谢侬！"

一个在公园里教人打拳的沧州老人说："兄弟，你是好样儿的！"

对面弄堂里卖咖喱牛肉面的江北人说："赫先生！你今天干的这桩事，真是叫人佩服！晏一歇请到小摊子上吃一碗牛肉面消夜，我也好表表我的心！"

赫连都连忙说："谢谢，谢谢！改天，改天扰您！"

人群散去，赫连都回身向赵宗浚说："老赵，你们先跳，我换换衣服，洗洗脸，就来！"说着，从李维廉手里接过上衣，往后楼走去。

大家忙问李维廉，是怎么回事。

"赫连都打了美国兵！他一人把四个美国兵全给揍了！我和他从霞飞路回来，四个美国兵喝醉了，正在侮辱一个中国女的。真不像话，他们把女的衣服差不多全剥光了！女的直叫救命。围了好些人，谁都不敢上。赫连都脱了上衣，一人给了他们一拳，全都揍趴下了。他们起来，轮流和赫连都打开了 boxing[1]，赫连都毫不含糊。到后来，四个一齐上。周围的人大家伙把赫连都一围，拥着他进了胡同。美国兵歪歪倒倒，骂骂咧咧地走了。真

---

[1] 英文：拳击。

不是玩意儿！"

大家议论纷纷，都很激动。

围棋国手之一慢条斯理地说："是不是把铁门关上？只怕他们会来寻事。"

国手之二说："是的。美国人惹不得。"

赵宗浚出门两边看看，说："用不着，那样反而不好。"

沈福根说："我去侦察侦察！"他像煞有介事，蹑手蹑脚地向霞飞路走去。过了一会儿，又踅了回来：

"呒啥呒啥！霞飞路上人来人往。美国赤佬已经无影无踪哉！"

于是下棋的下棋，跳舞的跳舞。

赫连都换了一身白法兰绒的西服出来，显得格外精神。

今天的舞会特别热烈。

赫连都几乎每支曲子都跳了。他和王婉仪跳了快三步编花；和王淑仪跳了《维也纳森林》，带着她沿外圈转了几大圈；慢四步、狐步舞，都跳了。他还邀请一个吉普女郎跳了一场伦摆。他向这个自以为很性感的女郎走去，欠身伸出右手，微微鞠躬，这位性感女郎受宠若惊，喜出望外，连忙说："喔！谢谢侬！"

王静仪不大跳，和赵宗浚跳了一支慢四步以后，拉了李维廉跳了一支慢三步圆舞曲，就一直在边上坐着。

舞会快要结束时，王静仪起来，在唱片里挑了一张《La Paloma》[1]，对赫连都说："我们跳这一张。"

赫连都说："好。"

西班牙舞曲响了，飘逸的探戈舞跳起来了。他们跳得那样优美，以至原来准备起舞的几对都停了下来，大家远远地看他们俩跳。这支曲子他们都很熟，配合得非常默契。赫连都一晚上只有跳这一次舞是一种享受。他托着王静仪的腰，贴得很近；轻轻握着她的指尖，拉得很远，有时又撒开手，各自随着音乐的旋律进退起伏。王静仪高高地抬起手臂，微微地侧着肩膀，俯仰，回旋，又轻盈，又奔放。她的眼睛发亮。她的白纱长裙飘动着，像一朵大百合花。

大家都看得痴了。

史先生（他不跳舞，但爱看人跳舞，每次舞会必到）轻声地说："这才叫跳舞！"

音乐结束了，太短了！

美的东西总是那样短促！

但是似乎也够了。

赵宗浚第一次认识了王静仪。他发现了她在沉重的生活负担下仍然完好的抒情气质，端庄的仪表下面隐藏着的

---

[1] 西班牙语：鸽子。

对诗意的、浪漫主义的幸福的热情的，甚至有些野性的向往。他明明白白知道：他的追求是无望的。他第一次苦涩地感觉到：什么是庸俗。他本来可以是另外一种人，过另外一种生活，但是太晚了！他为自己的圆圆的下巴和柔软的、稍嫌肥厚的嘴唇感到羞耻。他觉得异常的疲乏。

舞会散了，围棋也结束了。

谢霭把两位国手送出铁门。

国手之一意味深长地对国手之二说：

"这位赫连都先生，他会不会是共产党？"

国手之二回答：

"难讲的。"

失眠的霓虹灯在上海的夜空，这里那里，静静地燃烧着。

一九八三年七月二十五日

北京酷暑挥汗作

昙花、鹤和鬼火

　　邻居夏老人送给李小龙一盆昙花。昙花在这一带是很少见的。夏老人很会养花，什么花都有。李小龙很小就听说过"昙花一现"。夏老人指给他看："这就是昙花。"李小龙欢欢喜喜地把花抱回来了。他的心欢喜得咚咚地跳。

　　李小龙给它浇水，松土。白天搬到屋外。晚上搬进屋里，放在床前的高茶几上。早上睁开眼第一件事便是看看他的昙花。放学回来，连书包都不放，先去看看昙花。

　　昙花长得很好，长出了好几片新叶，嫩绿嫩绿的。

　　李小龙盼着昙花开。

　　昙花苞了骨朵儿了！

　　李小龙上课不安心，他总是怕昙花在他不在身边的时候开了。他听说昙花开，无定时，说开就开了。

　　晚上，他睡得很晚，守着昙花。他听说昙花常常是夜晚开。

　　昙花就要开了。

昙花还没有开。

一天夜里，李小龙在梦里闻到一股醉人的香味。他忽然惊醒了：昙花开了！

李小龙一轱辘坐了起来，划根火柴，点亮了煤油灯：昙花真的开了！

李小龙好像在做梦。

昙花真美呀！雪白雪白的。白得像玉，像通草，像天上的云。花心淡黄，淡得像没有颜色，淡得真雅。她像一个睡醒的美人，正在舒展着她的肢体，一面吹出醉人的香气。啊呀，真香呀！香死了！

李小龙两手托着下巴，目不转睛地看着昙花。看了很久，很久。

他困了。他想就这样看它一夜，但是他困了。吹熄了灯，他睡了。一睡就睡着了。

睡着之后，他做了一个梦，梦见昙花开了。

于是李小龙有了两盆昙花。一盆在他的床前，一盆在他的梦里。

李小龙已经是中学生了。过了一个暑假，上初二了。

初中在东门里，原是一个道士观，叫赞化宫。李小龙的家在北门外东街。从李小龙家到中学可以走两条路。

一条进北门走城里，一条走城外。李小龙上学的时候都是走城外，因为近得多。放学有时走城外，有时走城里。走城里是为了看热闹或是买纸笔，买糖果零食吃。

从李小龙家的巷子出来，是越塘。越塘边经常停着一些粪船。那是乡下人上城来买粪的。李小龙小时候刚学会折纸手工时，常折的便是"粪船"。其实这只纸船是空的，装什么都可以。小孩子因为常常看见这样的船装粪，就名之曰粪船了。

从越塘的坡岸走上来，右手有几家种菜的。左边便是菜地。李小龙看见种菜的种青菜，种萝卜。看他们浇粪，浇水。种菜的用一个长把的水舀子舀满了水，手臂一挥舞，水就像扇面一样均匀地洒开了。青菜一天一个样，一天一天长高了，全都直直地立着，都很精神，很水灵。萝卜原来像菜，后来露出红红的"背儿"，就像萝卜了。他看见扁豆开花，扁豆结角了。看见芝麻。芝麻可不好看，直不老挺，四方四棱的秆子，结了好些带小毛刺的蒴果。蒴果里就是芝麻粒了。"你就是芝麻呀！"李小龙过去没有见过芝麻。他觉得芝麻能榨油，给人吃，这非常神奇。

过了菜地，有一条不很宽的石头路。铺路的石头不整齐，大大小小，而且都是光滑的，圆乎乎的，不好走。人不好走，牛更不好走。李小龙常常看见一头牛的一只前腿或后腿的蹄子在圆石头上"霍——哒"一声滑了一下,——然而他没有看见牛滑得摔倒过。牛好像特别爱在这条路上拉屎。路上随时可以看见几堆牛屎。

石头路两侧各有两座牌坊,都是青石的。大小、模样都差不多。李小龙知道,这是贞节牌坊。谁也不知道这是谁家的,是为哪一个守节的寡妇立的。那么,这不是白立了么?牌坊上有很多麻雀做窠。麻雀一天到晚叽叽喳喳地叫,好像是牌坊自己叽叽喳喳叫着似的。牌坊当然不会叫,石头是没有声音的。

石头路的东边是农田,西边是一片很大的苇荡子。苇荡子的尽头是一片乌猛猛的杂树林子。林子后面是善因寺。从石头路往善因寺有一条小路,很少人走。李小龙有一次一个人走了一截,觉得怪瘆得慌。

春天,苇荡子里有很多蝌蚪,忙忙碌碌地甩着小尾巴。很快,就变成了小蛤蟆。小蛤蟆每天早上横过石头路乱蹦。你们干嘛乱蹦,不好老实待着吗?小蛤蟆很快就成了大蛤蟆,咕呱乱叫!

走完石头路,是傅公桥。从东门流过来的护城河往北,从北城流过来的护城河往东,在这里汇合,流入澄子河。傅公桥正跨在汇流的河上。这是一座洋松木桥。两根桥梁,上面横铺着立着的洋松木的扁方子,用巨大的铁螺丝固定在桥梁上。洋松扁方并不密接，每两方之间留着和扁方宽度相等的空隙。从桥上过，可以看见水从下面流。有时一团青草，一片破芦席片顺水漂过来，也看得见它们从桥下悠悠地漂过去。

李小龙从初一读到初二了，来来回回从桥上过，他已经过了多少次了？

为什么叫作傅公桥？傅公是谁？谁也不知道。

过了傅公桥，是一条很宽很平的大路，当地人把它叫作"马路"。走在这样很宽很平的大路上，是很痛快的，很舒服的。

马路东，是一大片农田。这是"学田"。这片田因为可以直接从护城河引水灌溉，所以庄稼长得特别得好，每年的收成都是别处的田地比不了的。

李小龙看见过割稻子。看见过种麦子。春天，他爱下了马路，从麦子地里走，一直走到东门口。麦子还没有"起身"的时候，是不怕踩的，越踩越旺。麦子一天一天长高了。他掰下几粒青麦子，搓去外皮，放进嘴里嚼。他一辈子记得青麦子的清香甘美的味道。他看见过割麦子。看见过插秧。插秧是个大喜的日子，好比是娶媳妇，聘闺女。插秧的人总是精精神神的，脾气也特别温和。又忙碌，又从容，凡事有条有理。他们的眼睛里流动着对于粮食和土地的脉脉的深情。一天又一天，哈，稻子长得齐李小龙的腰了。不论是麦子，是稻子，挨着马路的地边的一排长得特别好。总有几丛长得又高又壮，比周围的稻麦高出好些。李小龙想，这大概是由于过路的行人曾经对着它撒过尿。小风吹着丰盛的庄稼的绿叶，沙沙地响，像一首遥远的、温柔的歌。李小龙在歌里轻快地走着……

李小龙有时挨着庄稼地走，有时挨着河沿走。河对岸是一带黑黑的城墙，城墙垛子一个、一个、一个，整齐地排列着。城墙外面，有一溜荒地，长了好些狗尾巴草、扎蓬、苍耳和风播下来的旅生的芦秫。草丛里一定有很多蝈蝈，蝈蝈把它们的吵闹声音都送到河这边来了。下面，是护城河。随着上游水闸的启闭，河水有时大，有时小；有时急，有时慢。水急的时候，挨着岸边的水会倒流回去，李小龙觉得很奇怪。过路的大人告诉他：这叫"回溜"。水是从运河里流下来的，是浑水，颜色黄黄的。黑黑的城墙，碧绿的田地，白白的马路，黄黄的河水。

去年冬天，有一天，下大雪，李小龙一大早上学去，他发现河水是红颜色的！很红很红，红得像玫瑰花。李小龙想：也许是雪把河变红了。雪那样厚，雪把什么都盖成一片白，于是衬得河水是红的了。也许是河水自己这一天发红了。他捉摸不透。但是他千真万确看见了一条红水河。雪地上还没有人走过，李小龙独自一人，踏着积雪，他的脚踩得积雪咯吱咯吱地响。雪白雪白的原野上流着一条玫瑰红色的河，那样单纯，那样鲜明而奇特，这种景色，李小龙从来没有看见过，以后也没有看见过。

有一天早晨，李小龙看到一只鹤。秋天了，庄稼都收割了，扁豆和芝麻都拔了秧，树叶落了，芦苇都黄了，芦花雪白，人的眼界空阔了。空气非常凉爽。天空淡蓝淡蓝的，淡得像水。李小龙一抬头，看见天上飞着一只东西。鹤！他立刻知道，这是一只鹤。李小龙没有见过真的鹤，他只在画里见过，他自己还画过。不过，这的的确确是一只鹤。真奇怪，怎么会有一只鹤呢？这一带从来没有人家养过一只鹤，更不用说是野鹤了。然而这真是一只鹤呀！鹤沿着北边城墙的上空往东飞去。飞得很高，很慢，雪白的身子，雪白的翅膀，两只长腿伸在后面。李小龙看得很清楚，清楚极了！李小龙看得呆了。鹤是那样美，又教人觉得很凄凉。

鹤慢慢地飞着，飞过傅公桥的上空，渐渐地飞远了。

李小龙痴立在桥上。

李小龙多少年还忘不了那天的印象，忘不了那种难遇的凄凉的美，那只神秘的孤鹤。

李小龙后来长大了，到了很多地方，看到过很多鹤。

不，这都不是李小龙的那只鹤。

世界上的诗人们，你们能找到李小龙的鹤么？

李小龙放学回家晚了。教图画手工的张先生给了他一个任务，让他刻一副竹子的对联。对联不大，只有三尺高。选一段好毛竹，一剖为二，剜去竹节，用砂纸和竹节草打磨光滑了，这就是一副对子。联文是很平常的：

惜花春起早

爱月夜眠迟

字是请善因寺的和尚石桥写的，写的是石鼓。因为李小龙上初一的时候就在家跟父亲学刻图章，已经刻了一年，张先生知道他懂得一点篆书的笔意，才把这副对子交给他刻。刻起来并不费事，把字的笔划的边廓刻深，再用刀把边线之间的竹皮铲平，见到"二青"就行了。不过竹皮很滑，竹面又是圆的，需要手劲。张先生怕他带来带去，把竹皮上墨书的字蹭模糊了，教他就在他的画室里刻。张先生的画室在一个小楼上。小楼在学校东北角，是赞化官的遗物，原来大概是供吕洞宾的，很旧了。楼的三面都是紫竹，——紫竹城里别处极少见，学生习惯就把这座楼叫成"紫竹楼"。李小龙每天下课后，上楼来刻一个字，刻完回家。已经刻了一个多星期了。这天就剩下"眠迟"两个字了，心想一气刻完了得了，明天好填上石绿挂起来看看，就贪刻了一会儿。偏偏石鼓文体的"迟"字笔划又多，时间不知不觉就过去了。刻完了"迟"字的"走之"，揉揉眼睛，一看：呀，天都黑了！而且听到隐隐的雷声——要下雨了：赶紧走。他背起书包直奔东门。出了东门，听到东门外铁板桥下轰鸣震耳的水声，他有点犹豫了。

东门外是刑场（后来李小龙到过很多地方，发现别处的刑场都在西门外。按中国的传统观念，西方主杀，不知道本县的刑场为什么在东门外）。对着东门不远，有一片空地，空地上现在还有一些浅浅的圆坑，据说当初杀人就是让犯人跪在坑里，由背后向第三个颈椎的接缝处切一刀。现在不兴杀头了，枪毙犯人——当地叫作"铳人"，还是在这里。李小龙的同学有时上着课，听到街上拉长音的凄惨的号声，就知道要铳人了。他们下了课赶去看，有时能看到尸首，有时看到地下一摊血。东门桥是全县唯一的一座铁板桥。桥下有闸。桥南桥北水位落差很大，河水倾跌下来，声音很吓人。当地人把这座桥叫作掉魂桥，说是临刑的犯人到了桥上，听到水声，魂就掉了。

有关于这里的很多鬼故事。流传得最广的是一个：有一个人赶夜路，远远看见一个瓜棚，点着一盏灯。他走过去，想借个火吸一袋烟。里面坐着几个人。他招呼一下，就掏出烟袋来凑在灯火上吸烟，不想怎么吸也吸不着。他很纳闷，用手摸摸灯火，火是凉的！坐着的几个人哈哈大笑。笑完了，一齐用手把脑袋搬了下来。行路人吓得赶紧飞奔。奔了一气，又碰得几个人在星光下坐着聊天，他走近去，说刚才他碰见的事，怎么怎么，他们把头就搬下来了。这几个聊天的人说："这有什么稀奇，我们都能这样！"……

　　李小龙犹豫了一下，还是走上铁板桥了。他的脚步踏得桥上的铁板当当地响。

　　天骤然黑下来了，雨云密集，天阴得很严。下了桥，他就掉在黑暗里了。什么也看不见，只能看到一条灰白的痕迹，是马路；黑糊糊的一片，是稻田。好在这条路他走得很熟，闭着眼也能走到，不会掉到河里去，走吧！他听见河水哗哗地响，流得比平常好像更急。听见稻子的新秀的穗子摆动着，稻粒磨擦着发出细碎的声音。一个什么东西窜过马路！——大概是一只獾子。什么东西落进河水了，——"卜碢"！他的脚清楚地感觉到脚下的路。一个圆形的浅坑，这是一个牛蹄印子，干了。谁在这里扔了一块西瓜皮！差点儿摔了我一跤！天上不时扯一个闪。青色的闪，金色的闪，紫色的闪。闪电照亮一块黑云，黑云翻滚着，绞扭着，像一个暴怒的人正在憋着一腔怒火。闪电照亮一棵小柳树，张牙舞爪，像一个妖怪。

李小龙走着，在黑暗里走着，一个人。他走得很快，比平常要快得多，真是"大步流星"，踏踏踏踏地走着。他听见自己的两只裤脚擦得刹刹地响。

一半沉着，一半害怕。

不太害怕。

刚下掉魂桥，走过刑场旁边时，头皮紧了一下，有点怕，以后就好了。

他甚至觉得有点豪迈。

快要到了。前面就是傅公桥。"行百里者半九十"，今天上国文课时他刚听高先生讲过这句古文。

上了傅公桥，李小龙的脚步放慢了。

这是什么？

他从来没有看见过。

一道一道碧绿的光。在苇荡上。

李小龙知道，这是鬼火。他听说过。

绿光飞来飞去。它们飞舞着，一道道碧绿的抛物线。绿光飞得很慢，好像在幽幽地哭泣。忽然又飞快了，聚在一起；又散开了，好像又笑了，笑得那样轻。绿光纵横交错，织成了一面疏网；忽然又飞向高处，落下来，像一道放慢了的喷泉。绿光在集会，在交谈。你们谈什么？……

李小龙真想多停一会儿，这些绿光多美呀！

但是李小龙没有停下来，说实在的，他还是有点紧张的。

但是他也没有跑。他知道他要是一跑，鬼火就会追上来。他在小学上自然课时就听老师讲过，"鬼火"不过是空气里的磷，在大雨将临的时候，磷就活跃起来。见到鬼火，要沉着，不能跑，一跑，把气流带动了，鬼火就会跟着你追。你跑得越快，它追得越紧。虽然明知道这是磷，是一种物质，不是什么"鬼火"，不过一群绿光追着你，还是怕人的。

李小龙用平常的速度轻轻地走着。

到了贞节牌坊跟前倒真的吓了他一跳！一条黑影，迎面向他走来。是个人！这人碰到李小龙，大概也有点紧张，跟小龙擦身而过，头也不回，匆匆地走了。这个人，那么黑的天，你跑到马上要下大雨的田野里去干什么？

到了几户种菜人家的跟前，李小龙的心才真的落了下来。种菜人家的窗缝里漏出了灯光。

李小龙一口气跑到家里。刚进门，"哇——"大雨就下下来了。

李小龙搬了一张小板凳，在灯光照不到的廊檐下，对着大雨倾注的空庭，一个人呆呆地想了半天。他要想想今天的印象。

李小龙想：我还是走回来了。我走在半道上没有想退回去，如果退回去，我就输了，输给黑暗，又输给了我自己。

李小龙回想着鬼火，他觉得鬼火很美。

李小龙看见过鬼火了，他又长大了一岁。

一九八三年九月十三日于北京蒲黄榆新居

金冬心

召应博学鸿词杭郡金农字寿门别号冬心先生、稽留山民、龙梭仙客、苏伐罗吉苏伐罗，早上起来觉得很无聊。

他刚从杭州扫墓回来。给祖坟加了加土，吩咐族侄把聚族而居的老宅子修理修理，花了一笔钱。杭州官员馈赠的程仪殊不丰厚，倒是送了不少花雕和莼菜，坛坛罐罐，装了半船。装莼菜的瓷罐子里多一半是西湖水。我能够老是饮花雕酒喝莼菜汤过日脚么？开玩笑！

他是昨天日落酉时回扬州的。刚一进门，洗了脸，给他装裱字画、收拾图书的陈聋子就告诉他：袁子才把十张灯退回来了。是托李馥馨茶叶庄的船带回来的。附有一封信。另外还有十套《随园诗话》。金冬心当时哼了一声。

去年秋后，来求冬心先生写字画画的不多，他又买了两块大砚台，一块红丝碧端，一块蕉叶白，手头就有些紧。进了腊月，他忽然想起一个主意：叫陈聋子用乌木做了十张方灯的架子，四面由他自己书画。自以为这主意很别致。他知道他的字画在扬州实在不大卖得动了，——太多了，几乎家家都有。过了正月初六，就叫陈聋子搭了李馥馨的船到南京找袁子才，托他代卖。凭子才的面子，他在南京的交往，估计不难推销出去。他希望一张卖五十两。少说，也能卖二十两。不说别的，单是乌木灯架，也值个三两二两的。那么，不无小补。

袁子才在小仓山房接见了陈聋子，很殷勤地询问了冬心先生的起居，最近又有什么轰动一时的诗文，说："灯是好灯！诗、书、画，可称三绝。先放在我这里吧。"

金冬心原以为过了元宵，袁子才就会兑了银子来。不想过了清明，还没有消息。

现在，退回来了！

袁枚的信写得很有风致："……金陵人只解吃鸭脯，光天白日，尚无目识字画，安能于灯光烛影中别其媸妍耶？……"

这个老奸巨猾！不帮我卖灯，倒给我弄来十部《诗话》，让我替他向扬州的鹾贾打秋风！——俗！

晚上吃了一碗鸡丝面，早早就睡了。

今天一起来，很无聊。

喝了几杯苏州新到的碧螺春，念了两遍《金刚经》，趿着鞋，到小花圃里看了看。宝珠山茶开得正好，含笑也都有了骨朵儿了。然而提不起多大兴致。他惦记着那十盆兰花。他去杭州之前，瞿家花园新从福建运到十盆素心兰。那样大的一盆，每盆不愁有百十个箭子！索价五两一盆，不贵！要是袁子才替他把灯卖出去，这十盆建兰就会摆在他的小花圃苇棚下的石条上。这样的兰花，除了冬心先生，谁配？然而……

他踱回书斋里，把袁枚的信摊开又看了一遍，觉得袁枚的字很讨厌，而且从字里行间嚼出一点挖苦的意味。他想起陈聋子描绘的随园：有几棵柳树，几块石头，有一个半干的水池子，池子边种了十来棵木芙蓉，到处是草，草里有蜈蚣……这样一个破园子，会是江宁织造的大观园么？可笑[1]！此人惯会吹牛，装模作样！他顺手把《随园诗话》打开翻了几页，到处是倚人自重，借别人的赏识，为自己吹嘘。有的诗，还算清新，然而，小聪明而已。正如此公自道："诗被人嫌只为多！"再看看标举的那些某夫人，某太夫人的诗，都不见佳。哈哈，竟然对毕秋帆也揄扬了一通！毕秋帆是什么？——商人耳！郑板桥对袁子才曾做过一句总评，说他是"斯文走狗"，不为过分！

他觉得心里痛快了一点，——不过，还是无聊。

他把陈聋子叫来，问问这些天有什么函件简帖。陈聋子捧出了一叠。金冬心拆看了几封，都没有什么意思，问：

---

[1]　袁枚曾说大观园就是他的随园。

"还有没有？"

陈聋子把脑门子一拍，说："有！——我差一点忘了，我把它单独放在拜匣里了：程雪门有一张请帖，来了三天了！"

"程雪门？"

"对对对！请你陪客。"

"请谁？"

"铁大人。"

"哪个铁大人？"

"新放的两淮盐务道铁保珊铁大人。"

"几时？"

"今天！中饭！平山堂！"

"你多误事！——去把帖子给我拿来！——去订一顶轿子！——你真是！——快去！——哎哟！"

金冬心开始觉得今天有点意思了。

等着催请了两次，到第三次催请时，冬心先生换了衣履，坐上轿子，直奔平山堂。

程雪门是扬州一号大盐商，今天宴请新任盐务道，非比寻常！果然，等金冬心下了轿，往平山堂一看，只见扬州的名流显贵都已到齐。藩臬二司、河工漕运、当地耆绅、清客名士，济济一堂。花翎补服，辉煌耀眼；轻衣缓带，意态萧闲。程雪门已在正面榻座上陪着铁保珊说话，一眼看见金冬心来了，站起身来，铁保珊早抢步迎了出来。

"冬心先生！久仰！久仰得很哪！"

"岂敢岂敢！臣本布衣，幸瞻丰采！铁大人从都里来，一路风霜，辛苦了！"

"请！"

"请！请！"

铁保珊拉了金冬心入座。程雪门道了一声"得罪！"自去应酬别的客人。大家只见铁保珊倾侧着身子和金冬心谈得十分投机，金冬心不时点头拊掌，不知他们谈些什么，不免悄悄议论。

"雪翁今天请金冬心来陪铁保珊，好大的面子！"

"听说是铁保珊指名要见的。"

"金冬心这时候才来，架子搭得不小！"

"看来他的字画行情要涨！"

少顷宴齐，更衣入席。平山堂中，雁翅般摆开了五桌。正中一桌，首座自然是铁保珊。次座是金冬心。金冬心再三谦让，铁保珊一把把他按得坐下，说："你再谦，大家就不好坐了！"金冬心只得从命。程雪门在这桌的主座上陪着。

今天的酒席很清淡。铁大人接连吃了几天满汉全席，实在是没有胃口，接到请帖，说："请我，我到！可是我只想喝一碗晚米稀粥，就一碟香油拌疙瘩丝！"程雪门说一定照办。按扬州请客的规矩，菜单曾请铁保珊过了目。凉碟是金华竹叶腿、宁波瓦楞明蚶、黑龙江熏鹿脯、四川叙府糟蛋、兴化醉蛏鼻、东台醉泥螺、阳澄湖醉蟹、糟鹌鹑、糟鸭舌、高邮双黄鸭蛋、界首茶干拌荠菜、凉拌枸杞头……热菜也只是蟹白烧乌青菜、鸭肝泥酿怀山药、鲫鱼脑烩豆腐、烩青腿子口蘑、烧鹅掌。甲鱼只用裙边。鲥花鱼不用整条的，只取两块嘴后鳃边眼下蒜瓣肉。碎鳖只取两块瑶柱。炒芙蓉鸡片塞牙，用大兴安岭活捕来的飞龙剁泥、鸽蛋清。烧烤不用乳猪，用果子狸。头菜不用翅唇参燕，清炖杨妃乳——新从江阴运到的河豚鱼。铁大人听说有河豚，说："那得有炒蒌蒿呀！——'竹外桃花三两枝，春江水暖鸭先知，蒌蒿满地芦芽短，正是河豚欲上时'，有蒌蒿，那才配称。""有有有！"随饭的炒菜也极素净：素炒蒌蒿薹、素炒金花菜、素炒豌豆苗、素炒紫芽姜、素炒马兰头、素炒凤尾——只有三片叶子的嫩莴苣尖、素烧黄芽白……铁大人听了菜单（他没有看）说是"这样好，'咬得菜根，则百事可做'"。他请金冬心过目，冬心先生说："'一箪食，一瓢饮'，农一介寒士，无可无不可的。"

金冬心尝了尝这一桌非时非地清淡而名贵的菜肴，又想起袁子才，想起他的《随园食单》，觉得他把几味家常鱼肉说得天花乱坠，真是寒乞相，嘴角不禁浮起一丝冷笑。

　　酒过三巡，铁保珊提出寡饮无趣，要行一个酒令。他提出的这个酒令叫作"飞红令"，各人说一句或两句古人诗词，要有"飞"、"红"二字，或明嵌、或暗藏，都可以。这令不算苛。他自己先说了两句："花谢花飞飞满天，红消香断有谁怜？"有人不识出处。旁边的人提醒他："《红楼梦》！"这时正是《红楼梦》大行的时候，"开谈不说《红楼梦》，纵读诗书也枉然"，不知出处的怕露怯，连忙说："哦，《红楼梦》！《红楼梦》！"下面也有说"一片花飞减却春"的，也有说"桃花乱落如红雨"的。有的说不上来，甘愿罚酒。也有的明明说得出，为了谦抑，故意说："我诗词上有限，认罚认罚！"借以凑趣的。临了，到了程雪门。程雪门说了一句：

　　"柳絮飞来片片红"。

　　大家先是愕然，接着就哗然了：

　　"柳絮飞来片片红，柳絮如何是红的？"

　　"无是理！无是理！"

　　"杜撰！杜撰无疑！"

　　"罚酒！罚酒！"

　　"满上！满上！喝了！喝了！"

　　程雪门也不知道自己怎么会诌出这样一句不通的诗

来，正在满脸紫涨，无地自容，忽听得金冬心放下杯箸，从容言道：

"诸位莫吵。雪翁此诗有出处。这是元人咏平山堂的诗，用于今日，正好对景。"他站起身来，朗吟出全诗：

> 廿四桥边廿四风，
> 凭栏犹忆旧江东。
> 夕阳返照桃花渡，
> 柳絮飞来片片红。

大家一听，全都击掌：

"好诗！"

"好一个'柳絮飞来片片红'！妙！妙极了！"

"如此尖新，却又合情合理，这定是元人之诗，非唐非宋！"

"到底是冬心先生！元朝人的诗，我们知道得太少，惭愧惭愧！"

"想不到程雪翁如此博学！佩服！佩服！"

程雪门哈哈大笑，连说："过奖，过奖！——菜凉了，河豚要趁热！"

于是大家的筷子一齐奔向杨妃乳。

铁保珊拈须沉吟：这是元朝人的诗么？

金冬心真是捷才！出口成章，不动声色。快，而且，好！有意境……

第二天，一清早，程雪门派人给金冬心送来一千两银子。金冬心叫陈聋子告诉瞿家花园，把十盆建兰立刻送来。

陈聋子刚要走，金冬心叫住他：

"不忙。先把这十张灯收到厢房里去。"

陈聋子提起两张灯，金冬心又叫住他：

"把这个——搬走！"

他指的是堆在地下的《随园诗话》。

陈聋子抱起《诗话》，走出书斋，听见冬心先生骂道：

"斯文走狗！"

陈聋子心想：他这是骂谁呢？

一九八三年十月二十五日

图书在版编目（CIP）数据

晚饭花集 / 汪曾祺著.—上海：上海三联书店，2018.6

ISBN 978-7-5426-6287-3

Ⅰ．①晚… Ⅱ．①汪… Ⅲ．①短篇小说—小说集—中国—当代
Ⅳ．①I247.7

中国版本图书馆CIP数据核字（2018）第116223号

晚饭花集

著　　者 / 汪曾祺

责任编辑 / 朱静蔚

特约编辑 / 李志卿　丁敏翔

装帧设计 / 微言视觉工坊｜龙　麦

监　　制 / 姚　军

责任校对 / 田　雪

出版发行 / 上海三联书店

　　　　　（201199）中国上海市闵行区都市路4855号2座10楼

邮购电话 / 021-22895557

印　　刷 / 山东临沂新华印刷物流集团有限责任公司

版　　次 / 2018年6月第1版

印　　次 / 2018年6月第1次印刷

开　　本 / 787×1092　1/32

字　　数 / 177千字

印　　张 / 10.75

书　　号 / ISBN 978-7-5426-6287-3 / I·1391

定　　价 / 48.00元

敬启读者，如发现本书有印装质量问题，请与印刷厂联系0539-2925680。